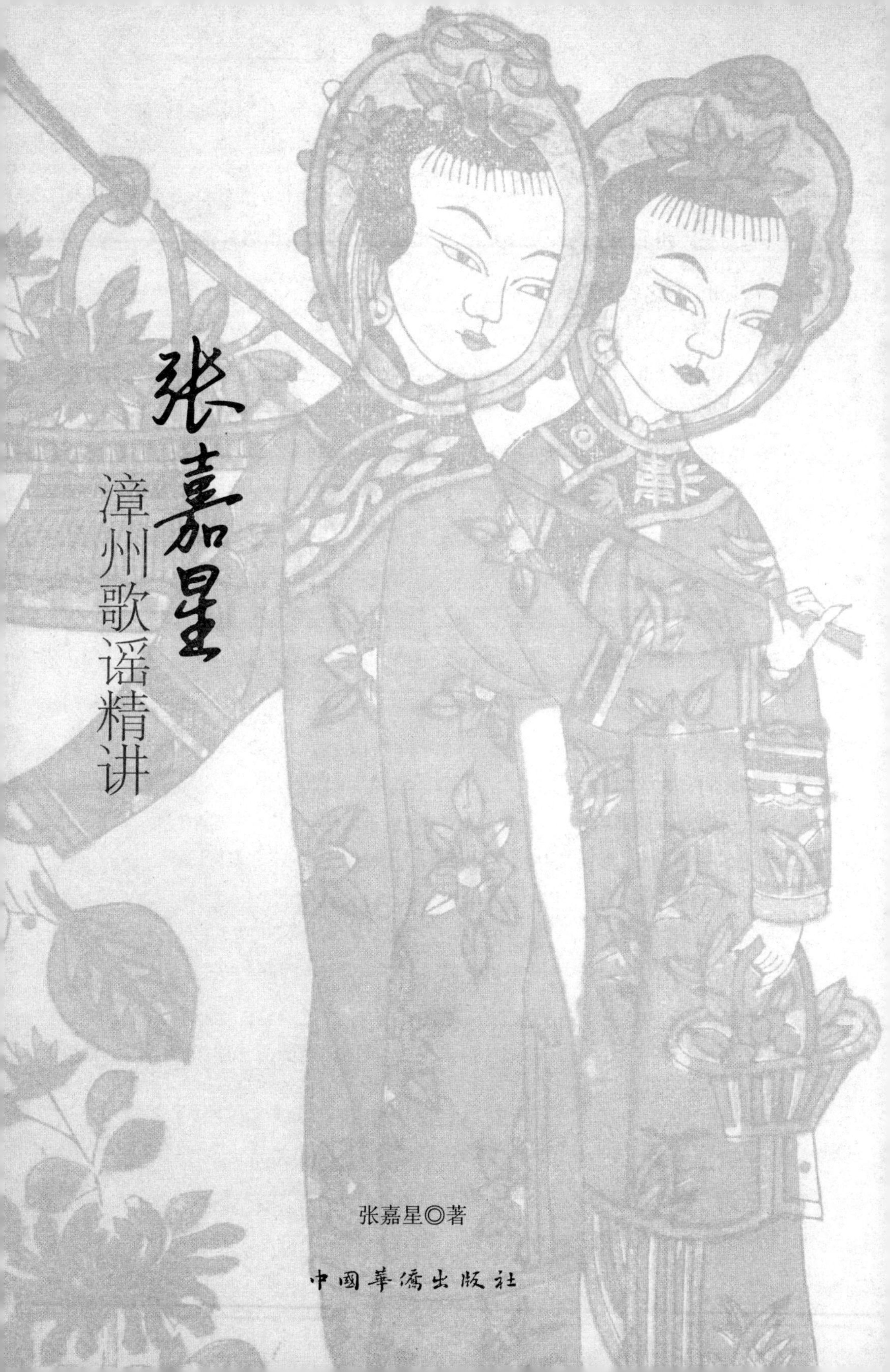

张嘉星

漳州歌谣精讲

张嘉星◎著

中国華僑出版社

图书在版编目（CIP）数据

张嘉星漳州歌谣精讲 / 张嘉星著 .—北京：中国华侨出版社，
2017.10

（漳州当代名家作品丛书 . 四）

ISBN 978-7-5113-7020-4

Ⅰ .①张… Ⅱ .①张… Ⅲ .①儿歌—诗歌研究—漳州
Ⅳ .① I207.8

中国版本图书馆 CIP 数据核字（2017）第 201432 号

张嘉星漳州歌谣精讲

著　　者 / 张嘉星

责任编辑 / 江　冰

责任校对 / 志　刚

经　　销 / 新华书店

开　　本 / 670 毫米 × 960 毫米　1/16　印张 /19　字数 / 307 千字

印　　刷 / 三河市华润印刷有限公司

版　　次 / 2017 年 11 月第 1 版　2017 年 11 月第 1 次印刷

书　　号 / ISBN 978-7-5113-7020-4

定　　价 / 38.00 元

中国华侨出版社　北京市朝阳区静安里 26 号通成达大厦 3 层　邮编：100028

法律顾问：陈鹰律师事务所

编辑部：（010）64443056　　64443979

发行部：（010）64443051　　传真：（010）64439708

网　址：www.oveaschin.com

E-mail：oveaschin@sina.com

踏 头 话

（前言）

　　歌谣是带有节奏和自然韵律的民间诗歌，它由历代民众自发地创作出来，再由一代一代人口授耳传，保留下来，使歌谣文本不由自主地附上了"史"的"胎记"。

　　漳州地区有着丰富的民间歌谣遗存，并且有相当一部分漳州歌谣"飞出"了漳州，在中国台湾和东南亚多个国家落了脚。

　　漳州歌谣究竟有"几岁"？在中国台湾和东南亚地区的华人社会产生了多少变化？这恐怕有些道不明、说不清。地方文艺界有人说，本地区在宋代就有用闽南话念唱的歌谣啦，甚至说，在唐代就有闽南歌谣啦！可是，他们却从来说不准、指不出具体哪一首歌谣是从唐代、宋代歌咏到现在。这种不负责任的空头口号似的说法，当然拿不上台面来，更无法让人信服。

　　是啊，歌谣确实不具有明显的时代性，只有为数不多的反映历史事件的时政歌，才可以从内容上看出它产生于或者流传于哪个时代。用闽南话念诵的漳州歌谣要找到明代以前的作品，可以说是"难乎其难"！

　　然而再难的事儿也得做。记得 10 年前的一天，漳州市政协文史委某领导找到我说，他们正在筹编一套有关漳州与台湾历史文化关系的丛书，想请我承担其中的《漳台闽南方言童谣》一册。我因为刚刚出版了一本《漳州方言童谣选释》，心想着，有它垫底，此番写作，小菜一碟耳，便慨然应允了。谁知交了初稿，约稿人也就是主要审稿人却说：我没有看到能够反映闽南歌谣源头的作品，是没有，还是没找到？我坦言回答是没有。可是，约稿人还是不肯放弃，连声说：请找找，再找找！

这真如闽南老话所说："讲的人手乍比，做的人做半死！"这种没法儿做的活儿，本来是可以一口回绝的。然而不服输的我，还是把这份苦差事"认"了下来，开拔两脚遍访全省大中型图书馆，钻书库、攀书架，借助现代化的网络信息检索手段在网站间游走摸爬，到乡间田野调查……终于功夫不负我，从泉州崇武岛"掘"出了一篇陈元光"开漳"的历史歌谣《排甲子》，它有如扇动着"翅膀"的有生命体，越过漳州—崇武的时空，把我带回到1330年前。

毋庸讳言，《排甲子》是崇武歌谣，然而它更属于唐初漳州时政歌；它在漳州和泉州还有多个"姐妹篇"；它的内容不仅有着地方史、地方民俗等"硬件"材料的支持，甚至还可以从现代人类遗传学研究新成果方面获得坚实的印证。

有关漳州歌谣的话题，请容许我从陈元光时代的千岁"圣王歌"及其"姐妹篇"谈起，再探寻闽南人母语歌谣的形成、发展、嬗变、流传等。因内容多涉方言，建议阅读的时候先念歌谣正文，再看注释，以避免注释反而磕磕绊绊，影响了诸君对歌谣的欣赏。

目录

叁

"安怎伊甲会唱歌"

肆

徜徉在歌谣的原野上

（伍）

———| 谣乡谜海采歌记 |———

壹

跨越时空寻古谣

一、千古"圣王歌"

——全闽歌谣第一篇发现记

八闽地区自古以来就有歌谣存在着，然而，被记录下来的歌篇，却寥寥无几。以至于民国时期的文史大师顾颉刚，看了厦门谢云声的《闽歌甲集》之后感叹道：

福建的歌谣不载于诗三百篇，不录于汉乐府，不见于宋人所编的乐府诗集，不用说了；就到近代，也因方言的钩辀，交通的艰阻，要看见他们的一首歌还是不容易。所以自从有史以来，福建人唱了三四千年的歌，只同没有唱一样。它们都已随古人而埋葬了。

顾先生说福建歌谣"都已随古人而埋葬了"，是基本符合事实的，不过，最好在这句话的前面再加上一个"大"字，改为"大都已随古人而埋葬了"，会更加客观一些。因为后来民间文学爱好者梳理摸耙地方文史资料，发现有零星几篇歌谣是被"记录在册"了的。所以说，福建人唱了数千年的歌，并没有完全白唱。那么，这些曾经的全闽老歌，最早的一篇是哪篇？在哪里？《福州市志》说，就是福州的《月光光》，并且有根有据。

（一）全闽歌谣第一篇不是福州《月光光》

全闽歌谣第一篇是不是福州的《月光光》，这话要先从唐中叶的福建文化史说起。

唐代建中元年（780），新一任福建最高行政长官"观察使"到任了，他就是著名政治家、诗人常衮（729-785），住在了当时的"省政府大院"——福州西湖畔。每天公事毕，用完晚餐，他喜欢倚着窗观夜景，听民声。这"民声"娓娓动听，是从西湖外渺渺荡荡漫入窗口的当时的民歌，真真叫作男声女乐，此起彼伏。

常长官很是喜爱民间文学，有一天诗兴大发，发动并且亲自带领着一帮部属和士子，到民间去采风。回衙之后，他组织编写了一百首的《竹枝词》诗集一部，还仿作了一篇，就排在《竹枝词》之首，就是福州城鼎鼎有名、流传甚广，被当代人推为全闽歌谣第一篇的情歌——下面这篇《月光光》：

> 月光光，照池塘，
> 骑竹马，过洪塘。
> 洪塘水深不得渡，
> 小妹撑船来问路。
> 问郎长，问郎短，
> 问郎一去何时返？

《月光光》从月色下的池塘入笔，写一骑掠过洪塘老渡口，原来是情郎前来告别；船妹急将小船撑了过来，嘘长问短，一往情深。这就是闽东地区广为流传的《月光光》。以唐代常衮曾经倚窗听福州民歌和流存至今的这篇"仿民歌风"竹枝词《月光光》来看，中唐时代的福建地面，确实是有民间歌谣存在的。而这篇竹枝词《月光光》，则是常衮将民间流传的歌谣稍加润色而成的仿作。

不过，福州坊间一直传说，这篇常诗《月光光》乃福建歌谣第一篇，这个说法主要来自清代。比如颇能反映民声的《闽都别记》说，常衮开创福建文化教育筚路蓝缕，见"闽人一字不识，难以开导，遂作《月光光》，以土音教之，歌既能唱，随写字教之识。"到了晚清，郭伯苍《竹间十日话》又说这是"福州儿辈曲也，可当闽风。"

其实，这两本书所说的"作俗谣"和"当闽风"，一个已然表明《月光光》不是民间自然流传的天籁，而是诗人"作"出来的，另一个则说，可以把它当成"闽风"民歌。然而，当成，毕竟不是真品，抹不去仿词竹枝调和近似于"闽风"民歌的差别。因而客观地说，在常衮来到福建任职的年代，福州地区的确曾是歌谣乡，但常诗人仿作的《月光光》虽然很像闽歌，却不能等同于地地道道的闽歌。由于作为声音艺术的歌谣，是稍纵即逝无踪影的，所以应当说，真正的福建民歌，尚不知其所从来，因为到头来，被福建文化史记录在册的，只剩下这篇竹枝仿词《月光光》，其"仿作"的时间，就在常衮建中元年（780）任职福建观察使至建中四年（783）卒于任上的4个年头。

既然这首由政府官员仿作的《月光光》不能算是天籁般真正的歌谣；不，就算常长官的仿作经过1200年的民风洗礼已经具备了歌谣的特质，然而从歌谣产生—改编的时间先后看，《月光光》仍有可能不是全闽歌谣第一篇，因为：

站在漳州看闽史，可谓别有洞天——

漳州，在很久很久以前，是全省汉文化形成的第一站——在陈政、陈元光父子率军入闽之前，福建的地面虽然从北而南有了地方行政建制，主要在闽东北，尤其是在闽北。然而史学家们说，那不能算是正式的汉族政权的行政管理；那只是"羁—縻—"。而所谓羁縻，也就是行政职能有点儿近似于现在的"大使馆"之类云云。彻底改变闽省那越风夷雨闽里蛮气的文化面貌，有待于同一时期的一整批来自同一籍贯的强势的移民群体的到来。这个移民文化的"载体"，就是陈政、陈元光一家人先后分两批，率领了 123 员将校、3600 名将士和 58 姓 7000 军队及其家属的中原固始军事移民入闽。而这个历史时刻，就发生在唐总章二年（669）至垂拱二年（686），要比常衮任职福州（780-783）的时间早一百多年。

毫无疑问，正是"陈家军"开启了闽文化的新时代，在福建的山野和海疆，外来的农耕性耕读型汉文化，开始在闽南为主的地区扎了根，"覆盖"了原有的刀耕火播闽文化。因此，郑贞文《闽贤事略初稿》排在首位的"闽贤"，就是陈元光。而全闽疆土的汉化，则在开漳建漳之后约 200 年，于王潮、王审邽、王审知三兄弟即"三王"率领的中原光州（在今河南固始县附近，今称潢川）军民手头上完成，先后在唐僖宗光启元年（885）陷汀、漳二州，次年（886）拔泉州，景福二年（893）入福州，比"陈家军"来漳建漳晚了 21 年。因而，如果闽南地区"发现"了开漳时代的歌谣作品，岂不将推翻全闽最早的歌谣是福州《月光光》的定论么？

这个问题隐隐然于胸，数年。

（二）"陈家军"与开闽歌谣第一篇

崇武镇以新兴产业"影雕石刻"闻名于世。可是对于我而言，却毋宁说，它是贮藏了福建民间"歌种"——歌谣的种子之"基因库"，是目前唯一能够确认的，漳州—闽南—福建歌谣源头的"发掘现场"，至今仍旧流传着的全闽歌谣第一篇——《排甲子》"圣王歌"的"第二故乡"。我是在10年前撰写《漳台闽南方言童谣》的时候，偶然发现了它的存在的。

有一天，伏首电脑桌前而游、走、摸、爬于各网站间的我，在泉州市惠安县崇武镇的大典石业有限公司网站"崇武风采·小城故事·方言歌谣欣赏"栏目（网址 http://www.dadian.cn/?page-XiaoChengGuShi-52.html）发现了《排甲子》———篇有关"开漳圣王"陈元光的历史歌谣，后来又在陈国强主编的《闽台惠东人》等书中见到它。

"崇武风采"的网主为崇武青年实业家张文聪，自称可能是漳浦"鉴湖张"的后人。他告诉我，歌谣和注释"是我读初中时，在崇武一个叫汪峰的老人写的小本子里看到的。"于是，我和网主通了Q聊，继而拨响了对方的联系电话，后来又利用学术会议的机会亲赴崇武，从而在歌谣和由民间故事"凝固"而成的歌谣注文中，"挖掘"出尘封了十三个世纪的满罩着历史的沧桑与迷雾的"圣王之歌"及其开漳史：

田野访歌到崇武

排啰排甲子，（啰 [lo2]：应是漳州话特有副词咾 [lo3]，表示动作不间断。）

入军门，整军纪。

军去东，军去西，

西下路，

南下一支军，

拍半路。（拍 [pah7]：打。）

一再击，二再击，

漳州娘仔吼咩咩。（又作"漳州娘，吼咩咩"）

派支军，挨户找，

找来找去，

将军哈啾！

（歌后注：据传是明初军户自漳州带入的，反映陈元光入漳州时汉闽两族的战争。）

看起来，"圣王歌"《排甲子》包裹着两个历史故事，一个是歌谣和它的注文这一对筋骨相连的"连体儿"，共同说明了它来源于唐初的漳州，而歌谣中那位哭哭啼啼"吼咩咩"的"漳州娘仔"，无疑便是世居本地的"在地查某囝"——土著闽越族姑娘了。第二个故事则"浓缩"在注文的第一句话里面，指出"背负"着这首歌谣"过枝"崇武的"载体"，是明初的漳州军户，后来连人带歌，都在新居地崇武扎了根。由于目前福建地区还没有发现比这纯"民间版"的《排甲子》年代更早的歌谣，它的"出土"见天日，便推翻了福建文史学界关于本省汉族歌谣第一篇是常衮 780–783 年的仿诗《月光光》

的说法，将其更正为留存在崇武镇的"开漳圣王歌"《排甲子》才是闽省歌谣第一篇，并且把首篇闽歌的创作时间由常衮治闽的唐中叶（780–783）提前到初唐总章二年（669）陈政入闽到建立漳州的垂拱二年（686）之间，把福建歌谣的发生期从 8 世纪末提前到"陈家军"入闽建漳的 7 世纪末，在时间上向前推进一百年。

然而，说崇武《排甲子》是陈元光开漳的歌谣，你有把握吗？

我这样反复地问着自己，为难着自己，因为这《排甲子》是纯民间的玩意儿，它肯定没有得到过历代士人的关注，更上不了地方史志等等"台面"。那么，你凭什么仅仅根据歌谣和歌谣的注，就认定它是开漳的歌谣和福建歌谣第一篇呢？！一想到这些，我不由得头皮一阵发麻，心底里深深地倒抽了一口冷气。

是啊，民间歌谣有如"故事里的事"似是而非似非而是，说是也是，说不是也不是，说不是它却又是，说它是它偏又不是，很是难缠。但，面对难解的"中国结"，你只要有耐心，有工具，有方法，它还是有着一定的可能，可渐次还原或部分地还原为一条编绕其"结"的绳线的。这，就是我眼前闪现出的一缕期望之光，一条草蛇灰线的路。在这条蜿蜒曲折的不成其为路的路上，我发现这个问题没有"反证"，却存在着多个有力的"旁证"，可以从侧面坚实地证明《排甲子》确实是有关陈元光征闽的"圣王歌"：

明代的崇武，确实"入住"了不少漳州人，因为崇武的许多地方史料和族谱，都记载着祖先来自明代洪武年间的漳州卫、镇海卫和六鳌、铜山、悬钟三个守御千户所。《漳州军事志》也称，卫所的军士"世代为军"，"军士另立户籍，称'军籍'，世代一人承袭为兵，享受国家供给。"

明代漳州军士派驻崇武的年代，明朱彤纂《崇武所城志》说是洪武年间。当时的崇武刚刚由一个只有 7 个姓、10 户人家的荒芜小岛，"华丽转身"而成为海防前线的军事要塞崇武所，所城初建未久，便多批次地"抽漳州壮丁"戍守要塞，仅洪武二十七年（1394）那一批便"为调拨官军事，将玄钟所（即诏安县悬钟卫）军调移崇武，十人为队，每队一小旗，五队则一总旗，共一千一百二十名"军籍户。再如族谱资料，崇武《文献黄氏族谱》显示潮洛村文献黄氏的始祖黄四是漳州龙溪人，洪武二十七年（1394）自玄钟所携妻林氏调崇武；崇武《鹤山魏氏家谱》说魏氏的先祖魏万卿为漳州沟里人，"西河林"的祖先来自漳浦乌石，都在洪武三十年迁潮洛；福州"三坊七巷"之黄巷始祖是明嘉靖年间惠安崇武书画家兼诗人黄克晦（1524 — 1590），而先祖祖籍漳州龙溪县是在洪武二十年（1387）江夏侯周德兴经略福建时，"抽三丁之一为沿海戍兵防倭，置卫所以备防御。其先祖黄养赐是时始迁崇武。"这些资料都表明，明洪武年间漳州军户携眷入崇武确有其事，且单是洪武二十年这一批漳州官兵连同他们的家属至少六千人，从此"戍此防倭，瓜期不代，遂家焉"，扎根在了泉属海岛崇武所。当其时，所城外面的人称崇武城堡为"城"、"城内"，又称从漳州卫所随军调入的妇女为"军婆"。军婆，这个见证了卫所和城堡的兴建、戍守历史的词语，崇武人用了 600 多年，至今没改口，而成为了沉甸甸的历史名词"活化石"。可想而知，漳州军士、漳籍"军婆"和漳州文化对崇武城的影响面之广之深，不言而喻。

由此看来，《排甲子》原本并不是崇武歌谣，而是产生于初唐时期的漳州的千年老歌。然而，无情而又健忘的时光，有如那流云漫过天际，这首原本在漳州从 7 世纪末传唱到明代 14 世纪末共 700 多年的歌谣，在老家却断了根。它有幸被歌谣的"载体"——明初漳州的军户群体把它"移植"到了崇武岛，至今落地生根业已 600 多年了，反而获得了永生！它首要纪事是"开漳史"，同时也纪崇武史。漳、崇两地口传史，就这样在《排甲子》中"搅作伙"（闽南话，意为：紧密地结合在一起），这是多么奇妙的"口碑"啊！因为它是在崇武建城初期流传下来的歌谣，便理所当然地被推为当代崇武歌谣第一篇（《惠安县崇武镇民间文学集成》正是把《排甲子》列为"歌谣"第一篇的）。然而对于身为漳州人的我来说，更在意于《排甲子》所反映的"陈元光入漳州时汉闽两族的战争"事，表明它不但姓"漳"，而且是现存漳州歌谣第一篇，并且"包正无假"！（正，闽南话，纯真不假。）

我说崇武《排甲子》歌属于漳州古歌谣，且"包正无假"，不但因为它那"与生俱来"的歌谣注文的内容不容怀疑，更在于歌词中"伫立着"的那位凄美惨恻动人的"漳州娘仔"。

试想当其时，也就是陈政于唐初总章二年（669）奉诏统领123员将校及3600名部卒赴闽"平啸乱"到陈元光垂拱二年（686）拓闽建漳的近17年间，漳州人创作了这篇反映开漳战事的歌谣《排甲子》。如此算来，截至今年（2017），《排甲子》"圣王歌"已然存世了1330年！尽管这首歌谣的当前流传地在泉州地区惠安县崇武镇，却不能改变它作为漳州歌谣的区域性特征和属性。这就是我称崇武《排甲子》为漳州歌谣的理由。也因为它是反映"开漳圣王"陈元光拓闽建漳的历史歌谣，我们便可以理直气壮地称它为"圣王歌"和福建省有史以来歌谣作品的"始祖"！歌中那位恋家而久久不愿离去的漳州姑娘，虽然已经迷失了故土之路，然而故乡的影像却又无时无刻不在她的心灵深处缠绕着。基于这样的想法，我带着格外崇敬的心情，"大主大意"（闽南话，自作主张）地把这篇"圣王歌"《排甲子》连同驻守于斯的"漳州娘仔"一起"请"（闽南话，恭奉）回了家，把它安置在《漳台闽南方言童谣》里，作为全书"时政歌"

的第一篇，为它撰写了长篇论文《闽南方言歌谣考源——论漳州〈排甲子〉及其流变》，成为本书"漳台闽南方言文化与童谣专论"中最重要的一章。

（三）"圣王歌"考析：带血的历史记忆

1330 岁的"圣王歌"，内容是如此的鲜活和真切，仿佛依稀得见执掌军门的"将军"正运筹帷幄，反复地摆弄着手中的"甲子"。甲子，既可以是天干地支所代表的六十年，也可以指八卦、罗盘一类传统筹算运测工具，民间或者就用手指的掐算来取而代之，"排甲子"、"排罗经"就是运用八卦原理和阴阳数术、天干地支、五行八卦、节气方位、天文历法、州国分野等等运测方法来排列、计算、推演、预测某种事物的趋向性和可能性，可以运用在历算、相面、测命运、看风水、论凶吉向背、预测天象气候和男婚女配等各方面，应用于军事，则专指研究己方所处天时地利和敌方衰败的特征处于何时何方，以便布阵分兵，克敌制胜。

你看那主将在军帐中，不厌其烦地"排咾排"着"罗经"、甲子，又谆谆教导新兵蛋子"入军门"要时时"整军纪"。部队开拔了，一路去东，去西，在南面的半路上遭遇了"一支军"。"陈家军"奋勇进攻，"一再击，二再击"，战胜了敌人，以至于战败方的眷属"漳州娘

罗盘，闽南话叫罗经

仔吼咩咩"。这就是《排甲子》这篇民间"口述史料"讲述的开漳故事，和着陈元光《候夜行师七唱》的诗句：官兵们"甲胄何时不出门"！

毋庸讳言，《排甲子》"圣王歌"的内容不是很连贯，却丝毫不妨碍它是一首典型的军旅歌谣的根本属性。让人诧异的是，歌谣为什么集中了那么多的方向词，在 11 句诗歌中占了 3 句，在 54 字中占了 4 字？这恐怕同"陈家军"的"平蛮"路线和征战范围有关。本地人大都知道，漳州南部的云霄县和漳浦县是陈元光父子"开漳"作战的主要活动范围，而在漳州北部的芗城区浦南镇松洲，华安县之九龙山（在仙都镇），西北部的南靖县船场镇，东面九龙江下游之柳营江等地，原本也是遍布"蛮峒"闽寨的地方。陈家军长期驱驰在潮州、漳州、龙岩、泉州、兴化、福州之间（参见下一节），这些都是他们鏖战"蛮军"之地，部队当然要经常"去东，去西"而"西下"了。不过，来闽唐军的驻军大本营却在今泉州以北五十公里开外的莆田－仙游－惠安三地交界处的仙游县枫亭驿，自古以来就是福州通往闽南的交通要道，唐宋以来凡福建的驻军武官往往"家枫亭"，连五代时期的留从愿亦安家枫亭赤湖留宅村，陈家军也不例外，其部伍"平乱"的流动作战前线在漳州，而"后方根据地"却在泉州和莆田。因此，当你读到宋本《仙溪志·祠庙》（仙溪即今仙游县）关于"陈政仕唐副诸卫上将，武后朝戍闽，遂家于温陵之北……今枫亭二庙，旧传乃其故居"的记载，以及福建地方志指明陈氏家族及其部将的后裔入闽征剿泉、漳"蛮獠"而驻守泉州，后来散居驻地，"一部分唐军在仙游入籍"，"食采螺阳，家于惠安"，"留居晋江"，"居留南安"，等等，是完全不必惊讶的，甚至连历史地名"活化石"漳港镇的一处海边沙滩下，也曾经有一座规模宏大的"开漳圣王"古宫庙。关于这座古庙的详细内容，容我们放在下面细聊。

让我们再回到《排甲子》的分析上。

有道是：战争，让女人走开！

可是，叙述男性征战的《排甲子》，为什么会出现一个哭哭啼啼的"漳州娘仔"呢？她在歌谣和历史现实中占据何等角色？她为什么不"走开"？

实际上，战争中的女人，哪里走得开！

君不见民间传说，代表着与"陈家军"直接接触的蛮家女郎有两位，一个是漳浦县盘陀岭飞鹅山娘仔寨的寨主、屡败唐军的闽军女将"金菁娘娘"，后来被唐军设下"美男计"而智取，成为手下败将，只好哭哭咧咧，跟着私结连理的帅哥李伯瑶将军投身于"陈家军"军帐完婚；一个是陈元光的正妻种氏。有一种传说称，"种""钟"音相近，所谓种氏便是畲族四大姓氏之一的钟姓之女、元光之子陈珦的生母。如此说来，《排甲子》中的"漳州娘仔"，岂不就是和汉家军"男生女长通蕃息"（陈元光诗《候夜行师七唱》的诗句）的"金菁娘娘"抑或陈元光之妻种氏等闽女啰？是呵，《排甲子》中的"漳州娘仔"，应该是包括了多数落籍于闽南的"陈家军"将士所娶的刚刚在厮杀中被伤、被败、被杀而阵亡的"蛮兵蛮将"的妻女姊妹的，正是这些土著女儿的父兄夫君"新战死"，自己又当即被征为唐军妇，这才悲从中来、肝肠寸断"吼咩咩"！民间传说称，姑娘们是在百般无奈之下而义正词严，集体向"陈家军"提出"戴孝出嫁"要求的。虽然1330年过去了，漳州没有流传下这第一代的汉闽联姻仪式是如何戴孝成婚的书面记录，不过，老百姓却保存了一个千古奇俗，那就是遗传至今的"内白外红"结婚服饰传统。在这个汉男闽女集体婚礼中，新娘们是贴身穿着土白布"白本仔"制作的白色睡衣睡裤之"贴肉衫仔"，外罩大红新婚礼服赴婚礼的，以悼念死去的亲人，有的地方甚至连新郎也被要求穿着"白本仔贴肉衫"，与新娘共同悼念她那刚刚战死的父兄或先夫。这种举丧与庆喜同时进行的特殊婚仪，据说是得到了通情达理，恩威并重的陈元光之首肯的。1330 年来，一代代新娘的这套婚期贴身穿的"白本仔贴肉衫"，在婚后都须妥为保管，以便死后能够再亲肤"贴肉"穿着进棺材，与等候在阴间的亲人们团聚……

谁说"战争无赢家"？君不见，胜利者掳人妻女为己妻的剧目在全世界范围的历史上屡屡上演乎？

然而，胜利的一方也是要付出相当代价的。比方"陈家军"初到闽南，便屡屡领教原住民武力之高强，军队损失惨重，这才向朝廷搬救兵。奉旨下闽救援的陈家两位兄长陈敏和陈敷，因不贯于长途跋涉而病死途中，陈元光本身也最终死在了"蛮酋"报复的利刃之下，连前来搭救的爱将马仁，也未能幸免。

然而，尽管在过去的年代里，掳人妻女为妻早已是战争双方的"潜规则"、平常事，可是准许"战利品"们戴孝出嫁，新郎与新娘同悼战败的先夫而成为"接面翁婿"（zih7 bbin6 ang1 sai5）——继夫的婚俗，却绝无仅有。这也足见以陈元光为代表的这支汉家军队，确实算是较为开明、通情达理有情义的。这也在很大程度上，意味着汉家"接面翁婿"之新郎，要挑起三个家庭的一应重担——新建立的小家庭和妻子的娘家以及妻子前夫的家！应该说，这在当其时，已经算是最大限度地维护了闽族人民的利益了，这，甚至也是大多数土著"蛮家"的期望而且愿意接受的政策，比如取材于"圣王古"民间传说的章回小说《平闽十八洞》，就说以金菁娘娘（其原型是漳浦盘陀岭娘子洞洞主）为代表的闽家姑娘在受骗、战败、被俘之后，她的母亲也力劝她嫁给陈家将李伯瑶的。你看那陈元光死后的落葬地漳州市芗城区浦南镇松洲村威惠庙（这里也是元光之子陈珦办学松洲书院的地方，宫庙采用了前寺庙、后书院的功能分工），一代传一代地为他守护寺庙的，居然是钟姓畲族！也就不足为奇了。而新建的汉族村寨"唐化里"的新住户之所以大增，也正是因为原住民厌恶战争而从汉如流的结果。于是乎，以陈元光为代表的汉族政权及其对原住民的教化，始成。

"漳州娘仔吼咩咩"。这是"陈家军"和土著闽族双方的后裔刻骨铭心的点滴、零星的"集体记忆"，最终被历代民众简化，而"凝固"在了新嫁娘那罕见的婚俗中，在那一代代新人一件件婚期特地用土白布制作的"白本仔贴肉衫"之上！

婚服"内白外红"这一特殊婚俗，不但普遍保留在漳州，它也伴随着历史上漳州人的对外迁徙而流传四方，在有些地方甚至不分汉闽。就我目力所及，被"背负"的所到之处，就有惠安县山区的畲族和该县的一些陈姓村庄，崇武，龙岩漳平地区，武平部分客家地区，台湾很多地区（连横《雅言》就有记载）等等。异族争战，异族婚媾，民族团结与融合，就这样杂拌儿一般，一股脑儿"搅做伙"，速溶，"浑忘越与秦"（陈氏部将丁儒《归闲诗二十韵》诗句），大大改善和加强了军民友情，民族隔阂日渐缩小而消尽。

回首陈氏军事集团在闽，有陈政、陈元光及元光子珦、孙酆、曾孙谟五代人，相继任职漳州刺史，家族连续开漳、守漳、治漳达150年；他的部将及其后裔，也有相当一部分人长期在漳泉担任要职，因而社会安定，史上没有民乱的记载。

"陈家军"及其后代绝大多数落籍闽南，而他们在河南老家的兄弟、从兄弟、族亲、乡亲们，也纷纷南下来闽投亲，无论是以元光为代表的"将军陈"还是代表后到中原南来老乡的"太傅陈"（与陈元光同宗的陈邕一派陈姓），都成了"永久牌"的拓闽"生产建设兵团"，并且大多数都与原住民女性成家，从而融合成了当今闽南人的祖先。

从此，先进的汉文化，"覆盖"、"深埋"了尚未开化的土著闽文化。

有趣的是，以复旦大学文波、李辉为代表的遗传学精英们对我国南北方汉族人种来源与融合遗传基因作了大范围的调查，这个学术团队的研究结果也支持我们对于"圣王歌"中"漳州娘仔"何以"吼咩咩"的语境还原。他们发现在史前，北方汉族与南方少数民族的 Y 染色体与线粒体 DNA 存在着很大差异，双方缺少血缘上的联系；由于遗传基因是男男相传、女女相传的，而现代南方汉族的男性 80% 来自北方汉族血统，女性只有 22.4% 来自北方汉族血统，其余 77.6% 来自于南方的民族血统，因而得出结论云：现代南方汉族大多是北方汉男同南方"蛮女"通婚的后代。这个结论，同"漳州娘仔吼咩咩"与漳州婚俗所反映的闽南拓疆的重大历史事件的情形，是那样的符契相合，我禁不住掩卷而沉思。

现在，请读者诸君再完整地读一遍这篇千古奇歌《排甲子》：

排啰排甲子，

入军门，整军纪。

军去东，军去西，

西下路，

南下一支军，

拍半路。

一再击，二再击，

漳州娘仔吼咩咩。

派支军，挨户找，

找来找去，

将军哈啾！

二、圣王故里圣王歌

——漳泉《排甲子》组歌解读

漳州是"圣王故里"。既然远在泉州的崇武岛也保留了反映陈元光征闽历史事件的《排甲子》，那么在圣王故里漳州，是否还流传着类似于"圣王歌"这样的反映开漳历史的歌谣呢？这是我在崇武发现"圣王歌"之后挂在心头的一件事。回家后，立马集中调查了漳州各地的歌谣遗存。结果发现，1330 年前创作、600 多年前还在漳州流传的这首有着"漳州娘仔"的"圣王歌"，在其原乡竟然"人间蒸发"不见了！不过，有几个地方至今仍保留着与之相近、相关的歌谣，大都相貌酷似。它们有的也叫作《排甲子》，也有名目已非的《排瓜子》《放瓜子》，虽相貌与崇武本《排甲子》酷似，不过它们的历史面貌却相当模糊，仿佛蒙上了朱老夫子创造的女性面纱"文公兜"（文公，朱熹也）一般。

（一）漳南《排甲子》歌系：唐代古歌谣

先看看漳州南部三个县的同名歌谣，里面出现了很多崇武本"圣王歌"所没有的新生事物新意象：

漳浦《排甲子》

排咾排甲子，（咾 [lo3]：漳州话特有副词，表示动作不间断。）

甲子东，甲子西，

西南乌，下南雨，（乌：墨黑。下南：指闽南漳州一带。）

一支香，管葫芦，

葫芦贮水饲鸳鸯。（贮 [de3] 水：读如闽南话底；贮水：装水。饲 [ci6]：喂养。）

淹的淹，饮的饮。（淹 [im1]：本作同音字"音"，疑非径改。饮 [lim1]：喝。）

偷牵牛，食药酒；（食：吃，喝。）

偷搦鸡，使倒手，（搦 [liah8]：读如普通话俩，抓。使倒手：用左手。）

一百将军哈洞啾。（一百将军：影总章二年 (669) 陈政奉诏统领 123 员将校事。哈洞啾：指响亮的喷嚏。）

云霄《排甲子》

排咾排甲子，

甲子西，西南雨，

一支香，管葫芦。

葫芦贮水饲观音，（饲：本义喂养，这里指供奉。）

淹的淹，饮的饮。（淹 [im1]：本作同音字"音"，疑非径改。饮 [lim1]：喝。）

头状元，卖扫帚；（头状元：头一个状元，影福建地区第一个举明经的陈元光之子陈珦。）

偷搦鸡，配老酒，（搦 [liah8]：读如普通话俩，抓。）

一百将军哈洞啾。（哈洞啾：指响亮的喷嚏。）

诏安《排甲子》

排咾排甲子，

甲子东，葫芦排，

排来排去是灵犀。（灵犀：比喻心灵感应。）

灵犀佬，侃大嫂。（灵犀佬：比喻心灵感应的人。侃 [kam3]：读如闽南话砍，傻。）

大嫂是灵客，（灵客：招魂引灵，可沟通生与死、阳间与阴间两个世界的人。）

山蓓蕾，苦咧咧，（苦咧咧：形容味道苦涩。）

本枝生，土哩耆。（哩：介词，在。耆 [dεh7]：用重物压；土哩耆：压在地里。）

耆啊耆，扭啊扭，（扭：音 [niu3]。）

动起脚，动起手，

浪荡揪扭。（浪荡：放荡不羁。）

　　这是漳州南部三个县的《排甲子》歌谣，其中漳浦版和云霄版都集中了一些崇武"圣王歌"的"遗传基因"，而像极了"圣王歌"：它们的第一句都和"圣王歌"一致，只不过"圣王歌"到了崇武以后，把老家的语助词"咾"字蜕变成了"啰"；漳浦版和云霄版又充斥着与"圣王歌"相类的方向词语东、西、西南、下南等，末句的"将军"打喷嚏也合于"圣王歌"。即便是差异较大的诏安版，也还是与"圣王歌"约略相像。漳南《排甲子》的句子都在十行左右，诗篇都是以"三字格"短句为主旋律而点缀着一两个五言句和七言句，这一诗章的句式特点与"圣王歌"相同；"圣王歌"的结尾有两行四言句，而诏安本同样有这一语言特征。

漳南《排甲子》还有一处同崇武"圣王歌"妙合，那就是尽管崇武本像断了线的风筝一般"飞到"外地了，与留存在漳南的《排甲子》"失联"了 600 多年，却都不约而同地由军旅历史歌谣和生活歌谣演变成了儿童游戏歌谣。游戏的做法，惠安县"歌谣集成"说是类似于"击鼓传花"：

"游戏方法是儿童们坐成一排，双手掌心向上，另一人坐在对面，又一人手中拿一小东西，大家都齐念歌谣，念的时候，拿着小东西的人把那东西悄悄放在坐成排的某个儿童手中，歌谣念完，坐在对面的人要指出小东西是在谁的手里，说对了，被指出的人就要去换对面的人下来；指不对，就要继续玩下去，一直到指对了才能换下来。"

也许是因为诗句简短的原因，漳南《排甲子》也不可思议地大多嬗化为儿童游戏歌，比如云霄本和漳浦本这两个县的"歌谣集成"，都列《排甲子》为"儿歌·游戏歌"，云霄本甚至雄居游戏歌第一篇，仅诏安本放在成人歌谣里，然而诗篇的"葫芦排，排来排去是灵犀"一句仍带有一定的游戏色彩。这不是一般的"巧合"，而是历史必然，它表明在"圣王歌"还没"移栽"、"过枝"到崇武之前，便已经衍化为儿童游戏歌谣了。这一组歌谣有这么多的特点都相同相近，而给人以眉目与体貌酷似的感觉，仿佛它们是"一母同胞"姐妹章；"圣王歌"已经 1330 岁了，漳南三首《排甲子》的"歌龄"也应该相仿，属于唐初流传下来的千古歌谣无疑。

漳南三本《排甲子》也有不同于"圣王歌"之处，最显著的地方是淡化了"圣王歌"的军旅主题，却突出表现了"排甲子"活动对方向的导引。歌谣的题材与内容，丰腴而多样，新增了意涵丰富的民俗事象"葫芦",和燃香、养葫芦拜观音、喝老酒和药酒、卖扫帚、偷鸡、将军打喷嚏、佬儿与大嫂、苦味的山蓓蕾、动手动脚、扭打等等细节描写,也描绘南国多雨发大水、营房被淹、将士们疲病交加受寒而喝酒、将军打喷嚏等情形,有"灵犀佬"与灵客"侃大嫂"之间的隐晦事故,也表现了军中有人趁着战争的间隙而违反军纪的偷盗事件,有原住民潜入军营偷牛等军民纠纷和民族矛盾,因为民间据传说,牛是"陈家军"从中原老家带来的"农具",原住民却刀耕火播没有牛。在这些反映世俗生活的民俗事象中,"一百将军"应该就是影指陈政当年奉诏统领来闽的一百二十三员将校的,歌谣只是省略了人数的零头罢了。如此说来,漳南《排甲子》也讲述了拓闽开漳的故事,只不过,它将故事的内核掩藏在时光的迷雾里,不容易"瞭"见其真容;一旦和"圣王歌"放在一起,歌谣背后的历史便有如胶片浸入了显影剂,故事中的人物、情节等原貌,渐次一一显现出来了。

漳南《排甲子》歌系意象群解读

在这组歌谣中,与婚嫁、求子嗣、生育有关的文化意象群,比如观音、葫芦、鸳鸯、灵犀及其生活场景,着墨颇多,它们在民间都兼具了多重文化象征意义,里面又数"葫芦"最有"故事"可圈可点。那么漳南《排甲子》的葫芦里面究竟"卖"了什么"药"?

在陶器尚不发达的远古,先民就用葫芦来取水、贮水,后来发展为盛酒器,而成为"八仙"之一李铁拐满装可以起死回生的药酒的神道法器,与云霄本"配药酒"、漳浦本"食老酒"的内容暗合;

葫芦,在我国有用它救助人类于"大洪水"的民间记忆,据传人类的始祖伏羲和女娲兄妹俩,就是躲进大葫芦里逃生的;

扎紧葫芦嘴儿的葫芦具有浮力,民间便利用这个特点,把单个葫芦扎紧了嘴，或者将多个扎嘴葫芦捆在一起，助漂泅水渡河，因葫芦系于腰间，称为"腰舟"；

黎族的腰舟

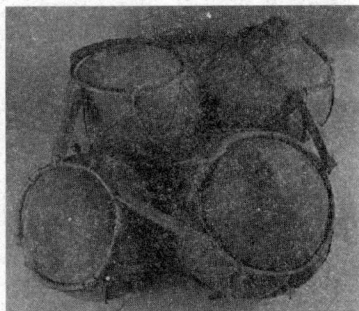

济源地区的当代腰舟

葫芦一剖为二成为瓢，可以用作舀水器、饮水器"葫芦瓢"，古代常用做合婚仪式的饮酒具"卺"（jǐn），后来民间便有了一对新人用系了红绳的瓢而交"杯"对饮的婚俗，饮后合二瓢为一体，用红绳系牢，称为"合卺"，寓意合婚；

"卺"字上为丞，丞承相通，下为己、卩，是"人"的变形，《说文》称是"谨身有所承"的意思，隐喻夫妇事，仍与葫芦有关；

亚腰葫芦形状由一个小圆和一个大圆连合而成，那圆古隆冬的形象好似孕妇那丰胸硕腹的胴体，而伴生出民间的母体崇拜；成熟的葫芦多籽儿，又衍生了求子嗣崇拜……

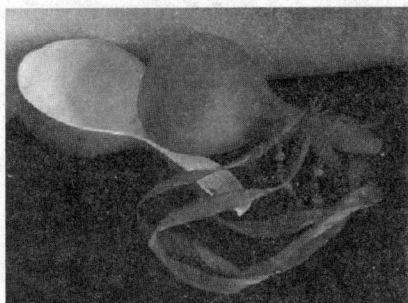

再看漳南《排甲子》中的"葫芦",有的用来装水,供奉观音、喂养鸳鸯,也有的被"排来排去"通"灵犀";而灵犀、鸳鸯、观音这些意象,都和情恋、婚姻、生育有关。把"圣王歌"和漳南《排甲子》组歌放在一起通读,便似乎能从这些意象群中"聆听"到组诗所共同反映的别开生面的千年"圣王古(古,闽南话指故事)":

主将反反复复排甲子,运筹帷幄,训导新兵,告诫他们参加军队就要守军纪。部队开拔了,有的往东,有的往西,有的走下坡路来到平地,与另一支军队会合。部队在半路出击,一战再战,战斗激烈,终于战胜了敌军。对方的女眷哭成一片,将军却不见了。派出军队,挨户寻找,找来找去找了很久,突然从某处传来了将军打喷嚏的声音(崇武本)。

战事告一段落,用排甲子的方法来预测南方多变的气候。西南方天空墨黑,一场暴雨将临。点燃一炷香,敦敦祷告;用葫芦装上水,供奉观音(云霄本),再用葫芦装上水,喂养鸳鸯(漳浦本)。雨,渐渐大起来了,更大起来了,水势汹涌,淹了营房。将士中,中了头名状元的那位主帅的儿子在卖扫帚(云霄本,影指福建地区第一个举明经的陈元光之子陈珦);一原住民潜入营房偷牛;有人在偷鸡,偷鸡贼是个"左撇子"(漳浦本)。大家喝着烧酒驱寒,用药酒治病。天气越来越阴湿,越来越寒冷,上百个将校打着响亮的喷嚏(云霄本、漳浦本)。

反反复复地排甲子,把葫芦排成排。排来配去,难以匹对,却排出了一对儿有着心灵感应的灵犀佬和神神道道的侃大嫂来。灵犀佬儿悄悄跟着侃大嫂上了山,自称我能招魂我会引灵我也不用执幡我也不必拿火炬;我只要说说话儿,就能帮你,引领你家亡灵来和嫂子你见见面儿说说话儿……沟通生与死，阳间与阴间，已知和未知，现实和虚幻，正义与邪恶……这一切的一切似乎都是那懵懵懂懂晕晕乎乎的侃大嫂所需和所要。山野里，山花花刚冒出花骨朵儿来，便遇上了苦事体，土生土长的她被压在了地下，双方撕打、扭动，动手动脚，晃荡浪荡，揪着抓着，滚成了一团……（诏安本）。

由征战而渐入战斗的间隙与战后，这是"圣王歌"和漳南《排甲子》"讲述"的系列故事。漳南《排甲子》显然属于呈系列性故事的续篇，大都反映了那位"将军"在打喷嚏。这可能和闽南地区特殊的天气现象有关，民间谣谚说，早春到暮春如果遇到春寒的年份，其天气之冷便"正月寒死猪，二月寒死牛，三月寒死播田夫，四月寒死大个健新妇"，即便在孟春五月，仍然是"无食五月节粽，破裘毋甘放"。中原将士初来乍到，可能还不习惯闽南的气候特点，以至于经常着凉而"哈啾"、"哈洞啾"，才被歌谣的创作者"抓住"了这一特定的"历史镜头"，"拍摄"了下来，"定格"在了歌谣中。看来，《排甲子》组歌的有些内容，要比民间反映陈元光及其将士事迹的"圣王古"来得更具体也更真实。而诏安本的"侃大嫂"，应该也属于"圣王歌"中"漳州娘仔"之一员吧？

奇怪的是，漳南三种《排甲子》都能够流传漳州，独独"圣王歌"却在它土生土长的本乡丢失了。这大概因为"漳州娘仔"执拗地要"驻守"于歌谣，坚持为闽家姑娘"保真"历史之缘故。它的存在，客观地"定格"、再现了少数民族在大中华民族形成史中的定位。这样的歌谣，自然不受主流阶级的欢迎，甚至连很"草根"的民间主流叙述体系也进不了，比如漳州民间故事便只称原住民为蛮为獠，不把他们当人而虫豸化，更只字不提掳人妻女为妻的事情。遥想当年，裹挟着闽族弱势群体而同化之的汉家征战诗篇"圣王歌","陈家军"的将士们,怕只会嘿然以待之,唱着念着"漳州娘仔"的,便多是漳州娘仔自己和她们女女相传的女性后代,其中便包括了后来定居崇武的"军婆"们。由于军队大多是"世代为军"的,这些军属的后代到明代也还是军属。于是乎,军队换防的时候,她们随夫搬迁,她们的歌谣,便在原乡绝迹……

让我把话头再带回漳南《排甲子》。孤立地看,你"读"不出它们创作于何时,或是从什么年代流传至今。只有把它们连同"圣王歌"挂起钩来才会蓦然发现,它们原来也是有着1330年的漫长"歌龄",同样堪称现存漳州歌谣中的"老阿公"。

由此而看闽南歌谣,它是有着自己的"史诗"的。只不过它不是常见的鸿篇巨制类型,而是由一篇篇保存在不同县、市和地区的歌谣连缀而成的组诗。

(二)泉州《V甲子》:"圣王故里"连漳泉

在我调查漳州"圣王歌"歌系遗存情况时,也一并调查了泉州地区相类歌谣的遗存。果不其然,这里也还流传着和漳州《排甲子》有同有异的歌谣,同属于"圣王歌"系列。因为泉本歌谣的第一句和漳州《排甲子》的名词和动词词组相像,而动词在语言学界常用字母"V"来代替,我便称其为《V甲子》歌。

晋江《排甲子》

排吨排甲子,(排吨排:也作排的排,指反复比对。)

排到新年二月止,

揪瓜藤,挽瓜子。(挽[bban3]:采摘。笔者按:挽瓜子义似不通,但闽南语区有多篇歌谣同此语。)

瓜子栽，栽沿路；

一支香，点半路。

一路抄，两路屑。（抄 [sɛ5]：也作屑，扔、摔。）

三公娘，吼咩咩。（三公娘：辅佐国君执掌军政大权的高级官员之妻，或作三公羊，非。吼咩咩：哭咧咧。按："三公"当影指入闽高级军事将领，即陈元光主要部将许天正。许长期领兵、驻守、开发晋江，后裔留居晋江。）

泉州《算甲子》

算的算甲子，（算的 [e] 算：反复测算、比对。）

算啊正月二月起，（啊：泉州腔结构助词；算啊：算得、算到。）

揪瓜藤，挽瓜子。（挽 [bban3]：采摘。）

瓜子栽，栽葫芦。

葫芦一支须，（一支须：一条须。）

担水饲鸳鸯。（担水：挑水。饲 [ci6]：喂养。）

一百个将军仔，

据你搦一个。（据你搦 [liah8]：任你抓，即方言据在你搦。）

德化《点甲子》

点啊点甲子，（点啊点：反复排、点。）

正月二月起，

落花园，挽瓜子。（落：来到。）

瓜子葱，葱葫芦，（葱：谐苍，茂盛；葱葫芦：葱绿、茁壮的葫芦。）

葫芦担水饲鸳鸯。

弯的弯，扭的扭；（弯 [uan1]：应是同音字冤的讹误，后者指争吵闹矛盾。）

将军仔，拍出手，（拍出手：大打出手。）

土地公落号是即手！（落号：就说；即手：这只手，即土地公指认打人的是这只手。）

南安《捶甲子》

捶的捶甲子，（捶：指儿童的游戏动作，甲子意义虚化。）

捶啊正月二月起，（捶啊：捶得、捶到。啊：泉州腔结构助词。）

上瓜园，挽瓜子。

瓜子东，瓜子西，（西 [sai1]：谐挀，使劲敲打瓜瓢。）

西啊放。（西：谐挀；挀啊放：指一边敲打一边播种；放：点播种子。）

一枝香，点半路。

咕咕咕，在谁处？（咕咕咕：鸡叫声。）

在即脚处！（即 [zit7] 脚：这只脚。）

泉州四种《V甲子》比漳州各本简短，诗篇也是以三字格为主调而穿插一二个五言、七言句，和"圣王歌"相同相近的有第一句的"V+甲子"格式，由漳州本"军去东，军去西"和漳南本"甲子东，甲子西"，嬗化为南安本"瓜子东，瓜子西"，以及晋江版的半路、燃香、吼咩咩，泉州本葫芦一支、将军、搦，德化本葫芦担水饲鸳鸯、弯的弯，扭的扭句式、将军出手等，内容的关联性要低于漳南各本。漳南版《排甲子》的显性意象"鸳鸯"也存在于泉州本和德化本；诏安本的箬啊箬，扭啊扭，则演变为德化本弯的弯，扭的扭，因为这 [uan1]、[liu3] 两个动词在歌谣中指义不很明确（比如其中的弯，我就认为它应该是表示打架拌嘴闹矛盾的冤），以至于在下面的不同

"圣王歌"传本的字形纷呈，纷纷被写为同音的弯、湾、鸳和柳、纽、馏和音近的扭等，有的干脆就用一个"□"——不知何字何解来表示，是最客观的了。

和崇武"圣王歌"最相像的是晋江《排甲子》，崇武本"圣王歌"有两个"路"字，晋江本则多至四个"路"；"圣王歌"最抢眼的描写是土著女儿"漳州娘仔吼哞哞"，到了晋江本，衍变成了辅佐国君、执掌军政大权的高级官员之妻"三公娘，吼哞哞"，而隐身其后的"三公"，有可能就有南下入闽的高级军事将领"影子"，那可是陈元光倚重的爱将许天正，后来职兼漳、泉，长期驻军在晋江，他的将士和后裔后来就定居在晋江，这应该就是晋江本《排甲子》酷肖崇武—漳州"圣王歌"的最主要原因。南安《捶甲子》和漳州本《排甲子》距离较大，然而"瓜子东，瓜子西"的方向词语成分，却又喷泉也似的"冒"出了漳州歌的潜流，诗句中的"瓜子西（抛）"和"西（抛）啊放"之"放"，也很值得注意，因为下面的漳北歌篇便有《放瓜子》和《排瓜子》。

晋江—泉州《V甲子》和"圣王歌"相似的另一个重要原因之一，还在于泉州曾经是"陈家军"南下"平乱"的大本营驻扎地。原来，陈元光向中央政府上报要求创立漳州，它的地点在"泉潮间"，而当时的"泉州"其实是现在的福州。所以，在当时的福州至潮州之间，保留了很多有关陈政、陈元光入闽行踪的口碑和记载。比如福建省现存最早的宋本地方志《仙溪志》（仙溪，今莆田市仙游县）就说：

陈政仕唐副诸卫上将，武后朝戍闽，遂家于温陵之北……今枫亭二庙，旧传乃其故居。

陈氏的"故居"枫亭就是现在的仙游县枫亭驿，"温陵"是泉州的旧称。仙游民间传说，"陈家军"的故居在枫亭驿的陈庐园，这个地名从唐代沿用至今，地点在泉州以北五十多公里的莆田、仙游、惠安三县交界处，是福州通往闽南的交通要道。在唐朝和五代，泉州（今福州）驻军武官往往"家枫亭"。这可不是偶然的，而是有历史事实根据的必然，也就说明了陈政当年"平乱"流动作战的前线在漳州，而当年的泉州（今福州）地区则是他安顿家眷和作为出征将士换防、休憩的后方根据地。这个记载着"陈家军"及其"故居"的地方志，还记录这个家族和他们所指挥、管控的军队的故事，里面包括了陈政、陈元光及元光之子陈珦的"传"。而这些早期漳州史料，漳州往往"失收"。

漳州"失收"的陈元光拓闽史料，何止仙游县枫亭事，它还包括了长乐市漳港的故事。这里有一座古庙的"整体出土"，扩大了"陈家军"开拓闽地的地理范围，比如长乐市漳港显应宫，自古就是一座香火缭绕的宫庙和地方上的名胜，它始建于宋绍兴八年（1138），却在清光绪年间突遇骤风，被整座地深埋于地下，和附近的村庄一起"人间蒸发"。后来人们在这片沙滩地建起了新村落，就是现在的

长乐显应宫关于宫庙整体出土的简介

仙岐村。有趣的是它的重见天日故事：

　　1992年6月21日，《福建日报》刚刚刊登了国务院批准在仙岐村建设长乐国际机场的消息，事隔一天，仙岐一村民便发现本村旁边的沙丘地，露出了一个洞，洞口有成群硕大而又彩色斑斓的蝴蝶纷纷扰扰飞进飞出。好奇心驱使着这位村民拿着锄头顺着洞口往下挖。这一挖可不得了，发现沙丘下面的掏空处，有一堵墙，硕大而又彩色斑斓的蝴蝶就停歇在这墙面上！该村民便赶紧上报，政府赶紧迅速派人前来现场挖掘。半个月后，古宫庙整体出土，挖出了多个神殿和一尊尊栩栩如生、大小不一的泥塑像！后来当地政府召集各路专家来参观考察，以便探明这座宫庙所祀为何方神明。经闽南师范大学汤漳平教授等专家确认，庙的后殿"大王神殿"，供奉的竟是"开漳圣王"陈元光夫妇。人们诧异的是，陈元光不是"开漳"的"圣王"吗？何以"飞"到福州来？其实答案就在当地的"地名活化石"漳港——它应该是和"陈家军"拓闽建漳同步得名的。而地宫后殿左侧供奉的，是开漳圣王陈元光的祖母、"携家带口"的魏妈，魏妈

长乐显应宫地宫后殿的"大王神"即陈元光，彩色泥塑像和漳州威惠庙开漳圣王如出一辙

显应宫地宫后殿左侧的泥塑群雕，表现陈元光的祖母魏妈携家带口于行军途中

两侧怀抱婴儿的，是身着戎装的儿媳妇和孙媳妇。这座庙宇和陈氏家族群雕，都在默默诉说着唐初陈政、陈元光父子当年来闽征战的故事，告诉后人他们当年征战的地理范围，确实是在"泉潮间"——现在的福州和广东省潮汕地区之间的广阔土地上。因此，该宫庙之所以"驻扎"在闽东的长乐漳港，绝不是偶然的。

　　长乐显应宫的发现，将对研究闽南开漳文化与福州闽都文化的交融提供新的实证和思路，因为它的"连锁庙"从闽东长乐、福清到莆田、仙游到闽南地区的惠安、南安、泉州、晋江、同安、安溪直至漳州，逶迤不绝。这一人文地理状况是以"实物"的"身份"纠正了奉祀"开漳圣王"的威惠庙主要分布在漳州的错误成见的，也更加说明了当年陈氏家族的"故里"是包括了温陵—泉州、莆仙、长乐的。难怪在"圣王"的另一故里枫亭，也会流传有关他和他的家族和军队的故事。

　　和漳州《排甲子》组歌相比，泉州四种《V甲子》歌谣的表现手法更加多样化，并且都不约而同地增添了新春正月二月时节"揪瓜藤"采摘瓜子、"沿路"种瓜种葫芦的新鲜事，显现了宁静、祥和的生活气息。这种十足的生活化的画面和氛围，有别于"圣王歌"紧锣密鼓的战争描写和漳南《排甲子》中的偷鸡偷牛、动手动脚扭打等"不和谐音"，符合泉州地区属于"陈家军"征战"平乱"的后方的历史真实。不过，它未尝不是漳泉一体化文化进程中的共有事物。比如陈军官长丁儒《归闲诗二十韵》诗，就有"呼童多种植"的诗句，暗合"揪瓜藤、挽瓜子"、"沿路"种瓜这些生活化的意象。而有关正月二月、揪瓜藤、挽瓜子等句子，也成了泉州《V甲子》的特有"遗传基因"，得以流传。

泉州《V甲子》也凸显了歌谣的游戏性：

这是儿童游戏歌。三四个小孩的脚拢在一起，由一个小孩念着歌谣，用手指点着自己的脚从第一个字数起，顺时针方向一直继续着。最后手指点在谁的脚上，谁就把脚缩回来。此时，再从头念起。谁的两脚先缩回就是胜利者，谁的脚最后缩回就是失败者，玩起来有趣味。（见《晋江歌谣百首·排甲子》）

尽管现在的漳州和泉州各是一个文化中心，然而泉州《V甲子》蕴含的故事却全然不分漳、泉，似乎是"圣王歌"及其漳南"开漳古"的续篇，内容上，反映了一定的农耕、选婿、民族矛盾与交融等内容。这只要合读四种泉州《V甲子》，撩开表层的儿童游戏之面纱，便依稀得见其故事梗概：

反复地排、点、推算甲子和卦象，这项工作起于新年的正月，到二月里才完成。接下来，到花园里（德化本）整理旧瓜藤，从风干的瓜瓢里把瓜子敲打下来，有的沿路栽瓜秧，半路上点燃一炷香，却把瓜秧走一路，扔一路，惹得三公娘仔触景生情哟，哭咩咩（晋江本）！

也有的在地里种上了葫芦，在葫芦抽须的时候，挑水饲养鸳鸯。闽家的姑娘们哟，一百个将军里面呵，任由你挑选一个（泉州本）！

还有人在瓜秧和葫芦苗长得葱绿葱绿的时候，闹矛盾的闹矛盾，扭打的扭打，连小将军也大打出手，事后却没人要承认。幸亏土地公出面指认，说：打人的就是这只手（德化本）！

泉州歌本有一半的篇幅描写农耕生活，后半篇的前段与葫芦、挑水、喂养鸳鸯有关的句子，绰约反映汉军由土著姑娘挑选夫婿，军民相处和谐和民族融汇的情形，接着出现的是闹矛盾争吵的画面。晋江本反映人们在斗气，"三公娘"被惹哭，德化本也有打架的场面，还有神明"土地公"出来指证是哪只手打人的，虽然字里行间的军民矛盾、民族矛盾不是很明显，然而末句"一百个将军仔，据你搦一个"的内底里，恐怕影现了较为平等、自由的闽汉通婚，这种不同的民族交融境况，和漳州本《排甲子》形成了强烈的对比。

和漳南《排甲子》一样，若如果孤立地"读"泉州《V甲子》，它们也没有明显的创作于何时、从什么年代流传至今的时间标志，一旦和"圣王歌"同读，就显现出它从属于"圣王歌"《排甲子》歌系的属性，同样是千年歌谣"老古旧"。

（三）南山、铁塘"瓜子歌"：漳州"圣王歌"的遗绪

在我国，大规模调查歌谣的"运动"有四次，第一次发生在"五四"运动"打倒孔家店"之后，文化界掀起了"以我手，写我口"的"白话文"运动，主张用民众的活语言取代自古占据着统治地位的文言，

也用民间语言为"载体"的歌谣来为新诗的创作提供"样本"。于是，北京大学发起了"歌谣运动"，向全国征集各地歌谣。第二次是西北解放区局部的歌谣调查，第三次在新中国建立后的五十年代，第四次在"文革"后，最重要，由文化部牵头，各地的文化部门执行的"中国民间歌谣集成"的调查与编辑、发行。

照理说，经过这么多次的"犁甲耙"（甲，闽南话，相当于连词和），未调查到的歌谣应该所剩无几了吧。然则未必，被历次"歌谣运动"遗漏的民间作品其实不在少数。比方我曾在原来任职的闽南师范大学（原名漳州师范学院）开《闽南方言文学》选修课，当讲到"圣王"《排甲子》歌谣与开漳史的时候，有个家在漳州北郊的同学陈君当即说，老师，我们村有一首歌谣，和这个《排甲子》好像有点儿联系，等我回家问问再抄来给您。一周后，陈君带来了下面的铁塘《放瓜子》。

无独有偶，退休后，漳州市老年大学也请我开《闽南方言文学》，课上仍讲闽南歌谣的源头，学员陈先生听后也提供了本村的一首《排瓜子》。这两首《V瓜子》，都不在当年政府组织调查的漳州歌谣中。

铁塘《放瓜子》

放咾放瓜子，（放咾放：不停地把瓜子播到地里。）

瓜子戥，好临戥。（戥：玩；好临戥[lin2 uāi1]：排演瓜子的游戏适合靠近玩。）

戥若好，（戥若好：玩得好。）

后壁沟一枞松柏母。（后壁沟：屋后。枞：棵。松柏母：粗壮的松柏树。按：闽南话"母"有勇健粗壮义。）

弯对弯，柳对柳，（弯：谐冤，指吵架闹矛盾。柳[liu3]：谐扭

[niu3] 绺 [liu5] 揪 [ggiu5]。)

墓头对墓手。（墓头：墓的主体，坟头。墓手：墓围，坟头两边的延伸部分，有如两臂抱拢"墓埕"。）

加令猴，卖扫帚，（加令：八哥鸟，这里可能是人名；加令猴：比喻体格瘦小。）

食白肉，配冷酒，（食白肉：吃肥肉。）

今年瓜子着谁仔收？（着谁仔收：轮到谁收取。）

南山《排瓜子》

排咾排瓜子，

瓜子山，山仔好，

后壁沟一枞松柏母。（后壁沟：屋后。枞：棵。松柏母：枝叶茂盛的松柏。）

甀啰甀，柳啰柳，（甀[uāi1]：意傲慢、嬉狎，因贪图而耍赖。柳 [liu3]：谐扭。）

担灯猴，卖扫帚，（灯猴：民俗用的小油灯，灯架为形似靠背椅的竹笼或木架，漆红描金，外罩纱布，内置一小油盆点火照明，通常挂在大厅神龛旁的墙上，每年除夕傍晚烧掉旧的换新的，称"烧灯猴"。担灯猴：应指挑着灯猴卖。）

偷搹鸡，押倒手，（偷搹鸡：偷鸡。押倒手：左手掩在背后。）

偷食白肉配冷酒，

大伯公仔今年瓜子着谁收？（大伯公仔：土地爷，神明。着谁收：轮到谁收获。）

细读这两本《∨瓜子》，确实很有些像"圣王歌"和漳南《排甲

子》。比如铁塘《放瓜子》第一句句式和虚词"咾"与漳州各个《排甲子》相同，名词"瓜子"[gua1 zi3]的字音与"甲子"[gah7 zi3]相近，仿佛"脱胎"而来；《放瓜子》全篇三言短句多，诗句中，"弯对弯、柳对柳（柳谐扭）"与德化本"弯的弯，扭的扭"相同或谐音，"卖扫帚"和云霄本相同，"食、酒"来自漳浦、云霄本等。难怪本科生陈君指着铁塘《放瓜子》对我说道：老师，看看这个，不是和您讲的《排甲子》很像么？我便请陈君先调查一下铁塘村民有没有善歌的人，有就先记下来。后来又和几个同学一起到铁塘调查，发现村民很热衷于念歌谣、说押韵的谜语，对于村里流传的《放瓜子》歌谣怎么来的，却说是长辈们教的，其余便一问三不知了。如此一来，《放瓜子》为什么和"圣王歌"相像的问题，便"难解"而放了下来，心头仍挂上了一个沉坠的悬念。

其实明眼人一看就知道，铁塘《排瓜子》最像的是南山《排瓜子》！而南山村的陈先生，嘴上虽然没说他们村《排瓜子》是否和"圣王歌"有瓜葛，但他是在听了看了"圣王歌"以后得到启发的。陈先生又说，本村村口有一座"千外年"的古庙，奉祀陈元光等等，并热心邀请全班学员一起到他家乡"采风"。我们于是欣然前往。

南山自然村，就坐落芗城区北郊石亭镇天宝大山南边的山脚下，村里的那座拥有千年历史的威惠庙，奉祀开漳圣王陈元光以及他最忠心的爱将，为救陈元光而战死，死后仍怒目瞪着敌将的辅顺将军马仁。如今，南山村的威惠庙雕像马仁的眼睛仍旧是圆瞪着。

南山威惠庙始建于唐贞元二年（786），是漳州建州之后从现在的云霄县迁往漳浦李澳川，再迁而到芗城"落户"的同一年。如此算来，南山威惠庙应是跟随漳州府衙从漳浦"搬迁"到漳州时的"随迁品"。联想到南山村民以陈姓为主，当地又流传着漳州府治的地址

"元光圣水" 龙泉井

原本选在南山的说法。尤其是，该庙主殿与东侧护厝之间的天井那口千年社井，系与宫庙同年建造的，那涓涓井水"清冽甘甜"，即便遇到旱年，也从不枯竭，一千年来养育了一代代南山人。村民因而美其名曰——"'元光圣水'龙泉井"。

井水可以"被乡民誉为'元光圣水'"，那么，村民们传诵至今的与漳南、泉州《排瓜子》相似的歌谣《排瓜子》，岂不也是"圣王之歌"么？！村里那一系列"开漳文化"遗存本身，已经证明了这篇《排瓜子》歌谣是从云霄、漳浦一带"迁入"南山村的，乃"圣王歌"系列的遗绪，是它至少同该庙宇一样古老，已经"存活"了1230年的铁证。并且，因为有了这篇南山《排瓜子》和该村一系列"开漳文化"的遗存，连最接近它的铁塘《放瓜子》歌本，也铁定是千年古歌谣喽，它俩的年龄"岁声"与漳州府衙从漳浦"搬迁"到漳州一样，截至去年（2016），至少1230岁！

漳北南山本、铁塘本《V瓜子》所描写的生活图景，似乎同崇武"圣王歌"和漳南本《排甲子》、泉州本《V甲子》也有着某种内在的接续性，絮叨着"陈家军"初入闽南战争故事的续篇，出现了其他传本不曾有的，同老故衰亡有关系的新事物：坟墓，它们所传递的故事"续集"是：

用瓜子当成游戏用具的"子儿"来排列着玩儿，玩到播种的季节，就把瓜子播撒到后山上。瓜秧的长势有如勇壮的"松柏母"；玩儿的时候，有人在耍赖——"甂"，有人扭打在一起（南山《排瓜子》）；打架的双方对着干，扭打的人揪成了一团。到后来，闹矛盾的双方共同筑起了坟墓，一座坟头紧挨着另一座的墓围（铁塘《放瓜子》）。一个名字叫作加令的瘦猴子挑着"灯猴"在叫卖扫帚（南山《排瓜子》）；有人偷鸡摸狗，掖在了身后（铁塘《放瓜子》）；又有人偷肉吃，就着冷酒。问问土地老儿（南山《排瓜子》），（忙活了一整年以后）今年的瓜子轮到谁来收？

统观漳州《排甲子》组歌，就会发现它们的不同存本之间，形成了一个呈现时段性排列的歌谣系列：崇武本展示了开漳初期陈家军的军旅生涯和作战的双方战后的某些小细节，漳南《排甲子》却主要着眼于战争间隙或战后，那草创的和平生活及其期间的一些军民矛盾小插曲和若隐若现的民族矛盾，漳北本则把文学触角探及战后和平生活的日常娱乐、生产劳动和民俗生活，算是其中一个略显边缘性成分的版本。而泉州本《V甲子》则是漳南、漳北两类型传本中间的一个桥梁性的过渡段。

顺便说一句，漳北两首《V瓜子》歌谣所在的两个村庄，有好几个相似之处，一是两村都以陈姓为主，二是两村的村民都酷爱吟诵方言歌谣。尤其在南山村，当我们老年大学一行进村调查时，居然有三四十位老、中、青、幼女村民，争着念歌谣给我们听，连四五岁的小娃娃也因为爱念歌谣的祖母亲口传教，而学会了念好十几首歌谣。铁塘村接受我们调查的大多是壮年、老年妇女，其中有位女村民不识字，却念闽南话的字谜给我们猜。第三是两村都在漳州北鄙，彼此的距离仅约 10 分钟车程，而两村的陈氏族谱都丢失了，都说不清楚是陈元光的第几世后代，铁塘甚至不清楚自己这一支究竟是"太傅陈"还是"将军陈"，只有后者才是陈元光的后代。同为陈姓，有可能是陈元光后裔，这大概就是漳北《V 瓜子》能够传咏千年而未泯的内在道理吧！

至此我们完全可以自豪地修正顾颉刚教授的论点，说：

福建的歌谣尽管不载于诗三百篇，也不录于汉乐府和宋人乐府诗集，因此，福建人唱了三四千年的歌，大多数都随古人而埋葬了。不过，仍有一小部分歌谣，从唐代一直流传到现在。

三、成批出家门:"圣王歌系"渡海记

在福建省汉文化形成后的五代、宋元之交和明清交替等年代,
我国的北方地区屡屡硝烟四起,难民便纷纷南下福建,给福建省带
来很大的人口压力。作为擅长"漂海"的漳、泉闽南人,"走出去"
成了他们应对人口压力的首要选择。然而,往哪儿走呢?以时间的
先后论,闽南人首先成批就近登上九龙江口的厦门岛,往西迁到潮
州,其次是顺着西边往雷州,也有跨过内海到达海南岛的,第三是
下南洋,第四则过台湾。

历史上的潮汕和漳州很"亲近",自古同属"七闽"、闽越国,
秦汉推行郡县制以后,现漳州地区长期以盘陀岭为界,岭东北属闽,
岭西南归粤。尽管潮汕在历史上主要归广东管辖,但也时不时划归
福建,隶属权多次在广东和福建之间游走。由于地缘、血缘、语缘、
曾经的隶属关系,潮、闽文化确实难以"分家"。因而,潮汕虽然地
在粤境,潮汕人自诩是"福建祖",其语言、歌谣、文化、民风无不
与闽南相仿佛。然而令人难以置信的是,不知为何,潮汕似乎没有
遗存"圣王歌",这和其他闽南语区都有《排甲子》组歌的情况形成
了明显的差异。

渡海"圣王歌"以台湾为多,这当然同台湾是目前闽南人最多
的地方有关。从遥远的方面往回说,台湾和大陆之间曾经有一条"东

山陆桥"，大陆东南沿海的早期人类百越族在退潮的时候，可以蹚着这条"陆桥"顺顺当当"走"到台湾。后来一如民间谚语所说"沉海山，浮福建"，海平面上升后，这"陆桥"便沉入了海底。到了宋代以后，福建制造的大船"福船"发达，海运频繁，时有闽南人渡海到台湾加水啦、做小买卖啦，或者春播冬收返回大陆，至元、明而不断。明末，"开台王"颜思齐（漳州海澄人）和泉州郑芝龙（郑成功之父）等武装海商率领漳泉老乡开辟台湾岛，有了一二万闽南人的大村落。1628 年，郑芝龙接受明朝招抚当了官，适遇福建地区连年饥荒，便建议福建巡抚熊文灿招集闽南灾民数万赴台垦荒，"人给银三两，三人给牛一头，用船舶载至台湾"；明清之际（1661），郑成功所带部伍眷属 37000 人驱荷收复台湾，发展农业生产和经济，到康熙初年，闽南籍人口已近 20 万。如今台湾有总人口 2300 万，1800 万闽南人便占了其中的 78%，比福建 1500 万闽南人还要多！因此说，"圣王歌"《排甲子》系列能够流传在"圣王"子民众多的台湾，自是理所当然；反过来说，台湾假如没有《排甲子》歌系，反而不正常。此外，在厦门和新加坡等，也有一二类似的歌谣遗留。为了方便说解，我笼统地称它们为渡海《排甲子》歌。

　　渡海到台湾的"圣王"《排甲子》组曲林林总总，篇数比漳泉老家略少，让人五色迷离。不过在歌谣的内容和形式上，仍可以看出与老家漳泉"圣王"组歌的渊源关系，有一半的渡海"圣王歌"名也叫《排甲子》，也有的歌名是《排甲子》的变音，或是由漳泉组歌的某句话"变"成了别的名字，也有一些渡海"圣王歌"仍在继续着开漳歌谣未竟的"圣王古"（古，闽南话，故事）。先看这五篇台湾《排甲子》：

台岛《排甲子》

排呵排甲子，（排呵排：应即排咾排，咾呵音近义同。）

甲子东，甲子西，（按：以下诸句多见于漳浦、云霄本。）

西仔西南路，（西仔西：谐抻啊抻，指随意不停地打啊揍啊。）

南路一枝香，

挹水饲鸳鸯。（挹［iP7］水：往瓶类器皿注水。）

湾呵湾，扭呵扭，（湾［ua1］：指不停地吵架打架，湾冤同音。）

请恁状元来出手。（恁：你们。状元：与云霄本同影第一个举明

经的陈元光之子陈珦。）

叫叫叫，

甲子是谁的？（按：此句与漳北本相仿。）

宜兰《排甲子》

排落排甲子，（排落排：应即排咾排，因为落［loh8］与咾［lo3］

音近而讹误。）

正月二月起，（按：此句和下句见于泉州本，其余多见于漳州本。）

红葵扇，挽瓜子。（葵扇：用树叶编成的大蒲扇。挽［bban3］：摘。）

瓜子东，瓜子西，（此句同南安本，西谐抻［gai1］，两字同音，

指敲击瓜瓢。）

一支香，拄葫芦，（拄：抵着、顶着。）

葫芦贮水饲鸳鸯。

鸳啊鸳，馏啊馏，（鸳啊鸳：义不详，是同音字弯、湾、冤、鸳

的承用。馏：将冷的熟食重新蒸热，又谐扭、纽、绺、柳。）

十全管到猫猫蛀蛀。（十全：所指不详。猫猫蛀蛀：驳杂。猫，

斑驳；蛀蛀，指蛀眼斑驳。）

云林（斗六）《排甲子》

排啊排甲子，

排到三月二月起，（按：此句和下面三句见于泉州本，其余句子
或见于漳州本。）

二月坪，挽瓜子。（坪：山间平地。挽［bban3］：摘。）

瓜子西，（瓜子西：西，谐牺，即敲打，为瓜子脱粒而敲打。）

西啊西落□［lɔng5］，（□［lɔng5］，可能是畚，即沼泽地改造的
深水田，人畜行走极易下陷；落畚［lɔng5］：掉在水田。）

落□［lɔng5］一支香，

菜篮仔贮水饲鸳鸯。（贮水：装水。饲：喂养。）

鸳啰鸳，□啰□，（鸳啰鸳：鸳谐冤，后者意为要吵闹就吵闹。
□［niu3］啰□［niu3］：应为扭啰扭，扭打。）

一窟酒。（一窟：一窖。）

大尖山，三尾鳗，（大尖山：在台中汐山，是云林县的旅游胜地。）

炒炒咧，无三盘。（炒炒：不断地炒。咧：语气助词。）

厦门《排甲子》

排啊排甲子，

排到正月二月起，

上瓜园，种瓜子。

瓜子栽，栽沿路，

一支香，点大路。

一来客，二来客，

过新年，穿新鞋。

二月二，好做稼。（稼：庄稼；做稼：干庄稼活儿，做农活儿。）

初一十五，

经常落雨。

五谷收若侪？（若侪 [lua6 ze6]：多少；侪，多。）

土豆雉鸡尾。（土豆：花生。雉鸡：野鸡。）

番薯像戽斗，（戽斗：汲水浇田的农具，形状略像斗，有带长柄和绑绳子两种。）

做稼真正势。（势 [ggau2]：能干；擅长。）

粟满仓，米满缸，（粟：稻谷。）

年年盼秋分，

番客婶，笑纹纹。（番客：指华侨；番客婶：华侨的眷属。笑纹纹：笑眯眯。）

网络版《排胶志》

排啊排，胶志干，（胶志 [ga1 zi5]：与甲子 [gah7 zi3] 音近。胶志是用席草编的草袋，席草为莎草科，质柔韧可编草席、草袋，代细麻绳之捆物。）

排来排去一重二重九重山。

山下篌，二下篌，（篌：音义不详。）

一棵瘾佝的大松柏。（瘾佝 [un3 gu1]：读如闽南话稳龟，驼背，比喻弯曲。）

松柏掩葫芦，

葫芦贮水饲鸳鸯。

弯的弯，直的直，

一只鸟仔展白翼。（翼 [sik8]：读如闽南话席，翅膀。）

白翼卵，

拣互阿珠舐，（拣互 [kioh7 hɔ6]：捡给。舐 [zi6]：用舌头舔。）

嗍隆，卟啾！（嗍隆，卟啾：象声词，义不详。）

　　稍加比较，不难看出这些《排甲子》中，台岛版是最忠实于漳南本的歌谣了。你看那甲子东，甲子西，西南、路，一枝香，用葫芦装水喂鸳鸯，状元，简直就是用浦、云本的"模子"印出来的，而"湾呵湾"、"扭呵扭"、"出手"等句，既源于漳州诏安、铁塘本，更接近于泉州德化本，通篇几乎都是漳泉"圣王歌"的老话而没有新议题，成为台湾话与歌谣同闽南的渊源关系的缩影。就语言来说，台湾话和厦门话都属于"漳泉滥"（滥 [lam6]，闽南话指掺杂、融合），因"漳"字在前，表明两地的方言口音的杂糅性之"滥"是以漳州腔为主的，而歌谣的地方性特点，也莫不如此，在渡台《排甲子》组歌也能显现出来。难怪台湾有学者说：台湾歌谣完全就是大陆闽南歌谣"母体的翻版"，你说它是台湾的歌谣，倒毋宁说它是闽南先人带去台湾以后几乎没有变化的闽南歌谣"古老版"。

　　说来也怪，这个台岛"古老版"《排甲子》也和崇武本"圣王歌"相似，在原乡"拍无去"——不见了，而成为现存台湾的一个"孤本"。其余渡海本《排甲子》却表现了另一种风情，总体上是漳、泉两种基调的混血"滥种"，同时又掺入了自己的新格调：

　　宜兰版的主旋律，是歌名和第一句排甲子及瓜子东、瓜子西，一支香、葫芦、贮水饲鸳鸯等诗句，主要承袭了漳州《排甲子》的"遗传基因"，却在第二行、第三行夹入泉州歌的"遗传基因"正月二月起和挽瓜子，还加进了台湾因素的红葵扇和十全管到猫猫蛙蛙，是

　　以漳州《排甲子》为主的杂入泉州、台岛因子的混同。

　　云林本的漳州因子集中在第一、第四、第六和第七行的排甲子，瓜子西，一支香，贮水饲鸳鸯；泉州因子则在第二、第三、第八、九、十句的三月二月起，挽瓜子，以及德化本两个动词间隔重叠句型的谐音变体鸳啰鸳，□[liu3]啰□[liu3]，剩下的就是歌谣到达台湾以后出现的新内容，尤其大尖山一语，道出了歌谣生存地在台湾旅游胜地云林县，给"旧酒掺新酒"打上了"兑酒"产地的"新标签"。

　　再看厦门版《排甲子》。对于内地闽南人来说，厦门就在自己的"家门口"，而不似台湾，需要隔海相望。因为近在咫尺，照理说，厦门歌谣应当与漳泉歌谣相似得难以分辨才对。可是，这篇厦门《排甲子》却反而比台湾《排甲子》"个样"，同漳、泉、台各版的差异极大，它得之于老歌谣的成分主要集中在前面五行诗句，其余便大体是新内容。它的性质已经不是"新酒兑旧酒"，而是往《排甲子》老歌的"酒瓶"灌注厦岛的"新酒"了。

　　最特别的应该是网络版《排胶志》，它给《排甲子》"穿"上了"伪装"性的新衣裳（裳字的本义就是衣裳呵），把"甲子"[gah7 zi3]"妆扮"成了"胶志"[ga1 zi5]，而"干"[guã1]字说白了，无非是为了与下一句的韵脚"山"[suã1]押韵而衍生罢了，这在民间歌谣中屡屡可见。"撕"去了《排胶志》歌名的"伪装"，展示在我们面前的便又是一首别样的《排甲子》了，虽然它的新鲜诗句不少，可是新不掩旧，隐约其间的仍有排来排去（诏安本），松柏（漳北铁塘本、南山本），有葫芦、贮水饲鸳鸯（云霄本、漳浦本、泉州本），有弯的弯（诏安本和漳北本），却缺少泉州本有关新年、早春正月二月、揪瓜藤、摘瓜子等成分。和这篇歌谣共生共荣的还有那游戏的玩法，即一群小孩坐成圈，手放背后，另两个小孩一个坐在圈中蒙上眼睛，一个拿小石头边念童谣边巡点、同时将石头放在某个小孩手里，童谣念完，让圈中小孩猜猜石头放在谁手里，猜中了，就换成拿石头的小孩蒙眼睛……综上分析，尽管漳州和泉州的《排甲子》迁播海外有如孙猴子那样法术高强，有着"七十二变"的能耐，然而它毕竟万变不离其宗，悟空依然还是"猴齐天"。

好了，不用我再在这里拿着放大镜"找呀找呀找呀找"地背歌谣，掉书袋，关于"圣王歌"《排甲子》系列歌谣的分析和对比，就此打住。让我们换一个话题，说说别的可圈可点的漳州歌谣。

附：海外其他"圣王歌"系列

高雄《点葫芦》

点啊点葫芦，

葫芦滴水饲鸳鸯。

鸳仔鸯，柳仔柳，（鸳仔鸯［uan1 a iũ1］：承上句鸳鸯而来；鸳谐弯、冤，冤义吵架；鸯无义，用于换韵。柳仔柳［liu3 a liu3］：即斗六本□［liu3］啊□［liu3］，即纽啊纽；仔：读轻声［a］。）

拍恁将军大出手。（排恁将军：打你们的将军。大出手：大打出手。）

【提示】高雄《点葫芦》乍看是一首内容相当完整的独立歌篇，和"圣王歌"《排甲子》似乎没关系。不过，如果把它放在闽南版《排甲子》组歌中，就会发现它与泉州德化版《点甲子》最接近。《点葫芦》先截取了德化《点甲子》开篇的"点"字，再拦腰剪掉《点甲子》上半段和末句的内容，而把截下来的"点"字直接组装在德化《点甲子》第六自然句句末的"葫芦"之前而成为"点葫芦"；《点甲子》第七至第十一自然句是"葫芦担水饲鸳鸯。弯的弯，扭的扭；将军仔，拍出手"，高雄《点葫芦》却把语义明确的"弯的弯，扭的扭"改成

了费解的同音词组 "鸳仔鸯，柳仔柳"，而其余文辞基本没变。可见高雄《点葫芦》主要来源于德化《点甲子》，是个经过了简化的残本，无论是形式还是内容，都铁定属于《排甲子》"圣王" 歌系。

屏东《排古井》

排啊排古井，

三月动，四月起，

上瓜棚，挽瓜子。

瓜子司，（司 [sai1]：即同音字 "捰"，指敲击、搥打瓜瓢。）

司呀司埌圹,（司埌圹[lɔng5 kɔng5]：指打得物体内部变宽变大；埌圹：宽大。）

一支香，点葫芦，

葫芦贮水饲鸳鸯。（饲鸳鸯，原文饲误作似，两字文读同音，径改。）

鸯呀鸯，纽呀纽，（鸯呀鸯：可能是鸳呀鸳之讹。）

请恁将军大出手。（恁：你们。大出手：大打出手。）

金，银，铜，锡，

玛瑙珠，跤落壁；（跤落壁：掉在墙脚下。）

乌狗偷，白狗挖:（乌狗：台湾话，指新潮又有些流气的男青年。）

土地公伯睏醒未？（睏醒未：睡醒了吗，未是句末反问语气词，相当于 "吗"。）

睏醒咯咧。（咯咧：表示已然状态的语气词，相当于"了"、"了啦"。）

开大门未？开咯咧。

点香点烛未？点咯咧。

洗面未？洗咯咧。

食饱未？食咯咧。（食饱：吃饱。）

食饭配啥货？（配啥货：用什么菜下饭。）

配饭包，

今年古井伫啥人兜？（啥人兜：谁的家，兜，家。）

【提示】屏东《排古井》是有着三十多行诗句的内容繁富，形式优美，民俗性、儿童性很强的长篇游戏童谣，尤其是，童谣下半部分采用了一问一答的对话形式展开，表演性很强。《排古井》的首句和篇名不同于"圣王歌"，好像和《排甲子》组歌没关系。但，古井 [gɔ3 zĭ3] 甲子 [kah7 zi3]，读起来不是非常像么？接下来第二行"三月动，四月起"至第九行"请恁将军大出手"，仍像极了泉州《V 甲子》，第十二行的"偷"字又是从漳州漳浦本、云霄本、南山本得来，而土地公伯则得之于泉州德化本。而第八行的"鸶呀鸶"，应该和高雄本"鸳啊鸶"存在着一定的渊源关系。

旗津《点古井》

点啊点古井，（古井：年代久远的井；圆鼓形井沿的井。）

点到二月起，

上瓜棚，挽瓜子。（挽 [bban3]：摘。）

瓜呀瓜子狮，（瓜子狮 [sai1]：即瓜子扽，敲击扇打瓜瓢。）

狮啊狮隆动。（狮：谐扽，抽打；隆动：物体晃动的样子。）

隆动一支香，

葫芦贮水饲鸳鸶。

鸳呀鸳，柳呀柳，（鸳呀鸳谐冤呀冤，是双关用法。柳，扭。）

请恁大姑大出手:（恁 [lin3]：你们，你们的。大出手：出手阔绰；

大打出手。)

土地公伯食饱未?（食饱：吃饱。未：句末反问语气词，相当
于"吗"。)

食饱啦!

配啥货? 配饭包,（配啥货：用什么菜下饭。)

今年古井在谁兜?（在谁兜：在谁家。)

【提示】旗津《点古井》的得名和高雄本《点葫芦》有一些相似,
它的"点", 来自泉州德化本, 其余内容不及屏东《排古井》丰富,
篇幅比较简短, 是一个新变胜过继承的传本。不过, 旗津《点古井》
的基本词语要素仍和闽本《排甲子歌系》相同相近相关, 而面貌酷似,
承接关系明显, 正是我喜欢把同系列童谣在流传过程中的演变比喻
为万花筒花样的变幻之原因。

新加坡《排果子》

排啊排, 排果子,

排到正月二月起。

上瓜藤, 挽瓜子。

瓜子师, 上盐卤,（师：谐栖, 抽打。上盐卤 [ci3̆6 iam2 lɔ6]：
指物体表面凝结了盐霜。)

一支香, 插大路。

大路直,

莺哥鸟,（莺哥鸟：鹦鹉。)

拍飞翼。(拍飞翼：扇动着翅膀; 翼, 翅膀。)

飞翼股,（翼股：翅膀的上半段。)

鹰仔拍侬某。(鹰仔:人名。拍侬某:打他老婆;侬:他,他们;某:老婆。)

侬某侬某嫁,

蜘蛛牵花帕。(帕:手巾;头巾。)

花帕乌乌,

二丈娶二姑。

二姑茹痟痟,(茹:乱;痟:疯。茹痟痟 [dzu2 siau3 siau3]:疯疯癫癫,乱来。)

加令拍粟鸟。(加令:八哥。拍粟鸟:八哥打麻雀。按:拍,在此处含交媾义。)

粟鸟飞上山,

锁匙交侬倌。(侬:他们。倌:指丈夫。)

侬倌白裤白咪咪,(白咪咪:白生生。)

侬嫂嘴唇抹胭脂。

【提示】新加坡本《排果子》的"果子",极易让人误入它不属于闽南语《排甲子》歌谣的歧途,因为它的首句和篇名也不同于"圣王歌"。其实用新加坡口音读一下果子 [ge3 zi3],不难发现这个词与甲子 [kah7 zi3] 的差别仅在于"果"的韵母和声调和"甲"不同罢了,而它的声母 [g] 和"子"音 [zi3],以及开篇四行内容"排啊排,排果子,排到正月二月起。上瓜藤,挽瓜子。瓜子师……一支香,插大路。大路……"等与"瓜子师"谐"瓜子𰯄"的方言字现象,都表明新加坡《排果子》同为闽南《排甲子》歌谣系统。

漳州《月光光》「歌龄」透视

一、从常衮仿诗的"同龄歌"说开去

　　福建有两句老话，一个是俗语"山东孔雀胆，福建长流歌"。这说明福建的歌谣源远流长，歌篇的"库存量"非常丰富；另一个来自明代俗语"七县曲，五县歌"，指泉属七县流行南曲，而漳州当时只有五个县，最发达的是民歌歌仔。这大概因为泉州的官宦商家多，喜爱高雅、悠闲、节奏慢的南曲，而漳州闽越山民文化留存饱满，古朴而原汁原味的歌谣多，是闽南歌仔的主要发源地，至今"库存"仍不少。

　　据漳州市文化局20世纪90年代组织调查整理歌谣的统计，漳州各市县的歌谣总数在万首以上。要问这一万多篇歌谣中最流行的是哪首？人们通常会说是《天乌乌》，并且是邓丽君演唱的传本。不过，你如果是向资深漳州人——也就是60岁以上的老漳州人郑重其事地了解，他们十之八九会告诉你是下面这篇《月光光》！

（一）漳州资深通行本《月光光》及其故事传说

　　月光光，秀才郎，

　　骑白马，过南塘。

　　南塘烩得过，（烩 [bbe6] 得过：过不去。）

　　搦猫仔来接货。（搦 [liah8]：抓。）

接艕倒，

猫公咬猫母。

猫母飞上天，

猫仔团摔落屎礐边！（摔落屎礐 [siat7 loh8 sai3 hak8]：掉进粪坑；礐：方言读如学。）

这首八行本的《月光光》篇幅短小，是句子的字数不等的杂言歌谣，曾经伴随着资深市民那岁月的脚步走过几十年。歌中猫的一家，猫夫咬着猫妻，猫妈妈飞上了天，猫仔团却摔在了茅坑边！这童谣和这故事，更不知曾经吸引了多少代的资深市民走过多么蹉跎悠远的岁月，博得多少漳州人无边的同情！

"携带着"猫一家的《月光光》，它在漳州的大地上已经"行走"了多少年呢？这可能会从它的语言形式上透露出些许消息：通行本《月光光》有十个自然句，三言句占了其中五句。而三言是古老诗歌的形制，它来自民间，而不是诗人之手。有专家说，三言的诗歌形式要比以四言句为主要面貌的《诗经》更古老，而文人诗则主要采用五言和七言。如此说来，这篇通行本《月光光》，它应该比"圣王歌"《排甲子》更古老，甚至可能有两三千岁！只因为"圣王歌"有明代漳州军户把它"护送"到了崇武，而漳籍军人"军婆"们为了牢记这是从老家带来的"陪迁品"，而着意地把它铭记在了"口碑"上。遗憾的是，漳州资深版《月光光》却没有这个留下相似口碑的福分，后人也就无从了解它曾经的漫长的历史了——你无法确定它的年代上限；它肯定产生过流变，你却仍旧无法了解它何时产生了流变。

《月光光》歌谣的"潜力"在于它的广泛普及性，而成为携带着某种特殊意涵的词组。这个词组的最常用读音是 [gguueh8 gɔng1

gong1]，而有些人便错误地以为应该写为"月公公"；"光"字又和
"讲" [gong3] 谐音，于是便有人把它拿来代替罗里罗唆反复讲的意思，
含有风趣的意味，并且把它编在了民间故事里：

话说明代闽南有个杨举人，为家塾延聘了一位游学四方才学好
的秀才来任教。一日，杨举人闲来无事，便信步走到了塾学，但见
秀才教学有方，正有板有眼地教学生们念古诗，不由得频频颔首，
捻须而赞。待得秀才下得课来，两人便品茗闲谈。聊着聊着，杨举
人灵机一动，想试试这教书匠的才思，于是口占一诗云：

月光光，秀才郎，骑白马，过南塘。

秀才闻言解意，想到这举人不日将往京城廷试，便不假思索信
口答道：

日炎炎，举人兄，担红洋（苦瓜），入京城。

话语刚落，两人便会意而又惬意地相视一笑而言他。

又说也是明代的时候，漳州有一举人要到京赴考，路经福州，
巧遇一位读书人同宿客栈，也随口占一首"月光光，秀才郎，骑白马，
过南塘"来，言外之意，也是想探试秀才的文采。碰巧，那秀才也
会这类雕虫小技，而对之以更加工巧的下联来：

日炎炎，举人兄，牵黄牛，上北京。

这两个有关《月光光》的小故事，都引用了《月光光》的文辞，

这表明歌谣自古就很普及了。根据这一点是不是可以说，它至少也有四五百岁了？这就应该是大错而特错了。对于这一问题，中唐时代福建"省政府"的"行政一把手"常衮最有发言权。我们在前面介绍过，常老夫子曾经为这个母题的歌谣作过"注脚"，说在他当闽官的那几年，也就是在公元780–783年间，曾经听到过这首当时在闽地相当流行的歌。因此说，闽南《月光光》系列歌谣，有的至少（我是说：有的，而不是全部；是至少，而不是它的确切"年龄"）已经传承了一千多年了。只可惜，我们已无从知道当今还在流传的《月光光》里究竟有哪一首、哪几首是从唐代，甚至是从闽越人开始汉化的年代就"流淌"至今的，又有哪一些是后来产生或者改编的。

要了解漳州《月光光》至少有几"岁"（我还是说：至少），就还得从福州《月光光》谈起，因为那是一首携带着"时光坐标"的歌，它的年代就"定位"在常衮当福建观察使到卒于任上的建中元年至建中四年之间（780–783）。福州文化人和坊间都说，那时候闽中大地的百姓，每当闲时，便会此起彼伏地唱着和着《月光光》。

这话大体上没有错，因为我后来出于好奇心，初步调查了《月光光》歌谣在我国的分布情况，发现只有在把"亮堂"的意思说成"光"的江南地区，才有这样的歌，而在"亮堂"不说"光"的北方，其"咏月"歌谣便五花八门：东北和陕西叫作《月亮爷》，山东、河南、山西叫作《月奶奶》，安徽还有叫《月老娘》和《月亮巴巴》的。只有我们老百越地区才是这系列歌谣的永久栖身地，从安徽的部分地方和江苏、浙江、江西、福建、广东、广西铺天盖地，一路逶迤而来。

南方的《月光光》，唱法各式各样，仅福建省内的闽南语这一系，就异文多多，好像可以产生百变图案的万花筒那样，那纸筒子里七彩的纸屑啦、圆形的小豆子啦、各种形状的小玻璃碎片啦等等构成图案的基本要素，它们的形状和个数是固定的，可是一旦你摇动万花筒，它马上就现出一个图案来，再摇一下，就重新组合、"给出"另一个图案。歌谣的情况也相似，它那"万花筒"是一个个"母题"，每个母题都有一些基本要素，有着共同要素的歌谣们又产生了一些同中有异、异中存同的变化，而呈现着系列性的分布，有的甚至形成了歌谣的一些常见"现成套话"；一个个套话又被民间歌手们很随性地插入各个母题的各个歌谣传本当中，再加上时过境迁、事过语变，甚至有因为歌手们的理解不恰当、误解而产生的变化，因传播群体的"集体失忆"而产生了缺漏，等等。于是乎，我们耳之所听目之所及，便是一篇篇熟悉而又不甚相同的歌谣。

（二）福州民间本、华安本《月光光》：与常诗本比较

下面这篇尚存在于福州的《月光光》，便和常衮当年的仿写版不大一样：

福州歌谣	常衮仿诗
月光光，照池塘，	月光光，照池塘，
王郎骑马过黄塘。	骑竹马，过洪塘。
黄塘水深不得渡，	洪塘水深不得渡，
小妹撑船来接郎。	娘子撑船来接郎。
	问郎短，问郎长，
	问郎此去何时返？

比较一下福州五句四行本《月光光》和常衮的六行九句仿歌，就会发现两歌有差别，但很小，民间本比仿作本少了后面"问郎短，

问郎长，问郎此去何时返"两句，是个残本，歌中的"黄塘"地点不知在何处，而常诗中的"洪塘"却是福州著名的老渡口，看来民间本"黄塘"，很可能是"洪塘"的谐音误记。两者不同的是，歌谣体的男主人公是王郎骑着马儿，而仿作体却是骑竹马的孩子；撑船的姑娘，歌谣体用"小妹"，仿作体为"娘子"，带着情人间甜腻腻的味道。可以说，常长官的仿诗写得颇可乱真，基本要素竟和"自然生态"的歌谣体基本一样：月光光，照池塘，郎骑马，过洪塘，水深、过渡，姑娘撑船来接郎……不过，我们仍能够看到，民间本《月光光》的写法是比较平实的，没有很明显的感情色彩。常衮的仿诗却不然，你看那男主人公，是骑竹马的小小子，而他和他的女玩伴儿却在仿效大人事，正在扮演着情人的相会呢！

漳州产生和保存的《月光光》有几十首，其中有一篇六行九句本华安歌谣，应该和福州民间本及常诗本有着一定的渊源关系：

华安《月光光》之一

月光光，秀才郎，

骑白马，过南塘。

南塘水醪烩得过，（水醪：水浑；醪[lo2]，音同方言"罗"。烩得过：过不去。）

娘仔撑船来渡郎。

问郎长，问郎短，

愿郎此去赴考英名金榜题。

华安本突出了朗朗月光之下男主人公"郎"的文化身份——秀才，秀才的坐骑则是诗体作品经常出现的白马，秀才路过的地方是南塘；

南塘水同福州两个版本的洪塘、黄塘一样深浊难涉，也恰好有位船家女把船撑了过来，并且，她同样和男主人公是相熟的。所不同的是，华安本表现的是年轻人之间的情事，歌中的"娘仔"是事先约好来相送的，你看她两眼脉脉，嘘长问短，说个不停，最后由衷道出早就准备好了的祝福语："愿郎此去赴考英名金榜题"。

华安本和常诗本很像，差别最大的其实只有两处，一个是地名不同，由福州渡口名洪塘换成了南塘；一个是结尾两句为了押韵的关系，而把常衮的仿诗"问郎短，问郎长"的语序颠倒调换成了"问郎长，问郎短 [de3]"，而与末句的"赴考英名金榜题 [de2]"押韵。因为常衮的仿诗作于 8 世纪末，如此，则这篇华安《月光光》，至少也是从中唐流传到现在的千年歌谣喽！对于我的这一发现，倘若喜爱歌谣的常衮先生地下有知，想必也是会颔首而赞同的吧。

二、明清战事歌谣《月光光》及其
历史真实性

　　闽歌《月光光》都有自己的基本"遗传因子"，比如闽南歌本第二行的地名大多为南塘，而福州本这个"代码"主要是黄塘、洪塘，客家歌谣则大多为莲塘。

　　闽南语《月光光》传本很多，它们的共同处是歌谣的第一句都有"月光光"，又分成三个系列，一是歌谣的前三行半的诗句与漳州通行本一样的"月光光，秀才郎，骑白马，过南塘。南塘唅得过，搦猫……"；第二种是开篇用三言句"月光光"，以下就不一定采用那"三句半"现成格式现成话了；第三个小系统则主要是由女性传唱的五字格《月娘月光光》。

　　先谈谈《月光光》含有"南塘"和"搦猫"字眼的小系列，它们大多是明清古歌谣，大多也有相应的历史传说陪伴着，两者成为互生共存的关系。这类《月光光》故事主要集中在两个动荡的大时代，一个是明中叶沿海地区的抗倭活动，一个说是反映明清交替之际的历史。然而伴生性的故事，内中的历史真实性却草蛇灰线不易见。

（一）《月光光》及戚继光抗倭的故事

　　福建史学界对《月光光》歌谣背后的历史有个说法，认为它反映的是明代嘉靖年间戚继光入闽抗倭的英勇事迹，歌中的"秀才郎"
影指戚将军乃武秀才出身，并且戚将军的战马为白色，最重要的是：
戚将军，字南塘！泉州人士甚至还"搬"出下面这篇歌谣作为这一
观点的"铁证"：

南安《月光光》

月光光，秀才郎，（月光光 [gɔng1 gɔng1]：形容明亮耀眼。秀
才郎 [lɔng2]：泛指读书人。按：漳州人念"郎"字，多变为阴平调
的 [lɔng1]。）

骑白马，过南塘。

南塘𣍐得过，（𣍐 [bbe6] 得过：过不去；𣍐，否定词勿与会的合音，
不会、不能。）

搦猫来戴髻。（搦：抓。戴髻 [di5 gue5]：戴假发，异文为制 [zi5]
血，谐刺 [ci5] 血、接货。）

戴𣍐着，磨刀石。（戴𣍐着：戴不着。）

南安本五句歌体原载于谢云声《闽歌甲集》，后来入编《泉州
市民间歌谣集成》。它一开头的"三句半"诗句和漳州通行本一样，
也有"南塘𣍐得过，搦猫来……"的句子，而后续的"戴髻"[di5
gueh7]，读音又与漳州通行本"接货"[zi5 hue5] 很相近，其异文传
本或为音近的"制 [zi5] 血"而谐"刺 [ci5] 血"，通篇内容看上去也
有一些战争的影子。然而，说实在话，这首南安歌究竟针对的是哪
一场战争，也是看不出来。而祖籍南安的民国学者谢云声则说，"此
歌相传是反郑成功的党人所造的"。那么，南安本讲述的究竟是戚继
光的抗倭故事，还是"郑家军"的抗清故事？两者的发生时间相差

好几十年呢！有趣的是，魏应麒在《福州歌谣甲集》里居然说，前举那篇福州《月光光》也反映了"戚继光破倭"的故事！如此推论，闽南地区至少有一些《月光光》所纪为戚家军抗倭事，应是无可置疑的。只不过当前的歌谣文本已基本看不出它的历史事件真面目了。

　　支持这个说法的，是漳州的另一个传说，称民间舞蹈"弄凉伞"[lang6 ni32 suã5]（弄是耍弄、舞弄的意思），就来源于戚继光在漳抗倭打胜仗，老百姓为庆祝胜利、犒劳将士们，而载歌载舞"劳军"。不巧劳军歌舞遇到了大雨，戚家兵们便纷纷自发地为姑娘们打伞遮雨。士兵们的加入大大鼓舞了跳舞的姑娘们，只见舞步更加欢快而热烈了，官兵们也不由自主地一边为姑娘们遮雨一边跟着鼓钹的节奏踏起了舞步，加入了舞蹈阵列。于是乎，姑娘们单方面的拥军舞蹈变成了军民双方互动的欢舞。随着时日的推移，这一舞蹈演变成了现在的男着武士古装敲大鼓，女扮双髻小旦持凉伞，男女双双对舞的大鼓凉伞"弄凉伞"，那"咚，咚，哐咚哐；咚，咚，哐咚哐"的鼓钹声，动人心魄，充满着激越的豪情，而女旦高举团龙绣凤的

凉伞而飞旋的舞风，既有男舞的气势雄壮，也有女性的柔曼和优美。近些年来，大鼓凉伞又"摇身一变"，成为了农家村村自办的女子广场舞蹈……这一切的一切，都是民间对当地历史的"一揽子"工程的"集体记忆"，全都带着几分戚家军抗倭和郑家军反清复明史实的缩影。歌谣中时时闪现的"南塘"，它既是戚将军的名号，又是地名，甚至可以看成是复指两事的双关语；"南塘"前面的动词"过"，可比喻为将士们跳跃的动作像鸟儿一闪而过那样轻捷疾速。因此，我宁信有着打斗场面的闽南本《月光光》至少有一首、几首创作于明中叶，属于反映戚家军来闽抗倭的歌篇，它的发生地，极有可能就在泉州市洛江区河市镇的南塘村，或是晋江市罗山镇的南塘村，也有可能是漳州北郊谢坑的南塘村，南靖县南坑镇的南塘村，云霄县下河乡的南塘村等等。

（二）《月光光》和郑氏家族的故事

漳州有多首《月光光》隐含的故事，涉及郑成功抗清的那段历史，内容复杂、"有影有迹"的，当属下面这一篇：

龙海《月光光》（其一）

月光光，秀才郎，（月光光 [gong1 gong1]：形容明亮耀眼。秀才郎 [long2]：泛指读书人）

骑白马，过南塘。（南塘 [lam2 dong2]：闽南常用地名。）

南塘艙得过，（艙 [bbe6] 得过：过不去；艙，否定词勿与会的合音，不会、不能。）

搦猫仔来歃血，（搦 [liah8]：抓。歃 [sap7]：用嘴吸。歃血指古代结盟的双方口含动物血或在嘴角抹血的盟誓活动，即歃血为盟。）

歃绘着，拍鵨鹞。（歃绘着：抹不着血，或盟誓失败。拍鵨鹞 [lai2 hioh8]：打老鹰。）

鵨鹞跋落田，（跋 [buah8] 落田：跌到田里。）

拍饮筒。（拍饮筒 [am3 dang2]：打翻装米汤的瓶状容器；饮：米汤。）

饮筒绘贮饮，（贮饮：盛米汤；贮 [de3]：装，方言音同底。）

拍鼎鐷。（鼎鐷 [diã3 gam3]：铁锅的锅盖。）

鐷仔爱摽笑，（鐷 [gam3] 仔：圆形浅筐，这里可能指名叫鐷仔的人。摽 [bio1] 笑：开玩笑。）

拍棉绩。（棉绩 [mi2 zioh7]：罩了纱线、用于套入被套的棉胎。）

棉绩绘抽纱，（抽纱：一种刺绣法；绘抽纱可能指无法抽取棉胎上的纱线。）

拍官家。（官家：官府，应指郑成功的父亲郑芝龙，是当时福建最具实力的政府军统帅。）

官家拜佛祖，

拍来拍去拍着某。（拍着某：打到老婆。）

龙海是由台湾和南洋民众熟悉的老龙溪县和明代设置的海澄县在 20 世纪 50 年代合并而成的龙海市。这篇十五行十八句的《月光光》就诞生并流传于龙海。歌谣的前三行和前引第一篇漳州通行本相同，第四行的前半句又同作"搦猫仔"如何如何，与漳州通行本的共有成分占了三句半，以下诗句才是隐约可见的打打斗斗、鸡飞狗跳的突发事件。龙海民间明确地说，这篇歌谣"隐约"描述了郑成功的部队数十年间在漳州地区与清军展开的拉锯战。台湾民间和史学界也把相类的《月光光》认作是描写郑成功反清复明事迹的作品。龙

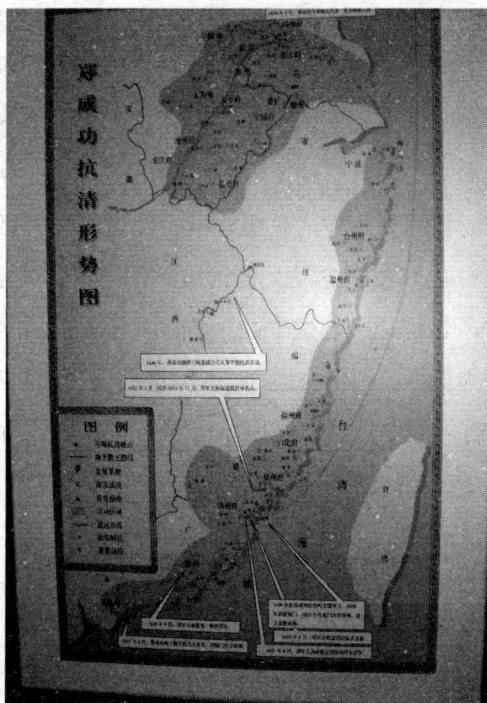

海坊间虽然确认这篇歌谣与郑成功抗清军有关，然而"隐约"两字，仅仅是笼而统之，缺乏应有的史实线索。台湾漳籍历史学家连横《雅言》则说童谣"每函实事"，称"'月光光，秀才郎，骑白马，过南塘'，此言郑延平之起兵也"，也没涉及具体内容，仍难寻觅和再现其历史真实。看来，我们只能以民间传说的思路和线索，先设定龙海《月光光》为涉及郑成功义举的歌谣，歌谣中那位骑白马的秀才就是投笔从戎的郑成功，然后跳过以下抓猫歃血和打斗等事件，直奔结尾所说的"官家"和其妻挨打的事件，最关键的是要探明歌谣中这"官家"是指明政府还是清政府？是明、清文官还是武官？他与秀才——郑成功是什么关系，其妻为什么被打等至关重要的事情。这些情况在讲究语言的简练、精粹、含蓄，有节奏、有韵味，有诗意、有文

采的民间诗歌里，都没有交代，我们只有通过歌谣所提供的蛛丝马迹勾勒出事件发生的主要线索，补足被歌谣掩盖、跳脱了的那部分内容，才能够破解历史的谜团。而要揭开这个谜底，最简便的办法，就是结合郑氏海上集团兴起的简要过程和福建明末军事史。我认为，歌谣中的官家是指明朝福建的高级官员，即当时身居福建军政要职、经济实力排第一的郑父郑芝龙，而他被打的妻子，就是郑成功的母亲；郑成功之所以能以一己之军力、财力，在我国东南海疆坚挺抗清20年，是因为他身兼国仇家恨之荣辱：曾获南明隆武帝赠予"国姓"而改名，父亲被生掳，生身母亲遭清兵侮辱而自尽。而沿海民众之所以用隐晦的笔调来同情、悼念、塑造这位伟大的爱国主义英雄，除了因为他抗击强敌、收复台湾的显赫功绩之外，也在很大程度上是为了自己置身于民族矛盾和国家政权交替的大时代所遭受的侮辱、苦难而奋起反抗的时代正当性，作了力所能及的伸张和"辩解"。

关于这段历史，当从郑老爹芝龙说起。

郑芝龙，商贾汇聚的晋江安海人，他少时投靠母舅大海商黄程，学会多种语言，从商到日本后，娶田川昱皇即翁昱皇（中国侨民，一说是泉州旅日海商）的养女为妻，翌年（1624）生子福松，后来改名成功。

郑芝龙精明强悍，是当时风行海上的佼佼者，交往的都是闽南寓居长崎的海上豪强，《清史稿》称他"从颜思齐为盗。"盗也者，海盗也，当代历史学界兼用海盗、武装海商、海上军事集团等名目来称呼这帮枭雄，也就是当国家海禁的时候你是海盗，一旦废除海禁、国门大开，你就是武装海商啦。明天启四年（1624），颜思齐等28个把兄弟不满日本德川幕府的统治，密谋参与日本人的反抗，不意事泄遭追捕，便乘13艘船仓皇逃到海上，落脚于膏腴之地台湾。

因颜思齐未久病故，年龄最小却才略过人的郑芝龙，被推为首领，从此亦盗亦商，树旗招兵，垄断海上贸易，广收"过路钱"，后来就抚为明将，"授游击，寻迁副将"（《厦门志》），趁势大举兼并昔日的海上同行，成为东南海域最强大的军事力量和富豪，以优势舰队将荷兰人打得落花流水，"不敢窥内地者数年"（《明史》）。此役是明代中央政府第一次"真心与海盗合作"的硕果，从此国家有了较稳定的财政、物资支持，崇祯皇帝也获得了一个安宁、富庶的东南海疆。天启六年（1626）福建大旱，福建巡抚熊文灿建议由郑芝龙出资招饥民数万，用海船载到台湾垦殖，"人给银三两，三人给牛一头；其人以衣食之余，纳租郑氏"（黄宗羲《赐姓始末》），纳入他的"闽—台—南洋"国际贸易链。这是我国历史上第一次有组织地向台湾大规模移民，也为郑成功后来收复台湾、据台抗清留下了坚实的产业。

　　不幸的是，崇祯末期天灾连年，饥民遍野，东北的后金（清）势力日强，窥视中原。李自成的农民起义军攻入北京，崇祯帝自缢于煤山，引得清兵入关，占领了大半个中国后，旋即以铁骑横扫南方，南明政权风雨飘摇，因清廷强制汉民换满服、"剃发归顺"，"留发不留头"，引发汉民的反抗，而致南方数十府惨遭屠城，各地抗清活动风起云涌。惯于投机的郑芝龙见势，迎奉唐藩朱聿键（1602–1646）即位于福州以自重，改元隆武。一方面，小朝廷的开支和兵马钱粮悉出其手，一方面仍在闽粤大肆搜刮，巩固海上势力，窥攫"东南半壁"，将既得利益最大化。恢复心切的隆武帝数催北伐，芝龙均按兵不动，在清兵进迫福建时即暗通款曲，故意密令放弃入闽天险仙霞关、分水关而撤军，致清军兵不血刃直下福建，又在关键时刻谎报海盗进犯其家，"径自率部返回安平"（《台湾外纪》），直接导致了首辅黄道周率"扁担军"抗敌兵败而被杀，隆武帝负气亲自率兵征汀州而被执遇难！

郑芝龙是个国家与民族观念单薄的政治投机者，他"退保"安平"军容甚盛"，为的是向清廷展现实力抬高身价，而弗听郑成功"虎不可以离山，鱼不可以脱渊，离山不威，脱渊则困"的一再苦谏，对清将博洛"闽粤总督印以相待"的谎言却信以为真，利令智昏的他，居然糊涂到了只身带着 500 士卒往福州，直赴贝勒博洛鸿门宴的地步，难怪有位德国人说：满洲人为捉麻雀而配的圈套，竟也能适用于捉老鹰！据目睹其事的华廷献在《闽海月纪》的记载，只见清军帐内"胡笳四起，毳幕参差，兔网弥天，雉罗遍野。聚立而嗫嚅者几及百人。内院、抚军席地而坐，执册指名……拊其背而徘徊……每人一卒守之……兵即刻拔营起，四公竟载与俱行。"不可一世的海上霸王郑芝龙就这样自投罗网被"挟持北上"入京，失去自由；他的老家安平竟遭清兵血洗，夫人田川氏因受辱而自经，年仅 45 岁！这应该就是歌谣的结尾"拍官家。官家拜佛祖，拍来拍去拍着某"所隐含的历史真实了。综观老郑从海盗起家，降明后拥兵自重而获全利，对南明隆武政权则始拥之、终弃之，其人品颇为后人所不齿，终因对反复不一的清廷抱着政治幻想而自落圈套，死于清王朝的屠刀之下，令人扼腕慨叹。不过，他在捍卫祖国海疆、维护商业利益方面，客观上为开发台湾、抗击西方殖民者、开创海洋经济诸方面，都建立了不朽的业绩。而歌谣的开头，秀才——郑成功之所以骑白马疾驰南塘，应该是采用了倒叙手法，道出英雄在抗清第一线接到父亲被执北上，母亲在老家受辱而殁的消息，日夜兼程地往家里赶的情形……

还原歌谣中的故事再解读歌谣，可以看出歌谣的内容分为上下两部分，再现了这样的一幅历史场景：

明月当空，投笔从戎的郑成功一骑白马掠过南塘村，才发现已被敌军占领了。抓猫来歃血，结盟失败。部队开战，伤及飞禽，天上的飞鹰掉到了田里，打翻了农家装米汤的陶罐和锅盖；一个名叫夥仔的人在开玩笑，拍打着棉絮抽出棉纱包扎伤口，攻击官家。官家求神拜佛没用，还是挨了打，最终伤及他老婆……

漳州还有一篇采用纪实手法来表达的咏唱郑成功的《月光光》，产生于漳浦县：

月光光，秀才郎，
骑白马，打宝官。（宝官：人名。）
宝官走去覕，（覕 [bih7]：躲起来。）
银锭充军用。

漳浦的民间传说"指认"歌中的这位秀才郎就是郑成功，而宝官则是鹿溪畔梅花村惯于敛财、刻薄势利、一毛不拔的大财主。可恶的他，是在明清政权交替胜负未分的时候就早早组织了"民团"帮助清军围剿郑成功的，不料民团却被郑军打败了，宝官便躲了起来，他的"黑金"家产则被郑成功没收，充了军饷。据说，如今"海上花园"鼓浪屿的郑成功纪念馆，陈列着的铸有"漳州军饷"的两枚银币"银饼"，就是当时用宝官的银锭铸造的，银饼正面的铭文是"漳州军饷"，草书的签名花押为"朱成功"，背面铸文"足纹通行"。如此一来，有关漳州地区存在着主述郑成功故事的《月光光》，也就尘埃落定，有了着落。

漳州军饷朱成功银饼

（三）反映社会动荡的《月光光》

　　龙海、南安、漳浦《月光光》都属于"有故事"的历史歌谣，要"定位"它们的产生年代和歌谣背后的历史线索相对不难。漳州还有好几个《月光光》传本却没有这么幸运，尽管这些歌本也闪出一只探头探脑的"猫"，却大多没有故事相伴。那么，它们和表现明清战事的《月光光》有何关联？讲的是何等故事？这是个颇费脑筋的问题。

长泰《月光光》

月光光，秀才郎，

骑白马，过南塘。

南塘赡得过，

捀香来载货。（捀香：拿香烛。）

载赡起，猴舂米。（载赡起：载不动。）

舂无糠，猴拔秧。（舂无糠：指稻谷舂不出米糠。）

拔赡黜，猴嗑骨。（拔赡黜 [lut7]：拔不掉。嗑 [keh7] 骨：啃骨头。）

嗑几支？嗑三支，

一支攂狗，（攂[gɔng5]：打，使劲揍。）

一支攂猪，

一支攂流氓仔去落墟。（去落墟：去集市赶集。）

南靖《月光光》之一

月光光，秀才郎，

骑白马，过南塘。

南塘艁得过，（艁得过：过不去。）

猫公猫母来接货。（猫公猫母：公猫母猫。接[zih7]：读如方言折纸的折。）

接到石牌记，（石牌记：地名，在南靖前往永定的必经途中，赶集人每于此遭遇土匪抢人劫财。）

土匪抢人唔敢去，（抢人：指抢夺财物。唔敢：不敢。）

有的拍半死，（拍：打。）

有的哭啼啼，

物件抢到无半滴，（物件：物品，东西。无半滴：指东西统统被抢光。）

全身惊到冷吱吱。（全身惊到冷吱吱：吓得全身冰凉。）

逐家讲来佫讲去，（逐家：大家。佫[goh7]：又，再。）

以后唔赴古竹墟。（赴墟：赶集。古竹：地名，在永定县，与南靖县梅林、书洋接壤。）

南靖《月光光》之二

月光光，秀才郎，

骑白马，过南塘。

南塘艙得过，（艙得过：过不去。）

猫公猫母来接货。（猫公猫母：公猫母猫。接［zih7］：读如方言折。）

接到大岭头，

拄着猴，猴放屁，（拄着［du3 dioh］：遇到。）

鸡母鸡仔啄碎米。（鸡母鸡仔：俗语，母鸡和小鸡，鸡群。）

碎米花，白葱葱；（碎米花：亚属杜鹃花。白葱葱：像葱白那样白得晃眼。）

羊角花，满山红。（羊角花：亚属杜鹃花。）

长泰《月光光》和南靖的两篇传本，其前三行诗句与漳州通行本及南安本、龙海本战事歌谣《月光光》的开头相同，南靖本甚至在第四行也和南安、龙海、漳州通行本一样，都有"关键词"猫公猫母前来"报到"并"接货"，它们之所以开篇的诗句都一样，表明它们原本是一首歌谣，后来分布各地，而被分别"截肢"，既"剪除"了一部分内容，又"嫁接"了新的"肢体"，于是乎产生了流变。歌篇中的猫儿们究竟影射了当时的何人何事，如今已无法"逆知"了，原先影影绰绰的抗倭反清内容，也因为歌谣的"肢体"被"切割"，而失却了两两相伴的民间传说。没有了故事传说的陪伴，便难以确定它们再创作于何时，便成了一个个新编的歌谣。你看那土匪到集市上抢人劫物，流氓到圩市打闹，这种"民间行为"的小打小闹，是不需要歃血为盟的，所以它们的下文虽然各有其变，可是所反映的事件流程却带有一定的连续性，仿佛不是来自不同地点的不同歌篇，倒更像是一篇歌谣的联章体：

明月当空，只见一位秀才骑着白马，掠过南塘村。南塘村，过不去，摆起香案，求神保佑载货顺利。到了接货地点才发现货物太多带不走。但见山猴子们在舂米，在拔秧，都不得其法，索性坐下来啃骨头，用啃剩下的骨头打狗砸猪，把流氓赶到集市去（长泰本）……集市上，有的人被打得半死，有的货物被抢光，有的在哭，也有的吓得全身打冷战，再也不敢到古竹去赶集（南靖本之一）。不赶集的人们来到大岭头，那里是山猴仔居住的村庄，有鸡母鸡仔啄食着碎米，后山上一派初春的生机，盛开着好多个品种的杜鹃，但见满眼的碎米花儿白葱葱，羊角花儿满山红……（南靖本之二）

我们说这三种《月光光》在内容上有些接近：长泰本没提及主人公是谁，只说着接货、赶集的事，而南靖本之一也说着一样的接货、赶集的话茬子；长泰本的主人公没有接到货物，只见猴子在舂米、拔秧苗，把流氓赶到墟市，南靖本之一的主人公猫公猫母接到了货物，但不敢去赶集"赴墟"，南靖本之二的主人公也是猫公猫母，它们所遇到的猴则离开墟市爬上了山岭，在内容上仿佛是长泰本和南靖本之一的延续，它们应该原是同一个歌篇，在流传过程中渐渐衍化为三个传本。

（四）"百变体"《月光光》

开篇为"月光光，秀才郎，骑白马，过南塘"的《月光光》，后来在闽南语区衍化出异文多种，光是谢云声《闽歌甲集》便收了9首，还写了专文来讨论。由明清战事歌谣《月光光》衍化而成的题材"百变"漳州歌谣，已经成为了"吸人眼球"的别样歌谣。因"百变"的异文"过滤"了打斗的场面，不写战事了，而大多归属于生活题材。这种类型的"变",与歌谣内容的时代性大有关系。

百变本漳州《月光光》大多为富于诗意的童谣,它的基本因子,一是三字句多,二是开篇为月光光,秀才郎,骑白马,过南塘,第三个基本因子是大多采用顶真、排比的句式和连珠修辞格来组织篇章,却也不排除变化极大的新辞章和新故事,歌谣的创作年代差别蛮大,凡是有着阳刚气象的,我称它为"百变金刚"体,较为阴柔的便仿造了一个新词"百变金娘"来指代它。

百变的"金娘体"《月光光》讲究语言的韵律,先看这一篇:

华安《月光光》之二

月光光 [ɔng1],秀才郎 [ɔng2],

骑白马,过南塘 [ɔng2]。

南塘阴 [im1],过观音 [im1];

观音符 [u2],触着牛 [u2];(触 [dak7]:本义是牛羊用角"顶牛"相牴,引申触碰到。)

牛坂堵 [ɔ3],触着虎 [ɔ3];(坂:山坡中的平地,闽台多用作地名。堵:类似于墙的立面。)

虎仔攀墙 [iɔ2] 触着羊 [iɔ2];

羊仔吼 [au3],触着狗 [au3]。(吼:又作哮,叫。)

狗仔噲噲吠 [ui6],

工仔挽稻穗 [ui6],(工仔:指长工。挽 [bban3]:折、摘。)

挽几穗 [ui6]?挽三穗 [ui6]。

一穗锅,一穗曝 [ak8],(锅 [ue1]:用陶锅小火慢炖。曝 [pah8]:晒。)

一穗互鸟仔啄啄凿 [ak8]。(互 [hɔ6]:给。啄啄凿 [dɔh7 dɔh7 cak8]:形容不断地啄食。)

　　华安这篇《月光光》是一首以三言句为主体、兼含两个五言句、一个七言句的杂言诗，在十二行诗二十个自然句之中，三言句占了九行十六句，很有一些古色古香的味道，因为三言形式是早于《诗经》时代的古制，这便散发出了一种酽酽的"古早味"。

　　歌谣本是方言的诗，民间的诗。这样的诗歌是怎样换韵的？只要看看诗篇中的韵脚注音便清楚了。而歌谣的三言句多，这便很容易织造密集的韵脚串，在歌中，几乎每一行诗都包括两个韵脚，念起来便格外押韵、顺溜，"凑句"合辙。

　　歌篇开头两行，仍说月光下秀才骑白马掠过南塘事，第三行"南塘阴"以下才续接"各说各话"的新内容，连续用了六个"顶真续麻"的句子，也就是将本行诗句末尾的字词作为下一行的开头，用韵句"南塘；南塘…观音；观音…牛；牛…虎；虎…羊；羊…狗；狗"来展开下文，这在修辞学上又称为"顶真"句法，便于诗篇一个个画面的接连映现。歌谣说，阴凉阴凉的南塘有观音经过，观音的"符"碰到了牛，牛坂的矮墙撞了老虎，虎儿爬墙碰了羊，羊儿哀叫着碰了狗，狗儿汪汪地吠着，有长工来摘稻穗。摘了几支稻穗呢？摘了三支。稻穗都做什么用？原来是一支放在锅里慢慢熬，一支放在太阳底下晒，一支给鸟儿们一粒一粒啄来啄去捡着吃。

龙海市《月光光》之二

　　月光光 [ɔng]，秀才郎 [ɔng]，

　　绣底时？绣月半 [uã]，（底时：何时。ã是带鼻音的 a，方言读如同安的安，字母上面的浪线表示鼻音。）

　　银针钩银线 [uã]。

银线 [uã] 佮摇花 [ua]，（佮 [gak7]：连词，同、和、与，方言读如角。）

摇几蕊 [ui]？摇两蕊 [ui]。（蕊 [lui3]：朵，方言读如垒。）

一蕊跤落井，（跤落：掉在；跤，方言读如胶。）

一蕊跤落溪，

叫姑扶 [kioh7]，姑唔扶 [kioh7]，（扶：拾取。唔 [m6]：不。按：这行的两个"扶"同字为韵。）

叫嫂扶 [kioh7]，嫂唔扶 [kioh7]，

老妈走去扶搭插。（老妈 [ma3]：老奶奶。搭 [kɛ7]：起来的合音，方言读如客。）

插甲红霞霞 [ɛ]，（甲：相当于结构助词"得"。）

捀竹仔，钓白虾 [ɛ]，（捀 [ggiah8]：拿。）

白虾鬏捻捻请亲家 [ɛ]。（虾鬏捻捻：虾须全部摘掉。）

亲家大富富 [u]，（大富富：形容很富裕。）

客鸟起大厝 [u]。（客鸟：喜鹊，或用为人名。起大厝：盖大房子。）

大厝起无桁 [ɛ̃]，（桁 [ɛ̃2]：房梁。）

瘸佝牵青暝 [ɛ̃]。（瘸佝 [un3 gu1]：驼背，方言读如稳龟。青暝：盲眼，瞎子。）

青暝偷掘芋，（掘 [gut8]：用锄头刨。）

芋好食 [iah]，

畚箕米笒换笳篱 [iah]。（笳篱 [ga1 liah8]：大竹匾。）

笳篱好曝秫 [ut]，（曝秫：晒糯米。）

做粿去拜佛 [ut]。（粿 [gue3]：米糕。）

佛上天 [ĩ]，

做粿衒厝边 [ĩ]。（衒 [hing6] 厝边：馈送邻居；衒，方言读如杏。）

厝边呵咾好 [o]，（呵咾 [o1 lo3]：夸赞。）

做人囝儿爱爸母 [o]。（做人囝儿 [giã3 zzi2]：为人儿女。爸母：父母。）

　　龙海的这首《月光光》童谣仍是杂言诗，篇幅比较长，只有开头一行的内容是出现在绝大多数《月光光》的"老生常谈"，在歌本中仍起"兴"的作用。

　　兴，是我国古代诗歌的一种传统表现手法，在三千多年前的《诗经》时代便广泛地运用了，它的表现形式正如曾经担任漳州行政长官的宋儒朱熹所说：兴者，先言他物以引起所咏之词也。不错，这篇童谣就是用"月光光，秀才郎"的"他物"来巧妙地引起下文的小故事的，你看它先用秀才的"秀"字引出下一行同音字"绣"女们的手工活儿。这手工针线活动发生在"月半"的明月夜，大家用银针"钩"着银线，开始了由银线"变成"花儿的钩编家庭工艺作业。钩出来、绣出来的花儿掉落在了井里溪里，老奶奶嘱咐姑嫂俩去捡起来，两姑嫂却不愿意捡，老奶奶便自己捡了起来插在了头上……故事讲到这里，也就结束了。接下来的童谣，内容上仿佛丈二的金刚让人摸不着头脑，跳跃式地着三不着两。这也难怪，它的主旨并不在于要告诉你什么，而是要表现它的趣味性。它的语言，字数不拘长短，活泼灵动，不走按照内容或者事物的发展顺序来表达的老路子，而是要求好听、有趣，而且是根据是否押韵来组织歌篇、安排内容的，大致是两行换一个韵。而韵脚的转换之"关节"呈现在白虾；白虾…大厝；大厝…青暝；青暝…芋；芋…筘篱；筘篱…佛；佛…厝边；厝边…的顶真语串里。这语串，可不就是"百变金娘"那一个个可以灵动、变形的"关节"嘛！

你看那老奶奶头上插的花，彩霞一样的红艳，那"霞"字便起了韵，便"凑"上了钓白虾活动和吝啬的人儿把虾肉留下来自用却将虾须须馈请亲家品尝的事儿，这些诗句末尾的霞、虾、家三字合韵；亲家富极了，喜鹊"客鸟"建起了大厝，句末的富、厝同韵；大厝缺少房梁"桁"，来了个驼背牵着盲人"青瞑仔"，韵脚桁、瞑同押；盲人去挖美味好"食"的芋头，而将畚箕和米笤换了大竹圈"笳篱"，食、篱同辙；用笳篱晒秫米、做糕粿拜佛，秫、佛同押；佛上天，把年糕馈送给邻里厝边，天、边押韵；邻居夸说孝敬父母和睦邻里的人家好，好、母同韵合押。《月光光》童谣就这样把闽南人特有的幽默和母语韵辙的"斗句"动听优美，展示给大家欣赏，尤其要给小孩子听，让他们自小受到乡间语言韵律美的熏陶。

华安《月光光》之三

月光光 [ɔng1]，秀才郎 [ɔng2]，

骑白马，过南塘 [ɔng2]。

南塘艙得过 [ue5]，

挃香来接货 [ue5]。（挃：拿。按：这句以下，大多两句换一个韵。）

接艙倒 [o3]，（接艙倒：付不起货款。）

狗公咬狗母 [o3]。（狗公咬狗母：公狗咬母狗。）

狗母跋落屎礐桥 [io2]，（跋落：跌在。屎礐桥：粪坑上的脚踏板；屎礐 [hak8]，粪坑。）

用簸箕，捞艙着 [ioh8]，（捞艙着：捞不着。）

提来做犁石 [ioh8]。（提来：拿来。犁石：犁的主梁，石是借音字。）

犁石艙犁田 [an2]，

提来做饮筒 [ang2]；（饮 [am3]：米汤。饮筒：装米汤的瓶状容器。）

饮筒觞撩饮 [am3]，（撩饮：轻轻地将稀粥上面的米汤舀起来。）

提来做熬酒桶 [ang3]；（熬酒：酿酒。）

熬酒桶觞熬酒 [iu3]，

提来做扫帚 [iu3]；（帚：音 [ciu3]。）

扫帚觞扫□ [e5]，（扫□ [gge5]：扫地。）

提来做杂细 [e5]；（做杂细：卖杂货，指货郎。）

杂细觞玲珑 [ɔng1]，（玲珑：叫卖的工具拨浪鼓；觞玲珑：摇拨浪鼓，兼指叫卖。）

提来做司公 [ɔng1]；（司公：道士。）

司公觞念经 [ing1]，

提来做牛奶 [ing1]；

牛奶犹未挓 [ut8]，（犹未挓 [lut8]：还没挤；犹未：尚未。）

提来做阉猪仔卵核 [ut8]；（阉：阉割。卵核：睾丸。）

阉猪仔卵核犹未阉 [iam1]，

要提针 [iam1]；（提针：拿针。）

针犹未买 [e3]，

要食老婆仔尻川聘 [e3]；（尻川聘 [ka1 cuĩ1 pe3]：屁股蛋。）

尻川聘犹未列 [ɛh8]，（列 [lɛh8]：割。）

要食茶 [ɛ2]；

茶犹未烧 [io1]，（未烧：还没热。）

要食蕉 [io1]；

蕉犹未黄 [uĩ2]，

要食老婆仔尻川门 [uĩ2]，（尻川门：肛门。）

门犹未开 [ui1]，

屎水泄泄归尻川 [uĩ1]。（屎水泄泄归尻川：稀大便拉了一屁股。）

华安《月光光》之三算得上是童谣里的长篇了，它前面有多行诗句完全是从前引明清征战歌谣中"遗传"下来的，只是将猫公咬猫母换成了狗公咬狗母，又有所变化，说母狗跌到茅坑里罢了，以下内容便都是再创作的"新生造"。看上去，童谣似乎在讲述着一个个独立发生的事件，可是各个事件的发生却又没有内在的必然连续性，之所以能够凑合在一起而不显得散乱，完全得益于顶真修辞格与合辙押韵的韵脚之功。你只要耐心一些，就着歌篇中的韵脚注音慢慢品，按照我们在上一篇《月光光》所采用的"诠释法"来"精读"它，便可探得"百变"《月光光》们的构思之妙。

诏、东《月光光》

月光光，秀才郎，

骑白马，过南塘。

南塘水深深，

船仔来载金。

载无金，载观音。

观音浮，吞水牛。（按：以上六行诗句与潮汕《月光光》同。）

水牛爬，沉白马。

白马白马鞍，

要食甜茶咱来煎，（煎 [zuā1] 茶：烧开水。）

要娶好某过东山，（某：老婆。过：去。）

东山姑娘会打扮，

打扮团婿去做官。（团婿：女婿。按：以下五行诗句与潮汕《月光光》大同小异。）

要去草鞋共雨伞，（要去：临行前。共：和，同。）

要来白马挂金鞍，（要来：回来时。挂：连词，连带，和。这两句说，女婿行前是平民，衣锦还乡时却是官家做派。）

乌乌门楼缚马牯，（乌：黑色。缚马牯：拴公马。）

白白灰埕树旗杆。（埕：庭院。树旗杆：旧时朝廷表彰功臣或家族奖掖有特殊贡献的子孙而竖立的旗杆状石器，一般设在祠堂前的空地上。）

这里所谓诏、东，其实是诏安县和东山县的合称，换句话说，就是老诏安县的地盘，这篇歌谣的流传地。从歌谣的第三行和第四行"南塘水深深，船仔来载金"来看，应是得之唐歌《月光光》的遗绪，以下内容的变化可就大了。我感兴趣的是第七行以下的话头：要食甜茶咱来煎，要娶好某过东山，东山姑娘会打扮，打扮团婿去做官。要去草鞋共雨伞，要来白马挂金鞍，乌乌门楼缚马牯，白白灰埕树旗杆——这话头不止流传在老诏安，而且跨过了闽粤之间的省界分水关，流传到潮汕地区，再由历史上的潮汕人传播到南洋群岛和中南半岛的马来西亚、印度尼西亚、新加坡、泰国、柬埔寨、老挝、越南等国家。

可是，歌谣中的那位堪任"好某"良妻的姑娘是谁呢？她为什么一定是东山（旧名铜山）姑娘？她是如何"打扮"并扶持"团婿"夫君去做官的？关于这些内容，歌谣都没有交代，而成为一个无解的谜。不过，它的第七行以下的诗句，却明明白白"传承"运用在了台湾《一群鸟仔哮哇哇》歌谣里：

一群鸟仔哮哇哇，（哮：这里指鸣叫。哇哇：形容鸟的叫声。）

要食好茶在唐山，（要食：想喝。唐山：指大陆。）

唐山查某势打扮，（查某势打扮：女子会打扮。）

打扮团婿去做官，（团婿：夫婿。）

要去草鞋兼雨伞，（要去：临行。兼：指兼有两件以上的物品，与下句挂同义。）

转来白马挂金鞍。（转来：回来；返家。挂：也指兼有两件以上的物品。）

台湾有学者说，本岛的语言文化仿佛是第二个闽南。此话没错，你看这篇歌谣只有六句，可是却有五个句子来自上面的诏、东《月光光》，可见台湾《一群鸟仔哮哇哇》和诏、东《月光光》有着密切的渊源关系。你再多看看台湾歌谣，就会发现绝大多数和闽南歌谣一样，便颇说明问题。而同闽南地理相连的莆仙歌谣、福州歌谣甚至潮汕歌谣，其间的差别则要大大高于台湾与闽南的歌谣。

南靖《月光光》之三

月光光，毛泽东，

领导咱，拍反动。（拍反动：指打倒反动派。）

反动一下倒，（一下倒：猛然，形容快。这句极言反动派被打倒之速。）

互咱读册真正好。（互咱读册：让咱们读书。）

好学生，人呵咾，（人呵咾：众人夸奖；呵咾 [o1 lo3]：夸奖。）

歹学生，着检讨。（歹：坏。着：必须。）

这首《月光光》新歌有着鲜明的时代性，它产生于 1949 年之后，反映了新时代脉搏的律动：俗话说，秀才造反三年不成，而今反动派却骤然间一下子被推翻了，真是好呵！新社会有新风尚，大力扫除文盲，让广大百姓的孩子去上学，这又是一件新鲜事物。

（五）读音"百变"的《月光光》

"光"的字音之变也是《月光光》"百变"之一，它在闽南话里是个多音字，在歌谣里的读音多变。我常对学生和电视观众们说，"光"字在歌谣里没有统一的读音，它是个多音字，而多音字当韵脚时，它的韵母是不能随意地念的，而是要跟着上下句的韵脚走。当"光"字处在篇头"月光光，秀才郎，骑白马，过南塘"的字串时，要读"公" [gong1] 的音，以保证韵脚字"光、郎、堂"顺顺当当，同韵而不"出格"。

"光"还有两个音，一个是漳州腔的 [guī1]，另一个是厦、泉通读腔的 [gng1]，和缸同音，都编有歌谣，比如：

南靖《月光光》之四

月光光 [guī1]，月圆圆 [ī2]，

行田路，过田塍 [gī2]。（田塍：田边，这里是地名；塍：边沿。）

田塍一潭水 [ui3]，

清溜溜，

撑船去漳州。

漳州一尾鱼，

鱼头请亲家，

鱼尾请亲姆，（亲姆 [cē1 m3]：亲家母。）

鱼中箍，接新娘。（中箍 [diong1 ko1]：中段。）

新娘爱插花，

阿伯换冬瓜。

冬瓜好炕汤，（好炕汤 [kɔng5 tng1]：适合熬汤；炕：慢火久煮。）

阿伯换金缸。

金缸好底粟，（底粟 [de3 cik7]：装稻谷；底：装，置放。）

四姆拍四叔。（姆 [m3]：婶婶。拍：打。）

四叔势趁银，（势趁银 [ggau2 tan5]：会挣钱，势，擅长，会。）

四姆拍蝴蝇。（蝴蝇：苍蝇。）

蝴蝇会讲话，（话：为谐韵而读通行腔 [ue6]。按：这句以下运用了拟人修辞手法。）

蠓仔假亲家。（蠓仔：蚊子。假亲家：假装当亲家。）

亲家银交椅，（交椅：有扶手的椅子。）

亲姆银手指。（手指 [ciu3 zi3]：戒指。）

　　流传于漳州与龙岩的交界地南靖山区的《月光光》，内容带有一定的故事性，讲的是月明月圆的一个夜晚，走在田间小路上，以及后来发生的事，第五行"撑船去漳州"，反映了漳龙河道的水上交通，结尾部分采用了拟人表达法。这篇《月光光》的特别处，是一反常规地描写了月亮的形状，用语言之"画笔"，勾勒出"月儿圆圆"一笔画。这个"圆"字了不得，它决定了这首歌谣的"光"字必须读漳州腔的口白音 [guĩ1]，以便联结成光 [guĩ1]—圆 [ĩ2]—墘 [gĩ2]—水 [ui3] 的韵串，已故漳州籍语言学家黄典诚把它叫作"飞机韵"，那"飞"字就代表了"威 [ui]、光 [uĩ]"两个韵母，"机"代表"伊 [i]、圆 [ĩ]"两个韵母，意思是：在闽南民间韵文里，"伊、威" [i]、[ui] 是和带鼻音的"圆、光" [ĩ]、[uĩ] 韵母通押的。可见同样是"月光光"，同样是"光"字作韵脚，却不能随便"抓"一个音来念，像这首就因为后续的韵脚押飞机韵，便只能念 [guī1]，如果读作文读音 [gɔng1] 或是厦、泉腔 [gng1]，都会造成"失韵"，大错而特错。

下面的东山本《月光光》也是如此，因为下半句的韵脚是"孙" [suī2]，"光"也必须读漳州音 [guī1]，以便合辙谐韵：

东山《月光光》

月光光 [guī1]，娘姓孙 [suī1]，
银针十五对 [dui5]。
对对铜，
银桶盘，银茶瓯，
三色裤，绣荷包，
红绸被，绣枕头，
娶一个巧新妇，（新妇：媳妇。）
生囝真正势。（生囝：生孩子。势 [ggau2]：能干，有能耐。）

东山《月光光》仍选择女性话语为题材，它集中了婚房中的一些日用品，有银器、桶盘和茶杯，有三色的裤子，也有可能指三条色裤（或是饰裤、膝裤，是旧时代裹足女子用的布制裤筒，胫下部连接弓鞋的鞋筒上端，上面可挂金属环和小铃铛）和绣了花荷包，婚床上，铺着红绸的被子，排放着绣花的枕头。原来，这些"张嫁"——陪嫁的嫁妆都是新娘的巧手儿做成的，用这些内容"组装"成的话头，在闽南语歌谣里屡屡可见。

三、别样风情：《月娘月光光》

从某个角度说,《月娘月光光》可以看成是《月光光》歌谣的扩展,它自古以来就流传在闽、台、粤和客家人居住的赣、桂,并且地连江、浙,分布面更广。它的内容不及《月光光》驳杂,而是以反映妇女生活和心曲为大宗,大概因为从歌谣的第一句增加了很女性化的"月娘"两个字,便使它遣词用句不同于战争题材和生活歌谣《月光光》了。要论闽南语《月娘月光光》歌谣的知名度,当以下面几篇最高:

漳州《月娘月光光》之一

月娘月光光 [gng1],（月娘：月亮,是比喻的说法。光：方言读如缸。）

起厝田中央 [ng1],（田中央：地中间；闽台常用地名。）

水仙花开芳,（芳 [pang1]：芬芳,香。）

亲像水花园 [hng1]。（亲像：酷似,非常像。水 [sui3]：漂亮,是文读音。）

月娘月光光 [gng1],

照着房间门 [mng2],（照着：照在。）

新被新蚊帐,

犹有新眠床 [cng2]。（犹有：还有。眠床：床。）

这是重章本《月娘月光光》，用两个章节的篇幅和富于诗意的方言词汇，摹写了月光下的农家田庄有如花园一样美丽，月光更为田间农家婚房的新被、新蚊帐、新婚床笼上了一团朦朦胧胧的诗意美……

不过，细心的读者可能会说：这不是漳州的《月娘月光光》，因为它的"光"和"门"都不读漳州音 [guĩ1] 和 [mui2]，可见是"混"进漳州歌谣的"冒牌货"！其实，也未必，先不说漳、泉、厦之间的人口流动、交往有多么频繁，他们会自觉自愿"犁头戴鼎"地"背负着"自家歌谣互相穿梭于彼此之间，你想要阻止都阻止不了；你只要静静心顺顺气，读一读下面这两篇流传在漳州多个县的充满"古早话"的"正港"漳州歌仔，便会拨云见日，信服它们全部都流传闽台各地，表明它们"复姓"漳：

漳州《月娘月光光》之二

月娘月光光 [gng1]，

起厝田中央 [ng1]；（田中央：田中间；闽台常用地名。）

田螺做水缸 [gng1]，（田螺做水缸：比喻水缸小得像田螺，是夸张。）

稻草做眠床 [cng2]，（稻草做眠床：指铺稻草为床。）

漳州《月娘月光光》之三

月娘月光光 [gng1]，

嫁到田中央 [ng1]。

目滓做饭汤 [tng1]，（目滓 [bbah8 zai3]：泪水。饭汤：米汤。）

弓鞋做水缸 [gng1]，（弓鞋做水缸：比喻水缸像缠脚女的弓鞋那么小，是夸张。）

饰裤做笼床 [sng2]，（饰 [sik7] 裤：弓鞋上端类似于袜子的部分，通常有绣花图案，又作色裤、膝裤。笼床：笼屉。）

脚帛做大肠 [dng2]，（脚帛 [ka1 bɛh8]：裹脚布。）

纸箧仔做眠床 [cng2]。（纸箧 [keh7] 仔：纸盒。眠床：床。）

这两篇《月娘月光光》也满贮着诗意，是有着童话般意蕴的方言诗，先从亮晃晃的月儿落笔引出下文，是"兴"的写法。简短的第一篇是自家人言自家事，以穷家子的身份风趣地告诉你，我家的新房子呀，建在了田中央，家里的设施很简陋，水缸如同田螺一般大小，没有床，聊以稻草充卧具，字里行间不见苦，反而有着童话一般的色彩，然其生活的捉襟见肘却是显见的。另一篇则说女儿嫁到了田中央（这是闽台地区常用地名），自第三行起便向读者大"倒苦水"：以泪洗面泪充汤，弓鞋当水缸，饰裤当笼屉，食品是多么的匮乏，连长长的裹脚布看起来都像是美味的大肠，眠床则小如纸盒子。比喻句里的历史名物词弓鞋、饰裤、脚帛，透露出歌者是一位"古早"的已婚"妇人人" [hu6 dzin2 lang2]。两首童谣所使用的方言词语，都是信手拈来，不事雕饰。然而你不得不承认而且折服：它们都是名副其实、地地道道的"美文"。

这两篇《月娘月光光》的"光"也读 [gng1]，也是通篇押 [ng] 韵，但它们是"包正无假"的"正港"漳州歌谣，并且普遍流传于闽南和台湾与新加坡，甚至连潮汕地区也有相类的歌篇。它们不但以单篇的形式收入漳州各市县的《民间歌谣集成》，云霄县甚至把它组织到别的歌谣里，只不过把语序作了一定的调整：

云霄《猪仔猪动茶》

猪仔猪动茶，（猪仔猪动茶 [di1 a di1 dɔng6 dɛ2]：象声词，起开篇起兴的作用。）

初二十六牙，（牙 [ggɛ2]：指闽南语地区农历每月初二和十六的牙祭日。）

猪肝共肉价，（共 [gang6]：同，这里指价钱相同。）

买鱼买肉一大把，

大家新妇食甲肥甲白。（大家新妇：婆媳。食甲肥甲白：养得白又胖；食：吃、养。）

食了查仔囝要去嫁。（查仔囝：女儿，是云霄县的特有说法。）

嫁到田中央，（田中央：田间；中央，中间。）

目滓做饭汤，（目滓 [bbak7 zai3] 做饭汤：眼泪当米汤喝，形容痛苦不堪。）

弓鞋做水缸，（弓鞋：裹足妇女穿的鞋。此句比喻水缸极小。）

饰裤做笼床，（饰 [sik7] 裤：又作色裤或膝裤，是裹足妇女穿的裤筒，上面可挂金属环和小铃铛。笼床 [lang3 sng2]：蒸笼。）

脚帛做大肠。（脚帛 [ka1 bɛh8]：裹脚布。）

叙事童谣《猪仔猪动茶》流传于云霄县，前半段讲述民间在农历初二和十六做"牙祭"的日子里买肉共享及女儿出嫁到田中央（地名）的事，接下来便引用原属于《月娘月光光》的诗句了。所以说，以《猪仔猪动茶》共用了《月娘月光光》的诗句"嫁到田中央，目滓做饭汤，弓鞋做水缸，饰裤做笼床，脚帛做大肠"来推断，上面两篇《月娘月光光》"隶属于"漳州无疑，即使它的"光"字读 [gng1]，也不会改变它地域区划的属性。

那么，漳州歌谣的韵脚为什么会押泉州腔、厦门腔的韵呢？

其实在闽南语言应用系统中，是存在着一条无形的"潜准则"的，尤其对于有韵律的"韵文"歌谣、戏文来说。因此，尽管闽南话各个地方的韵母都多达 80 个以上（普通话只有 39 个），不过，其中有地方差别的韵母只占 10 来个，影响"韵文"押韵的地方腔韵母就更少了。当遇到歌谣和戏文的韵脚中有像"光"这样的多音字时，就不分本地如何念，只要选择与前后的韵脚押韵的音来读就行了。比如"歌仔戏"芗剧的唱词和"韵白"，就不分漳州音或厦门音，只要押韵就"拿来主义"。所以说，即便是这三篇《月娘月光光》的"光"韵脚都读厦门音，但它仍是地道的漳州歌，是漳州歌谣有时也通融地使用厦腔韵脚的通例。

《月娘月光光》的"光"也时有读 [guī1] 做韵脚的，大多反映女性嫁为人妇以后的生活，在闽南语区流传甚广。比如下面这篇，用写实的手法叙述了四姐妹所嫁贫富悬殊，以至于小女儿心理不平衡的小故事：

漳州《月娘月光光》之四

月娘月光光 [guī1]，

娘仔心头酸 [suī1]。（前面两句，或异文作月光，心酸；月光光，娘心酸。）

一枝言，二枝全 [zuī2]，

四个姊妹仔落花园 [huī]：

大姊嫁福州，

二姊嫁清流,

三姊嫁马安,

四姊嫁上山。

一姊转来金凉伞,（转来：回来；指出嫁的女儿回娘家。）

二姊转来金桶盘,

三姊转来金交椅,

四姊转来无物恻到死：（无物 [mih8]：指姑娘空手回门。恻
[ceh7]：怨恻,指对父母的埋怨；有的传本到这句便结束,表现父母
埋怨女儿没带礼品的势利眼。）

恻我爸母铁心肝,

平平拢是囝,（平平拢是囝：同样都是子女。）

将我嫁到十重九重山。

脚踏藤,手挽菅,（挽菅 [gu]：拉草以借力爬坡。这句表现山
的陡峭和劳作的艰难。）

衫仔割到破破破,（破破破：极破,形容词三叠,表示程度达到
顶点无以复加。）

要补要绽无针线,（补、绽 [tī6]：缝补。）

嘴干串啉坑垄仔水,（串啉坑垄仔水 [cuan5 lim1 kē1 lang2 a
zui3]：喝的都是山涧水。串：方言表示动作的周遍性；串啉：喝的
全部是。）

歇睏背倚后壁山,（歇睏 [hēh7 kun5]：歇息。背倚 [ua3] 后壁山：
背靠着后山。）

食一碗饮糜仔水,（饮糜 [am3 mai2] 仔水：清稀的粥；糜：粥。）

互风吹一半,（互：被。按：这句形容山里风势猛烈。）

转来做客路者远,（转来做客：回娘家。路者 [zia3] 远：路这么远。）

想着脚手软软骨头散，（想着：一想到就……）

遇着天作乌，（遇着：音 [cing6 dioh]。天作乌：阴天。）

一阵风，一阵雨，

一船冷水灌肠肚。

漳州《月娘月光光》之四是个歌谣长篇，内容分为三段。第一段写月光下，待嫁的姐妹们在花园里为即将分手、担忧今后的命运而心酸，接下来告诉读者姐妹们出嫁的地点；第二段跳到姊妹们出嫁后回门的事，写姐姐们回娘家各自带回抢眼的"伴手礼"金凉伞、金桶盘和金交椅，唯独小妹两手空空，因自家穷得身无长物叮当响而埋怨父母不该把自己嫁到穷山沟。有的歌谣传本说到这里就结束全篇了，这个传本却以第三段为中心内容，倾诉穷苦的小妹怨怼于父母对自己的不公，一字一句含着泪，娓娓数道着：

她是唯一被嫁到深山里的小女儿，面对不熟悉的生存环境，她奋力、艰辛地生活着、适应着，"脚踏藤，手挽营"，四肢并用爬高坡，衣服被锋利如锯齿的菅草叶割得破破烂烂，要缝补，却穷得连针头线脑都没有。口渴了，喝的是冷得刺入心肠的山涧水，苦力活儿干累了，只能后背往后壁山靠一靠，喘口气。家常饭是清溜溜的稀粥，装在碗里都会被凌厉的山风刮去半碗。回家的路途是那么的漫长遥远而难及，一想到家和父母，都会下意识地手脚发软，骨头松散……

闽南有个民谚，叫作男人有命，女人无命，意思是女性没有独立的"命"，她的命是和丈夫拴在一起的，是"嫁鸡缀鸡飞，嫁狗缀狗走"（缀 [due5]，闽南话指跟随），由婚姻那条难以捉摸的"红丝线"、"命丝根"来决定的，不由人不慨叹！比如歌谣中的四姐妹，同是一胞女，然而姐姐们都嫁得很好，回娘家的时候一个个带着令人艳羡

的礼物，只有小四妹两手空空，可谓对比强烈。这正合着现代人的
一个说法：婚姻已经使四妹子"输"在了起跑线上，这一输，不但
意味着她和她的后代将代代不如姐姐们，也决定了她回娘家时，只
会遭受众人的白眼，在"无物互人恻到死"（异文）的人里面，不是
也包括了决定她那不平命运的父母吗?！

《月娘月光光》也有摹写母亲育儿的，比如：

漳州《月娘月光光》之五

月娘月光光 [guī1]，

照着婴仔的尻川 [cuī1]，（照着：照到。婴仔：孩子。尻川：屁股。）

照着婴仔哩放屎，（婴仔哩放屎：孩子正在拉屎；哩：正在。）

照着狗仔哩守门 [mui2]。

漳州《月娘月光光》之六

月娘月光光 [guī1]，

点火照尻川 [cuī1]，（火：早年指火把，后来指煤油灯。尻川：
屁股。）

尻川互我拍，（尻川：屁股。互我拍：让我拍。）

我请你食肉。（食肉：吃肉。）

这是孩子在月夜里大便，大人为其"把屎"时唱的歌谣，事虽
鄙俚，而不失真美原生态，如实唱出育儿经。就内容来说，这两篇
歌谣可视为"连锁章"，第一篇是"定格"在"放屎"过程中的一个
特写，第二篇写便完揩腚毕，母子之间的亲昵动作。

仔细品味这两篇歌谣，发现每篇的最后一行都含有双关的意思：

说"狗仔哩守门"，既指狗可守护门户安全，却又含别义。闽南俗语云：一人放屎，一人呼 [kɔ1]（方言读如箍）狗，一人拭尻川（擦屁股，拭 [ct7]，方言读如七），指做一件小事儿却要许多人来共同完成，其中的"呼狗"与这歌谣有关，反映了过去的闽南农村有让狗儿舔吃小孩大便的不良习惯，认为既能节省手纸，也省却揩腚的麻烦，还节省狗粮，一举三得（苦笑）。另一篇末句"我请你食肉"，义兼一边念歌谣、一边拍打小孩的屁股，是母亲们为孩子擦完屁股时的习惯性动作，你看那孩子肉墩墩的小屁股蛋儿，拍起来给人以肉肉（闽南话）、敦实、富于弹性的手感，也表现了母子之情亲密无间。这敦实而富于弹性的手感，便足以回报慈母付出的所有辛劳了。

漳州《月娘月光光》之七

月娘月光光，

起厝田中央，

骑白马，过下庄。（下庄：地名。）

下庄娘仔势起宫，（娘仔：姑娘。势 [ggau2]：擅长。起宫：建造庙宇。）

起宫食艙饱，（食艙饱：指填不饱肚子；艙：方言勿与会的合音，不会。）

搦来做纱绞。（搦 [liah8]：抓。纱绞：绞棉纱的工具。）

纱绞艙绞纱，

搦来做工权。（工权：权子。）

工权艙权草，

搦来做畚斗。（畚斗：形似畚箕而带柄的撮子。）

畚斗艙抔涂，（抔涂：撮泥土。）

搦来做葫芦。

葫芦绘敆药，（敆药：将几种药调和在一起。）

搦来做刀石。

刀石绘磨刀，

搦来做竹篙。

竹篙绘晾衫，

搦来做本担。（本担：扁担。）

本担绘担粟，（担粟：挑谷子。）

搦来做大烛。（大烛：粗大的蜡烛。）

大烛点绘着，（点绘着：点不着火；着[doh8]：燃烧。）

搦来做笺螺。（笺螺：陀螺。）

笺螺拍绘遨，（遨[ggo2]：转动，旋转。）

搦来做酒礅。（酒礅[ggo2]：酿酒工具。）

酒礅绘礅酒，（礅酒：酿酒。）

搦来做朋友。

朋友兄啊朋友弟，

相牵手来做游戏。（相牵手：手拉手。）

此谣为纯粹的连珠体童谣，表现形式上，不但采用顶真续麻的修辞手法连属上下两联歌谣，而且每一联的诗句都讲述了一个语义相对完整的小片段，通篇内容也相对集中，大多讲述闽南人的日常劳动，最后两行"朋友兄呀朋友弟，相牵手来做游戏"，引导儿童要学习与人和睦共处，起着寓教于乐的作用，同时也表明它的身份是童谣。

童谣说，在荧荧月光下，把房子建在了田中央，此时有人骑着马儿路过了下庄村。下庄的娘仔擅长古建筑手艺，可是单凭这门古建筑手艺却填不饱肚子，就这样被抓去做非她所长的纺纱机；下庄的娘仔做的纺纱机不好使，又被抓来做杈子；她的工杈也不好用，又被抓来做畚斗；她的"畚斗"不好撮土，又被抓来做葫芦；葫芦不好装中药材，她又被抓来做磨刀石；她的磨刀石磨刀不好使，又被抓来做竹篙子；她的竹篙不好晾衣物，又被抓来做扁担；她的扁担不好挑谷子，又被抓来做粗大的蜡烛；她做的大蜡烛点不着火，又被抓来做陀螺；她的陀螺打不转，又被抓来做酒磕；她的酒磕酿不出酒来，又被抓来做朋友，好朋友们便相互牵起手来做游戏。

这首长篇《月娘月光光》共有二十九行诗，大多为五言句，因首句韵脚"光"要与下句的"央"[ng1]押韵，而读通行腔[gng1]，其余句子基本上两句换一个韵。

童谣反映了许多传统手工艺和传统工具，有相当一些手工艺和工具，今天的年轻人已经不甚了了。比如，把多股纱线绞成一条线的纱绞，可以收纳药品的葫芦，磨刀石，会"遨遨转"的陀镙，用于"磕酒"的酒磕等等。难怪有人把歌谣作为"非物质文化"来保护，把它看成是民间文化遗产的一个重要组成部分，因为其中必定"保真"了一些一去不复返的历史事件和历史事物。据说美国IBM公司就因此而成立了一个基金会，专门资助它的员工到世界各地去学习传统手工艺活儿，规定这些外派员工要在当地学习两年，至少掌握一门手艺，回公司的时候，要提交一份详细的可以"复制"工艺的调研报告，因为老手艺和新产品之间有着必然的密切的关系哪！

手工纱绞机

草杈子

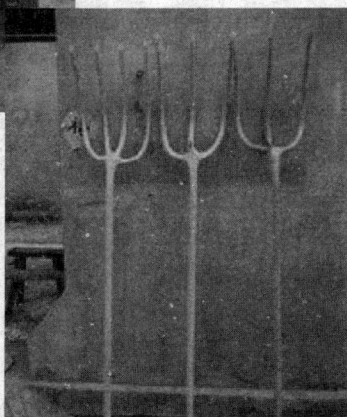

竹编畚斗

用草杈子扬场

装药的葫芦

磨刀石磨刀

扁担挑物

酒坊

叁

『安怎伊甲会唱歌』

从唐朝到当今，时光老人那垂老、蹒跚的步履，已然迈过了一千三百多个年头。在这漫长的一千三百年的日子里，漳州地区虽然保留了不少古代歌谣，可是当代人却懵懵懂懂，大多不知其产生的时间或者流传年代的上限。好在有一些歌谣记录在了古代文献里，而成为今天的人们确认歌本存世年代的重要线索。从年代看，这类保留了极少数古代歌谣的文献，大多集中在明清两代。

一、明戏《桃花搭渡》与漳州古歌谣

民间小戏《桃花搭渡》又称《桃花过渡》，原是宋代就存在的闽南地方戏曲，曲调全部采用闽南小调来演唱，却没有留下剧本。该戏后来被移植到潮剧《苏六娘》里，因此而得以"存活"在明代嘉靖丙寅年（1566）刊本的《班曲荔镜戏文》里，后来收录在明万历元年（1573）刊本《摘锦潮剧金花女大全》中，后来在1985年被编入正式出版的《明本潮州戏文五种》里。可惜的是，剧本的"原产

当代《桃花过渡》剧照

地"——闽南地区缺少文字记录的《桃花搭渡》，要一窥它的"原版真容"，只能依靠潮州的古剧本来还原了。因此说，学术界虽称闽南地区在宋代就有了歌谣，却没有具体的实物可证明，而有实物的歌谣，大多要迟至明代才出现。

潮州人为什么会用闽南小戏的剧本和曲调来"武装"自己的戏曲呢？有个南宋年间兴化（在今莆田市）人士余崇龟说得好，是因为在"南粤，虽境土有闽广之异，而风俗无潮漳之分。"这就是我们说过的，潮州虽然分属于"广"的政区地界，却因为和漳州接壤，两地自古就语言和习俗相仿"无精差"，一般样。

虽然闽南已经没有了这个老剧本，不过数百年来，《桃花搭渡》的舞台表演和民间传唱却不绝于民间，是靠着一代代"戏师傅"们耳提面授的口头戏文，而被闽南戏曲家们无数次改编、移植为高甲戏、芗剧（歌仔戏）等折子戏和纸影戏、布袋戏等剧种，在新中国成立初期，还拍成了电影，在我国东南沿海地区和东南亚上映，深受好评，影响广泛。即便在"文革"期间那京剧"样板戏"一花压群芳的特殊年代，《桃花搭渡》仍时常被漳州地区广泛成立于各企事

福建地方戲曲叢書
（高甲戲）

桃 花 搭 渡

根據河淑敏　施教恩口授
參考約　真·林賢殿整理本
紀生執筆整理

此劇榮獲閩東區戲曲觀摩演出大會
劇　本　二　等　獎

福建人民出版社

1955 年出版

业单位及农村的"文艺小分队"、"文艺轻骑队"一类文艺团体用来
"旧瓶装新酒"，搬到舞台、街道、田间地头演出，以便配合时势宣
传，它那女撑伞、男划桨的舞蹈动作，很是入目，吸引得观众如云，
而成为"文革"时期唯一创造了文艺奇迹的一出民间戏。由于《桃
花搭渡》的主要唱段深深扎根于民间，连《中国民间歌曲集成·福
建卷》也收录了漳州、厦门、泉州地区的好几个不同唱段，老百姓
更把这出戏与三国戏《三战吕布》列举，"凝固"为表示吃饭争着上、
干活儿便闪让的谚语【食饭三战吕布，做稿桃花搭渡】来。可见《桃
花搭渡》在民间之家喻户晓的熟悉程度。

　　《桃花搭渡》讲的是婢女桃花奉小姐六娘之命去送信，路遇渡口

乘渡船的小故事。撑船的渡伯借此机会与桃花闲聊，见小姑娘能言善辩又机巧，便请桃花唱歌给他听，说是唱得好，便不要渡钱。桃花欣然应允，唱起歌来。渡伯为了逗趣、消遣，故意语露讥诮，与桃花姑娘斗嘴"答嘴"、"相诤"、对唱，又故意把一年的十二个月唱成了十三个月，自然输了歌，可是却又偏偏口中叫着"嗨服输，换来斗《涂蚓歌》！"从而把剧情过渡到考知识和斗曲赛歌上来。

《桃花搭渡》最有名的唱段是《十二月歌》和《涂蚓歌》。闽南地区从明代至今的历代民众，都对这两段唱曲、唱词耳熟能详，它的娓娓余韵，便潜藏在了当代歌谣中。

（一）明歌遗响《十二月歌》

漳州地区有一些歌谣承接自明戏中的民歌唱段，比如《十二月歌》又称《十二月调》，是采用每年十二个月各成一章的一种联章体歌谣，它每一章的第一句有好几类文辞，以下各句再写出不同的月份出现的不同事物，如报民俗的《十二月令歌》"正月正、二月二、三月三、四月四……"，反映农事的《十二月做田歌》"二月春草青、三月人播田、四月日头长"，或者依月份来吟诵名优水果《十二月果子歌》，再"组装"老百姓熟悉的戏文故事，"正月枇杷果子头，孔明军师天下夯；二月李仔开满枝，平贵别妻泪淋啼；四月石榴真圆滑，蒙正入庵去拜佛；六月果子是凤梨，三娘找团井边来"，等等。这类歌谣里面便有一些在每月的第一句保留了《桃花搭渡》的文辞，比如龙海《妇女革命求解放》的一月至六月，每一章的第一句都来自《桃花搭渡》中桃花姑娘的唱词，其余第二句至第四句才是改写、"填入"新诗句。

《桃花搭渡·十二月歌》　　龙海《妇女革命求解放》

正月点灯红，　　　　　　　正月点灯红，

顶炉烧香下炉香，（顶：上面）　封建制度真荒唐，

君旦烧香娘插烛，（旦：现在）　男女事事不平等，

保贺阿伯大轻松。　　　　　　生做女子不如人。

二月君行舟，　　　　　　　二月君行舟，

君旦寄郎买香油。（旦：现在）　婚姻大事无自由，

是加是减同娘买，（加、减：多少）　嫁着丈夫合不来，

是多是欠共君收。（共：替）　苦痛急心流目滓。（急心流

　　　　　　　　　　　　　目滓：窝心而落泪）

三月君行山，　　　　　　　三月君行山，

君旦行猛娘行慢，（行猛：走得快）　妇女一生苦万般，

君旦衫长娘衫短，　　　　　贫穷家计难料理，

手袖放落来相盖。　　　　　家官打骂无日安。（家官：

　　　　　　　　　　　　　公婆）

四月簪花园，　　　　　　　四月簪花园，

一头簪花二头开。　　　　　看阮妇女无能为，（阮：俺）

有缘阿姑花来插，　　　　　政治经济和教育，

无缘阿姑花含蕊。　　　　　妇女无份实可悲！

五月赛龙船，　　　　　　　五月赛龙船，

溪中锣鼓闹纷纷，　　　　　军阀相刣乱纷纷，（相刣：

　　　　　　　　　　　　　互相打杀）

船头拍鼓别人婿，   乌捐杂税还艍直，

                            （还艍直：还不起）

船尾搦舵是我君。（搦舵：掌舵） 女子卖钱惨万分！

六月暑天时，   六月暑热天，

（以下按春夏秋冬四季唱，从略） 白军害人真惨凄，

                        丈夫活活互拍死，

                        （互拍死：被打死）

                        少年守寡淋泪啼。

　　《桃花搭渡》的《十二月歌》本应该从一月唱到十二月，只因为剧情发展的需要，桃花姑娘唱到"六月章"便戛然而止了，继之以春、夏、秋、冬《四季歌》。当代龙海歌谣《妇女革命求解放》则保留了《十二月歌》的谋篇形式，前六个月，每月一章的开头第一句都来自《桃花搭渡》，第二句以下才是民间曲艺家新编的反映现代社会生活的新歌。这证明了在闽南，《桃花搭渡》和它所采用的民间歌谣从明代传播至今，从来没有间断过。因为龙海《妇女革命求解放》完整地继承了《十二月歌》每月一章的叙事框架和每个月的第一句歌词，是为"旧瓶"，其余部分"组装"别的新内容。

　　相比之下，漳浦县《祭江歌》也保留了《十二月歌》每"月"一"祭"的形式，不过歌词得之于《桃花搭渡》者甚少，只残存在"五月章"的第一句：

《桃花搭渡·十二月歌》   漳浦《祭江歌》"五月章"

五月人划 [go5] 船，   五月初五人扒 [bɛ2] 船，

溪中锣鼓闹纷纷，   智远别妻去投军；

船头打鼓别人婿，　　　　　　咬脐打猎汾州去，（咬脐：

　　　　　　　　　　　　　　　　　刘智远之子）

船尾搦舵是我君。（搦舵：掌舵）　母子相会在井边。

　　漳浦《祭江歌》"五月章"乍看和《桃花搭渡·十二月歌》关联性不是很大，其实却是脱胎于《十二月歌》。你看那表示划船动作的动词，漳浦《祭江歌》作"扒"，《桃剧》《十二月歌》为"划"，两个字是意义相近的方言同义词。可见漳浦《祭江歌》"五月章"的第一句"五月初五人扒船"也残存了《桃花搭渡·十二月歌》的成分，以下内容和龙海《妇女革命求解放》同样，是在第二句以下才作变动，编入了有关元代南戏《白兔记》母子相会的情节。

　　《白兔记》又称《刘智远》、《井边会》、《李三娘》等，在文学史上与《荆钗记》、《杀狗记》、《拜月亭记》并称"四大南戏"。据传，《白兔记》写的是后汉高祖刘智远与李三娘悲欢离合的故事：刘智远少年时流落"泉南佛国"古刹白莲寺，被寺庙附近李家庄的李员外收留，并招为小女三娘之婿。李员外去世后，哥嫂独占家产，却把智远和三娘扫地出门，只得寄居于白莲寺柴房。智远立志别妻投笔从戎；三娘独居柴房产子，自断其脐，为子取名咬脐，历尽磨难。刘智远成就了一番大事业，返回泉南寻妻，最终骨肉相认而团圆。那么，既然漳浦《祭江歌》的"五月章"和《桃花搭渡·十二月歌》有一定的渊源关系，而《祭江歌》"五月章"是被"填入"了元代戏文的，是不是可以说，漳浦《祭江歌》和《桃花搭渡》早在元代就已经存在了？我想，有一定的可能。不过，作为严肃的学术问题，在目前还找不到更早的文献资料的时候，是不可以随便下结论的。所以我坚持说，有一定的可能，但可能不等于"是"。

（二）明歌遗韵《安怎伊甲会唱歌》

渡伯和桃花大段的问答式绕口唱曲《涂蚓歌》，罗列了17种会"唱歌"——发出声音的或不会"唱歌"的物象，语言生动、活泼，令人发噱，深受民众的喜爱。它也从明代至今流淌于民间，成为当代歌谣作品的有机组成部分，至今在九龙江流域仍有不少老年人会念、会唱与《桃花搭渡》里面相类似的《涂蚓歌》，一曲"安怎伊甲会唱歌"，至少从明代戏文流传到现在，产生了许多大同小异、甚至差别蛮大的不同"版本"。比如收录在《中国民间歌曲集成·福建卷》的"歌仔调"《涂蚓歌》，就有两个传本：

其一

听我唱啊听我唱，

唱甲涂蚓会唱歌：（涂蚓：蚯蚓。）

涂蚓出世搵涂沙，（搵［un5］涂沙：沾满泥沙；搵：沾。）

伊才会唱歌。

（弟白）我嗨信。（嗨信：不信。）

（兄白）你要听！

（唱）涂蚓仔子，

身又长，腰又软，

开土垵在遐做眠床，（土垵：泥洞，地洞。遐［hia1］：那儿。眠床：床。）

伊才会叫歌。（叫歌：唱歌，叫［gio5］唱［ciõ5］音近，也有人记成笑［cio5］歌。）

（问）水鸡为何会叫歌？（水鸡：青蛙。）

（答）水鸡伊是嘴阔腹肚大，（腹肚：肚子。）

伊会哇哇哇,

伊才会叫歌。

(问)水缸伊嘛是嘴阔腹肚大,(嘛是:也是。)

为何伊甲袂叫歌?（甲:本作敢,非。袂叫歌:不会唱歌。）

(答)水缸伊是涂内做,火内烧,（内:应是来之讹。下句同此。）

伊甲袂叫歌。

(问)土啤仔嘛是涂内做,火内烧,（土啤仔[tɔ2 bi1 a]）:陶
瓷做的口哨。）

伊着啾啾啾,（伊着[i1 doh7]:它就。）

伊着会叫歌?

(答)土啤仔伊是一呛相弄通,（一呛相弄通:有一孔相通。）

伊才会叫歌。

(问)火管伊嘛一呛相弄通,（火管:吹火棍。）

伊甲袂叫歌?

(答)火管是竹来做,

伊才袂叫歌。

(问)品仔伊嘛是竹来做,（品仔:笛子。）

伊敢会叫歌?

(答)品仔伊目目总是啌,（目目总是啌:每个竹节都有洞。）

伊才会叫歌。

其二

涂蚓包润沙,

因何会唱歌?（因何:是方言安怎[an1 zuã3]的意译。）

涂蚓伊是身腰长来身腰软,

伊才会唱歌。

杜鳖龟嘛是身腰长啊身腰软,（杜鳖龟：即涂鳖仔，地鳖虫，常
在墙角活动的一种小虫，入药可通经活血，散瘀止痛。）

伊敢会唱歌?

杜鳖龟伊是腹肚下一个管,（腹肚：肚子。）

伊才𣍐唱歌。

　　《桃花搭渡》的《涂蚓歌》篇幅很长，总共罗列了十七种会与不
会"唱歌"的物象。而这两首与之有关联的《涂蚓歌》却篇幅简短，
都只有小半截。第一首《涂蚓歌》的物象减至蚯蚓、青蛙、水缸、口哨、
吹火棍、笛子六种，第二首《涂蚓歌》只残存了蚯蚓和"杜鳖龟"两种。
不过，关于某物之所以会发出声响和之所以不会响的理由仍然和《桃
花搭渡》一脉相承。可见保存在当代的两个《涂蚓歌》传本发生了
很大的变化，一个延续了明戏文歌本的前半段，另一个甚至仅仅残
留了开头部分。

　　闽语所谓涂蚓者，蚯蚓也，属于环节动物门，我国先秦典籍就
有记载，例如《礼记·月令》就说仲夏月夜，"蝼蝈鸣，蚯蚓出"，《尔雅》
记为螼蚓，可见中国人有很长的蚯蚓观察史。那，蚯蚓会不会唱歌
呢? 晋人崔豹《古今注》说："蚯蚓一名蜿蟺，一名曲蟺，善长吟于
地中，江东谓之歌女，或谓之鸣砌。"宋诗大家苏东坡有诗云："食土
蚓无肠，亦自终日叫"，药物学家寇宗奭说蝼蝈"声如蚯蚓"，明代
李时珍《本草纲目》也说蚯蚓"其鸣长吟，故曰歌女"。都同意崔豹
的说法。然而宋代俞琰却认为蚯蚓会叫的说法大谬，说《礼记》之
所以称"蝼蝈鸣，蚯蚓出"，是因为这两种昆虫总是"同处，鸣者蝼蝈，
非蚯蚓也。"蝼蝈，吴人呼为蝼蛄，吴谚云：蝼蛄叫得肠断，蛐蟺乃
得歌名。"看来，蚯蚓"有歌名"，却不一定会"唱歌"，比如从动物
解剖图看，蚯蚓的身上是没有发音器官的。

尽管蚯蚓没有发音器官不会唱，却禁不住墨客骚人的诗兴和想象，古往今来，有许多诗歌都在吟唱蚯蚓是如何的"旦夕还呕吟"，"孤韵似有说，哀怨何其深"。闽人及其歌谣也是如此，才不管你蚯蚓是否会"唱歌"，反正至少从明代到现在，歌谣《涂蚓歌》不但流传在九龙江流域，连福州、莆仙、泉州以及台湾省和广东的潮汕地区都保留着面貌相仿的对答式歌谣《涂蚓歌》，其中要数漳、厦通行版《安怎伊则会唱歌》最为成熟、优美和风趣，是《桃花搭渡》之《涂蚓歌》的变化和提高：

问：涂蚓爬软沙，（涂蚓 [tɔ2 king3]：蚯蚓；涂：泥土。）

　　安怎伊甲会唱歌？（安怎：为何。伊：它。甲：才。）

答：涂蚓伊是身腰长，身腰软，

　　伊甲会唱歌。

问：田蝧敢无身腰长，身腰软，（田蝧：蜻蜓。敢无：难道不是。）

　　安怎伊甲燴唱歌？（伊甲燴：它为何不会；甲：连词，在疑问句里表疑问。）

答：田蝧伊是六脚佮四翼，（六脚佮四翼：六条腿和四只翅膀；佮 [gak7]：和、与，连词。）

　　伊甲燴唱歌。（伊甲燴：它因此不会；甲：连词，在肯定句中表因果关系。）

问：蝘蜅蝉嘛有六脚佮四翼，（蝘蜅蝉嘛有：蝉也有。）

　　安怎伊甲会唱歌？

答：蝘蜅蝉伊是腹肚下一个嘴，（腹肚：肚子。）

　　伊甲会唱歌。

问：毛蟹仔敢无腹肚下一个嘴，（毛蟹仔：一种腿部带毛的小蟹。）

　　安怎伊甲燴唱歌？

答：毛蟹仔伊是水内浮，水内沉，

　　伊甲赡唱歌。

问：田蛤仔敢无水内浮，水内沉，（田蛤仔：青蛙。）

　　安怎伊甲会唱歌？

答：田蛤仔伊是嘴阔食斗大，（食斗：下颌。）

　　伊甲会唱歌。

问：水缸仔敢无嘴阔食斗大，

　　伊甲赡唱歌？

答：水缸仔伊是涂来做，火来烧，（涂做火烧：泥土烧制。）

　　伊甲赡唱歌。

问：涂啡仔也是涂来做，火来烧，（涂啡[tɔ2 bi1]仔：陶制口哨。）

　　伊甲会唱歌？

答：涂啡仔伊是两咚相弄通，（咚相弄通：两孔相通。）

　　伊甲会唱歌。

问：竹火管敢无两咚相弄通，（火管：吹火棍。）

　　安怎伊甲赡唱歌？

答：竹火管伊是竹来做，

　　伊甲赡唱歌。

问：竹洞箫敢无竹做的，

　　安怎伊甲会唱歌？

答：竹洞箫伊是十指翕，十指擩，（翕[hip7]擩[dzih8]：摁、捂。）

　　伊甲会唱歌。

问：做篾仔筛敢无十指翕，十指擩，（篾仔筛：竹筛。）

　　伊甲赡唱歌？

答：做篾仔筛伊是篾哩编，篾哩慢，（篾哩慢：篾条编绕；哩：

　　副词，在。）

伊甲鲒唱歌。

问：铁彩尾敢无篾哩编，篾哩幔，（铁彩尾：应是一种吹奏器，
　　具体不详。）

　　伊甲会唱歌？

答：铁彩尾伊是嘴尖佮舌利，（嘴尖佮舌利：嘴尖舌又快。）

　　伊甲会唱歌。

问：铜花针敢无嘴尖佮舌利，

　　伊敢会唱歌？（敢会：难道会，是反诘语。）

答：铜花针伊是铜做的，

　　也无两腔相弄通，（两腔相弄通：两孔相通。）

　　伊甲鲒唱歌。

问：铜大锣嘛是铜做的，（嘛是：也是。）

　　也无两腔相弄通，

　　安怎伊甲会唱歌？

答：铜大锣伊是人来扛，人来叩，（叩：敲打。）

　　伊甲会唱歌。

问：软纸钱敢无人来叩，人来扛，

　　伊甲鲒唱歌？

答：软纸钱伊是纸做的，人糊的，

　　伊甲鲒唱歌。

问：风吹鞯敢无纸做的，人糊的，（风吹鞯：纸风车。）

　　安怎伊甲会唱歌？

答：风吹鞯伊食半天风，（食半天风：指经受风吹。）

　　伊甲会唱歌。

问：东西塔也食半天风，（东西塔：泉州的著名景点。）

　　安怎伊甲鲒唱歌？

答：东西塔伊是石做的，（石做的：指石制品）

　　伊甲𣍐唱歌。

问：石舂臼敢无石做的，（石舂臼：石臼。）

　　伊甲会唱歌？

答：石舂臼是君哩踏，娘哩趒，（君踏娘趒 [zam5]：夫踩妻踹；

　　哩：在。）

　　伊甲会唱歌。

问：柴楼梯敢无君哩踏，娘哩趒，（柴楼梯：木梯。）

　　安怎伊甲𣍐唱歌？

答：柴楼梯是柴做的，

　　伊甲𣍐唱歌。

问：柴眠床敢无柴做的，（柴眠床：木床。敢无：难道不是。）

　　安怎伊甲会唱歌？

答：柴眠床伊有君揽娘，娘揽君，

　　噫、啘、嘶、□ [suāi2]，（此为象声词，即咿呀吱嘎，指木

　　床摇动的声音。）

　　伊甲会唱歌。

　　这是一首口语风的拗口盘问歌，采用祖孙对话问答的形式来表现孩子的好问和打破砂锅问到底的年龄特点，它把发出的声响比喻为"唱歌"的艺术构想，以及一老一少两个角色的对话、"斗歌"情节及其绕口令般的"盘嘴锦"文辞，都富有情趣引人发噱。

　　歌谣的内容大意是：

蚯蚓爬行在软沙，它为什么会唱歌？

蚯蚓它身腰长又软，所以它就会唱歌。

蜻蜓难道不是身腰长又软，它怎么就不唱歌？

蜻蜓它是六只脚和四只翅膀，所以不唱歌。

蝉虫也有六只脚和四只翅膀，它为什么就会唱歌？

蝉的肚子下面有个嘴，所以会唱歌。

毛蟹难道不是肚子下面有个嘴，它怎么就不唱歌？

毛蟹它是水里面半浮沉，所以它就不唱歌。

青蛙不是也水里面半浮沉，为什么它就会唱歌？

青蛙它是嘴宽下巴大，所以它就会唱歌。

水缸难道不是嘴巴大，它为什么却不唱歌？

水缸它是泥做的，火烧的，所以它就不唱歌。

陶瓷口哨不也是泥做的，火烧的，它会唱歌么？

陶瓷口哨它是两个洞相通，所以它就会唱歌。

竹制的吹火棍难道不是两个洞相通，它怎么就不唱歌？

吹火棍它是竹做的，所以不唱歌。

竹洞箫不也是竹做的？它为什么就会唱歌？

竹洞箫它是十个指头开又合，所以它才会唱歌。

箴筛子不是十个指头开又合，难道它也会唱歌？

箴筛子它竹篾编来竹篾绕，所以它就不唱歌。

铁彩尾难道不是竹篾编来竹篾绕，它怎么就会唱歌？

铁彩尾它是嘴尖舌又快，它才会唱歌。

铜花针不也是嘴尖舌又快，它会唱歌吗？

铜花针它是铜做的，也没有两个洞相通，所以它就不唱歌。

铜大锣不也是铜做的，也没有两个洞来相通，它为什么就爱唱歌？

铜大锣它是人扛的，人叩的，所以爱唱歌。

软纸钱难道不是人来叩、人来扛，它就会唱歌？

软纸钱它是纸做人糊的，所以它就不唱歌。

纸风车难道不是纸做人糊的，为什么它却会唱歌？

纸风车它喝半天里的风，它才会唱歌。

东西塔不也是喝半天里的风，它怎么就不唱歌呢？

东西塔它是石头做的，所以它就不会唱歌啦。

石舂臼难道不是石头做的，它为什么却会唱歌？

石舂臼是有君在踏，娘在踩，所以它就会唱歌。

木楼梯难道没有君踩娘来踏，它怎么就不唱歌？

木楼梯是木做的，所以它不唱歌。

木床难道不是木做的，它为什么却会唱歌？

木床它有君揽娘，娘抱君，吱吱嘎嘎吱吱嘎嘎，它才会唱歌。

　　《安怎伊甲会唱歌》和《桃花搭渡》的《涂蚓歌》相近，连歌谣的描写物象也相同、相近。比如《涂蚓歌》共列出蚯蚓、田蟹、蝉、蜻蜓、青蛙、水缸、陶瓷口哨、烟管、洞箫、菜头抽、三弦、纺车、手摇缝纫车、杨桃、胶东鸟、剪刀、铜锣 17 个物象，其中的 10 个物象都保留在漳州《安怎伊甲会唱歌》里，仅把"田蟹"变为漳州本"毛蟹仔"，也有异名如吹火棍，《桃花搭渡》叫"烟管"，漳州歌谣作"火管"，等等。虽然漳州《安怎伊甲会唱歌》在第 11 个物象之后大多异于《桃花搭渡》之《涂蚓歌》，然而对于各种物品会不会发出声响的缘由，仍与之相同、相近、相关，可见它们本是"一母同胞"，只不过一个"凝固"在了明代戏文里，另一个却"活"到当代。无论是民国民间文学家谢云声的《闽歌甲集》，还是网络"大伽"（哦，这个来自闽南方言的网络语高频词，实际上应写为"大脚"！）Lin Kienhui（谐闽南音林建辉）所"贴"《鹭水芗南·闽南语部落》，《安怎伊甲会唱歌》都是其间的"长住客"，都和龙海《十二月歌》、漳浦《祭江歌》一起旁证了当代漳州歌谣的明代古歌传承。

二、宝船新又新

——明清漳州古歌谣一瞥

除了明戏《桃花搭渡》中的古歌谣之外，漳州还有一些零星古歌谣保存在其他的明代潮州和漳州的地方文献之中。

(一)《广东通志》中的歌谣与漳州《燕仔飞过墩》

文史界常有人说，潮汕文化从属于闽南文化，而偌大的潮汕平原，不啻是省外之闽南——福建省内的闽南人约有 1500 万，潮汕地区的人口数目也相当！这也就难怪他们从古至今自诩为"潮汕福建祖"了，这个"福建祖"实际上指的是"闽南祖"。

源于"闽南祖"的潮汕歌谣，保留了很多和当代闽南歌谣相仿的民间作品。比如明嘉靖本《广东通志》就记载了一篇只有四句话的歌谣《一只鸟仔颔伦伦》：

一只鸟仔颔伦伦，（颔伦伦 [am6 lun1 lun1]：缩着脖子．颔：脖子。伦伦：蜷缩的样子。）

飞来飞去歇田墩。（田墩：地里的土堆。）

地人父母唔惜仔？（地人：啥人；地，又作底。唔惜仔：不疼爱孩子；仔，闽南语作囝。）

地人公妈唔惜孙？（公妈：指外祖父母。）

潮州有学者发现，广东地方志记录的这个四句歌《一只鸟仔颔伦伦》是个残本，由眼前物那缩脖子的"鸟仔"飞歇于田间土堆起兴，引发以下两个反诘句"地人父母唔惜仔？地人公妈唔惜孙？"的慨叹，却缺少下面的歌谣主体。它的"完整版"是主旨明确的十二句歌谣，现在仍流播在潮汕地区，完整反映了旧家庭的甥舅矛盾：

> 一只鸟仔颔伦伦，
> 飞来飞去歇田墩。
> 地人父母唔惜仔？
> 地人公妈唔惜孙？
> 孙也知，
> 知我大妗骂我时时来。
> 今日犹是公妈在，（这句指外祖父母尚在世。）
> 公妈死后我唔来。
> ——唔来待你唔来，（待你：不管你。）
> 阮的门脚赡生草栽，（阮：俺。门脚：指门前，门庭。）
> 阮的咸鱼赡生秀才，（生：这里特指培养成。）
> 阮的饭钵赡生尘埃！（钵：大陶土碗。）

潮汕完整版《一只鸟仔颔伦伦》说，一只缩脖子鸟儿飞来飞去盘旋在田间，久久不忍离去，后来落在了土堆上，就像父母之疼爱儿女，祖父母之疼爱孙子一样，我也爱戴他们。我也知道，妗母嫌弃我常常来，这还是外公外婆在世啊！要是他们不在了，我是不会再踏入舅舅的家门的！妗母却抢白道：你不来就别来吧！我家的门口不会因此而长草，我家的饭桌菜肴也不会养出你这个大秀才，我的饭碗更不会落满尘埃！妗母的一席话，直把小外甥噎得目瞪口呆。

与潮汕《一只鸟仔颔伦伦》内容相同的"外甥怨"歌谣，在漳州或作《燕仔飞过墩》，或作《一只鸟仔肥囵囵》：

漳州《燕仔飞过墩》

燕仔飞过墩，（墩：土堆。）

外妈痛外孙。（外妈：外祖母。痛：疼爱。）

外妈看我笑吻吻，（笑吻吻：笑眯眯。）

有物姑情到我呣吞。（物：东西，这里指吃的。姑情 [gɔ1 ziã2]：极力诱劝。呣 [m6]：否定词，不。按：这句指有好吃的就极力叫我吃，直到我咽不下为止。）

阮舅嫌我碍，（碍：不乖，不好。）

阮妗讲我捷捷来。（妗：舅母。捷捷：经常，时不时地。）

我是为着公妈代。（为着公妈代：指看在外公外婆的情分上；代：指缘由。）

若无任到三年万日也呣来！（若无：不然的话。任到……也：即使……也。呣来：不来。）

当代漳州歌谣《燕仔飞过墩》总共有八句，讲述外孙到外婆家的小故事，外婆见了他，喜滋滋地笑不拢嘴，把好吃的东西全部拿出来招待他，唯恐他吃得少；舅舅和舅母却不待见，一个嫌他"碍"，一个嫌他"捷捷来"到家里揩油水。小外甥气不过而顶嘴道：我要不是为着外公外婆的情分，即便你们家庭清冷没人走动，我也不愿意来！一席话堵得舅、妗登时语塞。因《燕仔飞过墩》比十二句本潮歌《一只鸟仔颔伦伦》少了后面四句阿妗的回话，而成为闽南"外甥怨"歌谣首尾俱全的简洁版，是这类"外甥怨"歌谣的代表作。内容更为丰富，与潮州完整版《一只鸟仔颔伦伦》面目更为酷似的，是漳州十六句本的下面这一篇：

漳州《一只鸟仔肥囵囵》

一只鸟仔肥囵囵，（肥囵囵：胖嘟嘟。）

飞来飞去歇田墩。（田墩：田间土堆。）

啥人田墩无歇鸟？

啥人烟筒绘出熏？（烟筒：烟囱。绘出熏：不冒烟。）

啥人爸母绘痛囝？（爸母：父母。痛：疼爱。绘：不会。囝：孩子。）

啥人公妈绘惜孙？（公妈：祖父祖母。）

孙也知，囝也知，

大妗二妗骂阮捷捷来。（妗：舅母。阮：俺。捷捷：经常。）

若无为着公妈代，（若无为着公妈代：若不是感念于祖父母的亲情。）

待恁门脚发草栽，（待恁：指不管你们发生什么事，是气话。）

油盘生着尘垢埃，（油盘生着尘垢埃 [ding2 gau3 ai1]：榨油用具沾满尘垢，指孤僻的舅舅家将门庭稀落，无人交往。）

阮也嗨爱来。（嗨爱：不爱，不想。）

——嗨来咯嗨来，（咯 [loh8]：连词，就。）

阮的门脚绘生尘埃，

阮的饭碗绘生鱼佮菜，（佮 [gak7]：连词，和。）

阮的猪槽绘生大秀才！

　　十六句本漳州《一只鸟仔肥囵囵》其实就是潮汕本《一只鸟仔肥伦伦》，只不过漳州本"外甥怨"比潮汕本多出两个反问句"啥人田墩无歇鸟？啥人烟筒烩出熏？"并且后面妗母的气话也和潮汕本很像。若对照漳州本《燕仔飞过墩》，则漳本《一只鸟仔肥囵囵》多出了阿妗的那席呛人的话：小外甥你不来就不来；你不来，我的门庭也不会因为没人走动而落灰埃，我家的饭碗不会自己长出鱼肉菜，我家的猪槽子当然培养不出你这样的大人物！歌谣中的这个阿妗，就比《燕仔飞过墩》的那位要伶牙俐齿得多，噎得小外甥透不过气来，只好走人。

　　与明代潮歌《一只鸟仔额伦伦》及漳州歌谣《燕仔飞过墩》、《一只鸟仔肥囵囵》相似的，还有流传在漳州华安县的一篇"变体"摇篮曲《摇啊摇》：

　　摇啊摇，摇啊摇，

　　摇到罗溪桥。（罗溪：在漳州华安县华丰镇。）

　　阿公去上山，

　　阿妈去下庙。（阿妈：祖母。下庙：到庙里许愿。）

　　阿舅看阮来，（阮：俺。）

　　搦鸡要去刣；（搦 [liah8]：抓。要去刣 [bbeh7 ki5 tai2]：要去宰杀。）

　　阿妗看阮来，（阿妗：舅母。）

　　问阮来啥代。（啥代：什么事，何故。）

　　阿妗阿妗你免问，（免：不必。）

　　若无公妈痛惜阮，（若无公妈痛惜阮：若不是祖父母疼我。）

　　任你鸡鸭佮鱼肉，（佮 [gak7]：连词，与、和。）

　　阮无看在目睭内。（无看在目睭内：没看在眼里。）

华安版《摇啊摇》用摇船外出的眼前景，引出主人公前往舅舅家而遭遇阿妗冷遇的经过，具有一定的情节性。它的开头来自民间摇篮歌，歌谣的主要内容在第五句以下的后半段，也是反映儿童与舅妗家庭矛盾的"外甥怨"，并且语句与潮、漳版的《一只鸟仔额伦伦》、《燕仔飞过墩》、《一只鸟仔肥囝囝》如出一辙表现"外甥怨"的共同主题，不同的是华安版的舅舅"看阮来，搦鸡要去刣"，却是很疼爱外甥的。这些歌谣之所以面貌酷似，一如《永乐大典》引《图经志》所说："潮之分域隶于广，实古闽越地，其言语嗜欲与闽之下四州同。"（"下四州"指莆仙、泉州、漳州、龙岩。）看来，无论是漳州版的《燕仔飞过墩》、《一只鸟仔肥囝囝》还是华安《摇啊摇》，都和潮州《一只鸟仔额伦伦》一样是明代歌谣的遗存，大同小异的多个传本都在闽南语区流播了几百年。

漳州有谚曰：【天顶天公，天下母舅公】，意思是母舅的身份之高仅次于天公，他是母系家族的代表，往往是母亲和孩子在父系家庭中的代言人，在外甥的心目中有着无以替代的地位。漳州民谚又说：【外甥食（依靠）母舅，猪母哺（咀嚼）豆腐；母舅食外甥，猪母哺铁钉】，意思是外甥依傍舅舅是天经地义的，而舅舅靠外甥养活则不地道。既然民间之"理"的天平倾向于外甥而"一边倒"，那何以甥舅之间会产生这么深的矛盾呢？下面这篇歌谣用外甥的口吻揭示了一个"千古定律"，间接地给出了答案：

漳州《阿舅长，阿妗短》

阿舅长，阿妗短，
看人呣免使目尾。（呣免使目尾：不用眼角看人，指别看不起。）
我去恁厝内，（恁厝内：你家里。）

无想分家贿,(分家贿〔hue3〕:分家产。)

是想要食一块碗糕粿。

外甥刚入家门,便遭到了冷遇,阿妗甚而"使目尾"给脸色看。小外甥不冷不热故作风趣地调侃云:阿舅阿妗啊,我到你们家,可不是想跟你们"分家贿"、讨钱财,我只是贪吃,想要一个"碗糕粿"罢了。言下之意是:我的到来只是来了一个小小孩,你们紧张什么嘛!而舅舅舅母所担心的"分家贿",正是他们所不乐意的。这就是甥舅之间有矛盾的地方,倒也从侧面反映了闽南地区在家产的分配上,女儿有时也会得到一定的份额的事实。

(二)漳州《好风愿送到西洋》与《顺风相送·航海船歌》

闽南人大规模下南洋的时间始于明代,产生过早期涉侨的歌谣《好风愿送到西洋》:

新钉宝船新又新,(宝船:明代郑和"下西洋"时的大船。)

新打碇索如龙根,(碇:锚。碇索:绑船锚的绳子。)

新做碇齿如龙爪,(碇齿:铁锚的铁钩。)

泊在港澳值千金。(泊:停靠。港澳:船可停泊的港湾。)

郎去南番即西洋,(南番、西洋:明代同指今文莱以西的东南亚地区和印度洋沿岸地区。)

娘仔后头烧好香;(娘仔:妻子自谓。后头:指家庭。)

娘仔烧香下拜头,

好风愿送到西洋。

从这首《好风愿送到西洋》歌可以看到抒情女主人公心里充满着幸福感和满怀的镇定，一点儿也不需要为出洋的郎君担心。这便不似大多数晚清以降的"过番歌"那样表现愁肠百结的情绪，而在"过番歌"中显得独树一帜，格外吸人眼球。加上"宝船"是明代对郑和下西洋时代的福建建造的大船的特定说法以及歌谣流传在明代海运发达的龙海市，我因而推断：这应是明代漳州月港通洋时代的歌谣。

然而，推测毕竟只是推测，只有找到文献引用的实证，我们才能"铁板钉钉"地说它是明歌。于是，我又"坐地日行"进入"时空隧道"，到网络上去寻找它的蛛丝马迹。

顺便说一说，近些年来，国家教育部牵头做了一件大好事，就是要求各地高等院校图书馆共同建立一个超大型的"文献资源库"，通过网络链接、合并而成的"总库"，便可以为所有高校教师和普天下莘莘学子提供文献资源之共享。我就是通过这个文献库，很方便地查到了明代航海针经《顺风相送》里的一首歌谣。

这是用闽南方言写的男女对唱本《航海船歌》，由此而"透露"出龙海本《好风愿送到西洋》早在明代已经流传的年代信息。只不过，《好风愿送到西洋》只有一段女主人公唱出的文辞，《航海船歌》却有两段，是为一男一女对唱的两段式：

（男）灵山大佛常挂云，（灵山：越南南部海岸地名。）

打锣打鼓放彩船。（打：即"拍"[phah7]。）

使到赤坎转针位，（使：驶。赤坎：越南南部海岸名。）

前去见山是昆仑。（昆仑：越南东南端的海中岛屿 Condore。）

昆仑山头是实高，（实高：地名。）

好风使去亦是过。（使去：谐驶去，使驶同音。）

彭亨港口我不宿，（彭亨：马来半岛河流名；马来半岛南
岸地名。）

开去见山是芒盘。（芒盘：南海西南岛礁名。）

芒盘山头是实光，（实光：南海西南岛礁名。）

东西二竹都齐全。

罗汉二屿有一浅，（罗汉：南海西南的岛礁名。）

白礁过了龙牙门。（白礁、龙牙门：南海西南岛礁名。）

（女）郎去南番即西洋，（南番、西洋：明代同指今文莱以西的
东南亚和印度洋沿岸地区。）

娘仔后头烧好香；（娘仔：妻子自谓。后头：指家庭。）

娘仔烧香下头拜，

好风愿送到西洋。

郎去南番及彭亨，

贩卜玳瑁及龟筒。（卜 [bbueh7]：要，民间俗字。龟筒：
北宋中叶流行的发簪或发饰。）

好的开梳乞娘插，（乞：给，民间俗字。）

怯的开梳卖别人。（怯 [kiap7] 的：差的。）

新做宝舟新又新，（宝舟：即宝船，明代郑和"下西洋"
时的大船。）

新打碇索如龙根，（碇索：捆绑船锚的绳子。）

新做碇齿如龙爪，（碇齿：船锚上的铁钩。）

抛在澳港值千金。（港澳：船可停泊的港湾。）

这篇年代明确的明刊本《顺风相送》所记录的《航海船歌》，采
用了男女对唱的形式，歌词中出现了十多个涉外地名。这些地名的

地点集中在现在的文莱以西的东南亚和印度洋沿岸地区，是明代漳州月港与"西洋"海上航线的重要停靠地。

歌谣的内容分两段，第一段是男子唱的12句，龙海版《好风愿送到西洋》没有这段；第二段女子唱的12句诗歌比龙海版《好风愿送到西洋》多出了中间4行，并且前4行和后4行同龙海版《好风愿送到西洋》的句序相反，其余内容相同。对照这两篇歌谣，仿佛龙海版《好风愿送到西洋》是从《航海船歌》"剪辑"下来的一个内容相对完整的独立片段，它保留了由女主人公演唱的部分，却"剪"掉了男性抒情主人公吟唱的内容，因此说，它和《航海船歌》一样，也是自明代保留至今的老歌。

成书于16世纪的《顺风相送》记载了由福建各港发舶东西洋和琉球的针路共16条。其中福州五虎门2条，泉州港3条，漳州的月港和浯屿、太武共11条。从漳州港的浯屿，可航往大泥、吉兰丹、杜蛮、饶潼、诸葛担篮、著维、麻里吕、柬埔寨、爪哇，从太武可往彭坊、吕宋、琉球，等等。这表明明代月港的对外贸易地位，要比泉、福二港更重要。

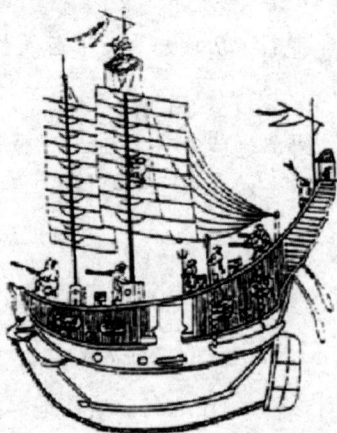

明代漳产"福船"尾部高高翘起

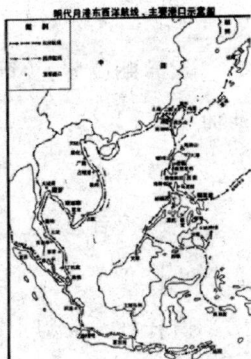

那么，收录了《航海船歌》的《顺风相送》的作者又是谁呢？据说，是诏安县三都下美村的吴朴（1500—1570）。这也就是说，《航海船歌》也是明代海上贸易发达的漳州歌谣，只不过，它似乎在诏安失传了，《诏安县民间歌谣集成》也没有此歌，反而是"剪辑"版的《好风愿送到西洋》还存活在龙海民间，被收在《龙海县民间歌谣集成》之中。

（三）时代性不明显的明清歌谣

我一向关注歌谣的时代性。然而就像我反复强调的：绝大多数歌谣是没有明显的时代性的，像前举《一只鸟仔》、《燕仔飞过墩》、《安怎伊甲会唱歌》和《好风愿送到西洋》之于《航海船歌》那样可以通过现存历史文献查证其"出生年代"或者"存世年代"的歌例，可谓少之又少。也有一些同样是少之又少的歌谣的时代性，深深地"掩藏"在其文辞中，这就需要通过内容来"复原"它的历史故事了。比如有一首反映人们冬季艰难困苦过活的歌谣，曾被认为是乞丐唱的《寒天歌》：

大风起，寒天来：（寒天 [guā2tī1]：冬天。）

无被盖米筛，

无席睏藤牌，（睏：睡，这里指铺垫着睡。藤牌：藤制、浸泡桐油的盾牌。）

稻草缠脚尾，（脚尾：脚。）

蔗粕荞目眉，（蔗粕：甘蔗渣。荞 [kam5]：盖。目眉：眉毛。盖：音 [ka5]。）

网仔纱，盖脚指，（脚指 [zai3]：脚趾。）

蚶壳钱，盖肚脐，（蚶壳钱：形似铜钱状的泥蚶壳。按：闽南民间认为蚶壳象征着钱财。）

归躯盖甲透身遍，（归躯：全身。盖甲透身遍：指盖遍全身。）

毋知风对嗒位来。（毋知 [m6zai1]：不知道。对嗒位 [dah7ui6]：从哪个地方。）

　　《寒天歌》为三五七言参差的杂言歌，说的是风起冬来寒气逼人，却无以御寒。抒情主人公只得用筛子当被米盖，用藤牌权充卧席，脚底生凉，就缠上稻草和破网纱，又拣来甘蔗渣盖在眉毛上，把蚶壳壳遮住肚脐眼，即便是这样全身盖了个周遍，却还是冷风透骨，难以忍耐呵！

　　那么，《寒天歌》属于反映乞丐过冬的歌谣吗？如果仔细分析歌篇内容的话，可以发现其第三句歌词"无席睏藤牌"，已然透露出它不属于"乞丐歌"的信息来，因为藤牌乃是明代士兵们著称于世的御敌利器。

　　这是用精选的藤条编成的盘状盾牌，外形像个中心凸出的大圆帽，而别称团牌，内侧有两圈"提耳"用于手臂执持。《明史·兵志》称："漳州人习藤牌。"可见藤牌是出产自漳州的。戚继光《纪效新书》

上图为藤牌的正面，中图为藤牌反面带提耳，右图为经过改良的闽南地区的习武藤牌

说它"矢石、枪刀皆可蔽"，即便遇到当年杀伤性极强的新武器来福枪的枪子儿，也射不透那富于弹性的藤牌。依此而论，曾为东南沿海抗击倭寇而立下汗马功劳的藤牌，是不可能委身于地，充任草席的，因此我说它应该属于明代兵士们吟唱的，带有调侃、自嘲自娱性质的歌谣。一方面，军营里过冬的装备应该还不至于拮据到把筛子当被盖、把藤牌充卧席的地步，另一方面，闽浙沿海地方史料都记载，明末的国库捉襟见肘，国防军费严重不足，拖欠军饷更是常有的事。大概就因为这样，而亏待了戍守海疆的将士们，缺衣少食，营房装备之匮乏，也就不足为奇了。

　　漳、台两地还流传一篇既出现了藤牌武器，又反映战乱情形的《第一的国公》，其时代性虽然乍看也是影影绰绰的，不过，因为歌谣的文辞中提供了较多的历史事件线索，要"还原"其"历史真实"，相对比较容易。请看：

第一的国公，（公：封建五等爵位之一，即公爵、国公。）

第二的文王，（文王：周文王。）

第三的企纸马，（企 [khia6]：竖立。纸马：祭祀用的锡箔纸。）

第四的死娘礼，（娘礼：母亲的背称，是漳州特有的说法。）

第五的弄藤牌，（弄：耍弄。藤牌：藤制盾牌。）

第六的押去刽，（刽：指杀头。）

第七的走去报，（走去报：跑去通报、传递消息。）

第八的万刀剉，（万刀剉：千刀万剐；剉〔tsho5〕：剁。）

第九的九婶婆，

第十的拍大锣。（拍：敲。）

《第一的国公》也是利用数序来编排的童谣。熟悉民间文学的专家们常说：童谣的"背后"有故事。看来没错，比方这首童谣便"组装"了许多与战乱、非正常死亡有关的话语。原来，它也反映了一些地方历史和有虚有实的隐晦的故事，要解读它，仍须结合地方史来完成。

所谓国公，是中国古代的皇帝给予对国家有特殊而又重大贡献的人的封号。而闽南地区在历史上只出过几位国公，著名的一是南唐中主李璟攻下汀、建二州，时仕闽南最高军政长官的留从效"兵劫闽王"王继勋而附之，李璟便授留从效为节度汀、漳、泉观察使（945）和同平章事、中书令等职，又封鄂国公、晋江王。另一位则是明清之际"先明后清"的黄梧。因为童谣中的"国公"是和明代的御敌利器藤牌一起出现的，应该和黄梧有关，而关于"国公"的故事，得从明清之际的黄梧说起。

黄梧是漳州平和县深山沟里白手起家的人物，凭着武艺"考"上了当时的国家公务员——平和县衙的一介听差，吃上了旱涝保收的"皇粮"。然而不安分的他哪能甘于久居人下，为谋权和利，他的一生有过三次"叛主"：第一次是在当官差时谋杀了知县，坐上小船儿悠悠荡荡入海到厦门，投靠郑成功；第二次叛郑降清最出名，第三次则再次叛清，投降"三藩之乱"之一的靖南王——镇守福州的叛将耿精忠。

话说黄梧，颇有能耐，投靠郑成功之后果然屡立战功，一路升迁至驻军于海澄的"前冲镇"镇帅，继而升职总兵。后来所部在潮州揭阳与清军打仗中了埋伏，损兵折将，而该战役的主帅苏茂又是黄梧推荐的，郑成功赏功罚罪，斩了苏茂，黄梧也被记责、罚俸、降职，戴罪驻守海澄。因为海澄是郑军军资粮草最集中的根据地，由此看来，郑成功对黄梧还是相当信任的。然而，深知郑帅果决于赏功罚罪的黄梧害怕了，担心自己从此失宠而夜夜难眠，惶惶不可终日，竟然率众献海澄而降清！据清初刘献廷《广阳杂记》的记载，郑成功"积蓄皆贮海澄。铁甲十万副，谷可支三十年，藤牌、滚被、铳、炮、火药，皆以数万计"。因而黄梧这一降，不仅使郑军失去了积累数年的数十万军械粮饷，并且失去了一个与厦、金两岛三足鼎立的重要军事据点。黄梧又上"平海五策"，建议清廷"严海禁，绝接济，移兵分驻海滨，阻成功兵登岸，增战舰，习水战"，于是乎，平步青云，成了清王朝的"开国功臣"；清廷原本为招降郑成功而备的"海澄公"爵位，也便改了姓，易了主。

清代的爵位有公、侯、伯、子、男五级。有清一代 300 多年间，清廷封汉人为王者五位，都是在清初帮它打江山的。汉人封爵者三十九位，其中一等公爵爵位最高，仅给四个汉人，而清初仅只黄梧一人耳，且有爵位准袭 12 次的殊荣，其他人的准袭次数最多只有四五次。相比于被称为"开清第一功"的南安洪承畴，只得了个三等轻车都尉世职；收复台湾功莫大焉的施琅也不过封三等靖海侯罢了。可见黄梧降清后在闽南地区的地位之高，几乎无人企及。只见他，顺顺当当接过敕印，并且清廷"许"其开府漳州。性格颇为张扬的他，一入漳州便强制市民"剃头"，霸占谢琏（1398–1453）府第，据漳州民间传说，他施用计谋，不几日就把以谢琏命名的"探花街"（今南昌路）改为以他的爵位取名的"公爷街"，在老百姓的口碑中名声不好。

黄梧之所以名声不好，又因为他的"平海五策"之歹毒，建议在东南五省沿着海岸线以 30 里为界，后来扩大到 50 里，"悉虚其地"挖界沟，驱赶靠海的居民在三天之内全部迁入界内，坚壁清野。此策不但中断了沿海民众对郑军的军资接济和供应，连他补充兵源之路也给断绝了。而对于沿海人民来说，则"令下即日"，但见"挈妻负子载道路，处其居室，放火焚烧，片石不留，民死过半，枕藉道涂，即一二能至内地者，俱无儋石之粮，饿殍已在目前……惨不可言，兴、泉、漳（兴化、泉州、漳州）三府尤甚！"（《榕城纪闻》）荼毒最深。

黄梧名声不好，还在于他亲力亲为，率兵直奔泉州挖郑氏的祖坟，"断其命脉"以"泄其王气"报私怨。后来郑成功果然在漳厦沿海地区站不住脚，退据台湾，年仅 39 岁就活活给气死了。为此郑黄两家结了仇，郑成功之子郑经在"三藩之乱"之时伺机返闽战清军，57 岁的黄梧闻讯，急得发疯，《台湾外纪》说他"遣员赍印敕赴福州"纳款，投奔反叛清朝的耿精忠，受封"平和公"，等得"印敕至"，黄梧已发疽而卒了。其子芳度接爵职，权知军事，伪与郑经修好，暗中则募兵自守，被郑军刘国轩侦知后加紧攻城。芳度以蜡丸函疏，遣从兄芳泰于间道入粤请援，因援兵久等未至，其部将吴淑便效仿黄梧当年的作为献了漳州城，引得郑军大开杀戒：黄芳度率兵巷战力竭，投开元寺井死，被捞出戮尸寸磔，悬尸示众，其乳母佯疯咬下芳度的一只小拇指以为"念想"，后来便用这根小拇指下葬立坟，民间因称其为"一指公"。郑军又掘黄梧墓，劈棺、鞭尸、暴骸，芳度之母赵氏、妻李氏等女眷多自缢，从父、从兄弟等"阖门殉难"30

余口。平和黄氏的黄梧这一支，从此断了"命脉"，族人只得从其兄弟中挑选一侄继嗣，早亡，又嗣一子，才勉强延续香火，至今人丁稀少……

结合黄梧的个人经历来读《第一的国公》，就会发现童谣隐隐约约"写"了他和他家族的"兴衰事"：开篇"第一的国公，第二的文王"，仿佛说着黄梧投清献海澄后在漳州不可一世的地位，连以文治称名的"文王"也只能屈尊"第二"；第三句至第八句语锋急转，说有人竖起了"纸马"，祭祀刚刚死去的母亲；藤牌手耍弄着圆帽形的藤牌，家丁家将和眷属被砍了头，有人偷偷跑出去通风报信，有的遭乱刀剁杀……这就是拍手游戏童谣《第一的国公》"背后"那沉甸甸的故事内容。

徜徉在歌谣的原野上

一、漳州爱情歌谣鸟瞰

　　闽南—漳州爱情歌谣最早在什么时候得到关注，关注的人又是谁呢？实际上是民国年间厦门的谢云声和漳州的王智章。

　　谢云声（1907—1967），字龙文，祖籍晋江南安，小时候随父迁居厦门，是闽南地区民俗文化与歌谣整理研究的"开山祖"，从 1928 年起连续出版了《闽歌甲集》、《台湾情歌集》和《闽南谜语集》等重要著作，单在歌谣方面，《闽歌甲集》便收录漳、泉、厦、台闽南语歌谣和客家歌谣 200 首，里面便有漳州爱情歌谣；《台湾情歌集》收情歌 200 首，多为四句一篇的七言诗"七字仔"，只有少部分为五行诗或六行诗，其中的一些情歌与流传在漳州的情歌相同或相近。

　　王智章，漳州人，生平不详，目前只知道他曾与林语堂、谢云声、

薛澄清（漳浦人）、叶国庆（漳州人）等先贤研究过地方文化与文学，1933 年出版《漳州歌谣集》。从作者自序，可知王先生既把自己儿时会唱的歌谣记下来，又搜集了家人和左邻右舍的孩子及亲朋好友吟唱的歌谣。可以看出他熟悉晚清时代尚在流传的老歌谣。而在 1992 年发行的《芗城区民间歌谣集成》，也收了署名王智章吟唱的爱情歌谣《行船人》、《一枞好花是腊梅》、《漳州情歌》三首，这个王智章和民国版《漳州歌谣集》的作者是不是同一个人，就无从了解了。

《漳州歌谣集》里面光是"七字仔"爱情短歌就多至 120 篇，与《闽歌甲集》重复的不多。手翻《漳州歌谣集》粗略一看，劈面就见"哥你住在新行街"，接下去又见"娘你住在巷子底，哥你住在八卦楼"，"旧桥过了蜈蚣山"，"厦门查某真正芽，害死漳州少年家"，"漳州出有南山寺，南山寺内日月池"，"漳州出有大庙堂，庙内出有南海佛"，"漳州扑大虎，厦门捉番仔春腹肚"，等等歌谣。这些被挂上了"漳州标签"的地名、风物与情境，很容易撩起当代漳州人对民国年代家乡风光的遐想。

记录民国年间流行的漳州歌谣当然不止这两部书，比如《芗城区民间歌谣集成》把赵元任在上世纪二三十年代记音的 4 篇也收进来了，可以当作歌谱来唱。这些民国时期还有着的歌谣，有相当一部分还在流传，也有一些无可避免地绝迹了。下面想介绍的是《栗子糕粿大》和《一支雨伞》两首歌谣及其流传情况。

（一）《栗子糕粿大》：漳、厦版"看见她"

话说我国天南地北，大体都有一类反映年轻的男主人公跑到女方家看见一女孩就想娶她成亲的歌谣，后来被概括为"看见她"母题。这个"看见她"母题，在我国的歌谣发掘史、研究史上很是了得，还发生过一段"公案"呢：

在民国初年的 20 世纪 20 年代，北京大学发起了歌谣征集工作，不久就征集到全国 12 个省区 35 个地方的歌谣 7838 首，震惊了学界。董作宾通检了这些歌谣，发现其中有 45 首是同一"母题"的"看见她"，便展开了研究，从人文地理、民俗、方言、文艺等多个角度进行了分析、考订、整理和综合比较。文章说，一个地方的歌谣总数同该地区是否有"看见她"，存在着一定的比例关系，凡是篇数太少的地方就不会有这一母题的歌谣。当他查找到东南地区的浙江、福建、广东、广西、云南、贵州这六个省份时，发现征集到的歌谣都不多，便推断这几个省没有"看见她"之类的歌谣了。

这篇长达 16000 字的论文后来被推崇为研究民间文学的典范之作。然而，董教授把话说得过于绝对化了，因此"没有多久，作者的这个论断就被事实推翻了"。推翻这个定论的人，就是咱们闽南人谢云声！他在收集闽、客歌谣，为《闽歌甲集》"备料"时，发现厦门有一篇这一类的歌谣，于是写下短文《闽歌中的〈看见她〉》，"以证我们南方不至于绝对没有这母题的歌谣哪！"

——谢先生这是在为南方文学文化争气哪！他认为南方的歌谣只会比北方多，绝不可能反而比北方少；既然南方歌谣多，又既然"看见她"的存在是与歌篇的多少成比例的，因此谢先生的言外之意是：南方不但在闽南地区有"她"，而且其他南方地区也会有着"她"哦！果不其然，又过了不太久，便有云南、贵州等省也陆续"发掘"出自己的"看见她"了，从而大大地"颠覆"了董教授的主观论断。

厦门岛位于九龙江的出海口，和漳州只隔着一道窄窄的海湾，可谓近在咫尺，两地便有相当一些歌谣是共存共生的。抑或说，1840 年才开埠的厦门，有相当一部分歌谣是从漳州输入的。谢先生所发现的闽南版"看见她"——《栗子糕粿大》所反映的情况正是这样，它在民国时期是漳、厦共有的歌谣，"在册"于《闽歌甲集》：

> 栗子糕粿大，（栗子糕粿：栗子糕。）
>
> 某在北门外，（某：老婆，这里指未婚妻。）
>
> 揣楼梯，去偷看。（揣梯：搭梯子。）
>
> 阮某看乍见，（阮某看乍见：我老婆一看到。）
>
> 骂我戆狗鲨；（狗鲨：头形如狗的鲨鱼。戆狗鲨：比喻憨厚又性急。）
>
> 丈姆婆仔看乍见，
>
> 提镭互我做衫仔带，（提镭：拿钱。互：给。）
>
> 两粒红柑互我膨膨大，（两粒红柑：两只红橘子。互我嘭嘭大：祝福长得快。按：闽南人把红柑当作吉祥物送给小孩，祈其平安长得快。）
>
> 两枞甘蔗尾互我沿路拖：（枞：棵。闽俗让新婚夫妇拖着带叶子的甘蔗走，寓平安长久意。）
>
> 某仔是你的，（某仔：这里用戏谑的口吻指称年少的未婚妻。）
>
> 大汉赶紧着来娶。（大汉：长大。着：必须。这句是说长大了要赶紧来迎娶。）

歌谣说，老婆的家在东门外，男抒情主人公便拿着梯子靠在墙头爬上去，偷—觑—，却不料被老婆发现了，狠狠地骂他是"戆狗鲨"！

见自己的妻子不但得偷偷摸摸，并且不小心被发现了还遭到瞪眼和恶骂！这究竟是怎么回事？原来，这个"老婆"是个幼女，即男主人公的未婚妻，从男主人公可以拿上梯子搭墙头攀看的情况来判断，男女两家可能是近邻，否则谁愿意借梯子给陌生人，供他去"偷窥"呢？

《栗子糕粿大》的男主人公年几何？童谣没交代，即便他会想着去"偷看"未来"牵手人"，仍难以推测他的年龄。然而丈姆婆仔的举动却泄露了天机："两粒红柑互我嘭嘭大"，纯粹是给小小孩儿的吉祥物，因为红柑是被福建人视为吉祥礼品送给孩子的，在闽南的礼俗中，新春时节的孩子去给长辈拜年，要说"新春恭喜发大财"的吉祥话，而长辈们便要赠送他红包和红柑两个作为谢礼，并回唱一句好话："互你勢大"——让你个子长得快，以至于民间编出了"新春恭喜大发财，红柑两粒来"的顺口歌谣来。因此说，歌谣中的"红柑"这句话是大人专门针对幼儿的；再看那丈姆婆仔又殷勤地用"两枞甘蔗尾互我沿路拖"，并且敦敦嘱咐男主人公说：老婆是你的，长大了赶紧来迎娶！——歌谣念到此处，才令人彻悟：原来这个抒情主人公，果真是个小男孩！童谣就这样侧面反映了旧时漳、厦地区男女两童已然定亲的旧婚俗。

《栗子糕粿大》中有好几处描写和地方民俗有关：依照古早的闽南民俗，这位未来的小女婿是不能直截了当地去未婚妻家探访的，所以，好奇的小家伙便噌噌噌噌爬上了墙头去偷看；未来的丈母娘见到小女婿爬在墙上挨了女儿的骂，便出面安抚他，给他专门为小孩子赞吉利的"两粒红柑"，以表祝福而"解厄"，祈望这位小女婿"膨膨大"，快长大；又把"两枞甘蔗尾"给小女婿带着"沿路拖"，这就又扣着地方上的婚俗了，是新婚小夫妻俩初次回门罢，丈母娘给女儿女婿带回亲家的礼俗，寄托着长辈期望孩子们的小日子像甘蔗那样节节甜，步步高。这些情节和内容，便同董作宾手头积累的45首"看见她"很有一些不同而"个样" [go5 iɔ̌6] 了。

据董教授说，他之所以要研究"看见她"这个母题，主要因为这一系列的歌谣内容，大多叙述到丈人、丈母、大小舅子、大小妗子、大小姨子一应女方亲眷，又有各地风俗习惯的歧异，衣饰、器用的不同，语言诙谐，极有兴味，容易引起大家注意等等，比较起来会"煞是好看"。根据董教授的总结，各地"看见她"的共同情节特征，可以归纳为"因物起兴、到丈人家、看见她和她的家人、得到招待、回家后非娶不可"五段式，后面两个情节同闽南版"看见她"基本对不上号，第三个情节也只有一半相同。并且，别地"看见她"的男主人公多是性启蒙期的小青年，他是骑着马或乘着轿，颠儿颠儿颠儿地到了丈人家的，而闽南版"看见她"《栗子糕粿大》，并没有交代男孩的年龄和如何到了丈人家，却直接就搭梯子爬上墙头偷窥了，似乎联姻的两家近在咫尺。再者，别地"看见她"的男主人公去女方家里"看见"了她，并不认识女方，因而大都有着一段或长或短的篇幅来描写"她"长相如何如何啦，穿戴如何如何啦等等话题，而闽南版"看见她"的小男女俩却原本就认识，是"两小'有猜'"，心知肚明对方与自己是未婚关系的"那个"人（恰巧，闽南话就是把自己的配偶叫作"阮那个"[ggun 3hit7 gɔ3] 的），这便省却了有关女孩相貌与穿戴的描绘。同时，闽南版"看见她"的男主人公也不像别地"看见她"那样，初次见面就迷上了对方，回家立马急不可耐地告诉母亲无论如何"要—娶—她！"而是在遭到未婚妻的臭骂，随即由未来的丈母娘出面安慰小女婿，告诫说：快快长大吧，长大了好来迎娶哦，这才离开的。所以说，闽南版"看见她"之《栗子糕粿大》的发现，便有了母题歌谣的类型学重要意义，它既丰富了这个母题的文学样式，也说明各地歌谣"矿产"仍有进一步挖掘的必要，以便使我国现有民间歌谣的"库存"样品更加多样化。

（二）《一支雨伞》遮谁身?

把闽南版"看见她"的"她"比喻成闽南人及其歌谣与文化，你就会发现，这个"她"的影响范围较难迈出漳州北面的博平、武夷两座山脉，"她"总是像"她"那遥远的水居民族祖先一样，喜欢沿着海岸线走，顺着海浪漂。这只要瞄瞄当今闽南话和闽南歌谣的分布图，就一清二楚了。

漳州对外移民之"漂"，主要始于宋，顺风顺水向着当时人口稀少的现在的潮汕、海陆丰、雷州一带走，又乘风破浪登陆海南岛。明代则主要漂往海外过南洋，明清之际就到台湾。因为台湾是大批闽南人最后到达的地方，所以它的语言文化的变化也就比较小，最像祖厝老家。

闽南人居住的地方都气候炎热，酷日和骤雨轮番来，既可遮阳又能挡雨的伞，便成了人们生活的"好伴侣"，时刻不离"扎牢牢"[zah7 diau2 diau2]（方言读如炸条条）。这雨伞，便好比是爱情戏里男女主人公手中形影不离的道具，不但在《桃花搭渡》的桃花姑娘手里时开时合、时转时停地变换着动作，它也经常出现在漳州情歌里，王智章的集子里面便有题为《雨伞》的老歌谣：

一枝雨伞圆粼粼，（圆粼粼[ĩ2 lin1 lin1]：形容的溜圆地转动着。）
撑高撑低遮娘身；
一时无见娘仔面，
我身疼痛赡翻身。

手撑雨伞当腾腾，（腾腾：应即亭亭，雨伞撑开貌。）
撑高撑低盖娘身；（盖：方言读如坎[kam5]。）

吩咐我娘着正经,(着:必须。)

别人较好也无用。(较好也无用:再好也没用;较:方言读如壳、确。)

手挲雨伞要起行,

讲着两句给妹听:

赚有赚无是你命,

不可做婊败名声!(不可:方言读如唔唥 [m6 tang1]。)

这是男主人公唱的组歌,第一章和第二章的前两句,表现男主人公对妻子的疼爱,第三章下半段以下交代妻子,我出门赚钱去了,不在家的时候你要为人正派,别坏了名声。

这首《雨伞》歌的第二章和第三章,在当前的闽台地区基本消失了,顽固而又"当腾腾"而亭亭支立的,只有第一章,在两岸的当今歌场里,歌词的变化仍不大,有一些采用了男女对唱的形式,这就是闽台山区有名的说唱表演形式"褒歌"。

说起褒歌,那可是早前闽南人喜爱的用方言演唱的山歌、田歌、船歌等民歌的一支,主体部分据说是从漳州和安溪县的产茶区流传

厦门市莲花镇小坪生态茶园举行第九届厦漳泉褒歌比赛会现场

开来的采茶歌。

采茶歌以爱情歌居多，可以单唱也可以对唱，对唱的又叫对歌、盘歌。像闻名于艺术界的漳州《大溪出有溪边沙》就"入驻"了高等院校的教科书。而在古早闽南人的日常生活中，自唱和对唱褒歌，那是很普遍的事，连婚礼期间闹洞房也用得上褒歌"讲四句、唱好话"。

褒歌的歌词有一些是固定的，大多在歌仔的最开头，其余部分则大部分即兴成章，比如下面这些歌谣：

漳州褒歌《一枝雨伞》一

（男）一枝雨伞圆辚辚[in]，（圆辚辚[ǐ2 lin1 lin1]：圆轮轮，
　　　比喻像轮子那样圆转。）

　　　挵高挵低遮娘身[in]。

　　　一时无见娘仔面[in]，

　　　骨头疼痛绘翻身[in]。

（女）一枝雨伞圆辚辚[in]，

挒高挒低遮哥身〔in〕。

阮娘无遮无要紧〔in〕，（阮娘：姑娘自称。）

我哥无遮头壳眩〔in〕！（头壳眩〔hin2〕：头晕目眩。）

这是褒歌《一枝（支）雨伞》的男女对唱重章形式，表现热恋中的少年家仔与理智的姑娘的一段对歌。你看那小伙子为姑娘打伞，遮前遮后献殷勤，说着甜蜜蜜的我无时无刻不在想念你，想得骨头都发疼的哆声哆气的情话。晒惯了太阳吹惯了山风的山地姑娘却好像并不买账领情，只见她一把夺过小伙子借以传递心曲的道具伞，俏皮地学着他的打伞动作笑着说，算了吧，还是我来为你遮阳吧，不然瞧你这小白脸儿，会被太阳给晒得头脑发昏的！

《一支雨伞》每一章歌词的前两句，都是固定的"一支雨伞圆□□〔lin1〕，V高V低遮×身"，字母"V"代替了单音动词，"×"代表歌谣中的或男或女主人公。歌谣第一句中的叠音词〔lin1〕，字形有粼粼、辚辚、瞵瞵、零零等多个不同写法，意思却大体一样，都带着圆、圆转的意义内核和转动着的意味；第二句的动作词组主要是"遮高遮低"和"挒高挒低"，"挒"伞的人和所"遮"的人，可男可女，通过话语中"挒"伞和被"遮"的人物性别，就可推知演唱者是姑娘还是小伙儿了；第三句和第四句则是演唱者根据现场情境和表达的需要来临时编排组织。

这篇《一支雨伞》的歌词透露出这样的情形：对唱的男女俩是一边转动着伞柄，把雨伞耍得"圆瞵瞵"地团团滴溜溜地转，一边"挒高挒低"为对方遮来遮去的，这就有了小歌舞表演的意味和性质了，极易让人联想到《桃花搭渡》里小桃花那活泼泼的优雅舞姿。而褒歌是跟随着郑成功的军队"打"到台湾的，因此我在想，闽南人带到台湾的"车鼓阵"、"落地扫"——歌仔戏的雏形，或许便是从这一类适合表演的歌仔之演唱开始的吧？

　　漳州是海外闽南人的祖厝原乡，凡是海外闽南语歌谣和原乡相同相近的，应该说，大多数是从这里传出去的，只有极少数歌谣例外。比如这两篇《一支雨伞》，都在漳浦、华安和台湾共同流传着，两岸的歌谣如同用一个模具"共模仔印出来的"（共 [gang6]：闽南话同样的，读如普通话刚），也看到了闽南情歌里，恋爱中的青年男女双方的爱称和自称是哥、兄、兄哥和娘、娘仔、阿娘、我娘、妹，等等：

漳浦－台湾《一枞雨伞》

一枞雨伞圆漭漭 [in]，（枞 [zang2]：棵，支。）

上高落低軡君身 [in]。（軡 [gam3]：方言读如勇敢的敢，本义是器皿的盖，这里用如动词，指遮盖。）

三日无看阿娘面 [in]，（无看：未见。）

痛到骨头鲙翻身 [in]。

华安－台湾《一支雨伞》

一支雨伞圆零零 [in]，

遮高遮低遮哥身 [in]。

兄哥生水鸭卵面 [in]，（生水：长得漂亮。鸭卵面：鸭蛋形的脸庞。）

配哥鲙过重头轻 [ing]。（配鲙过：配不上。重头轻：比喻两端的重量不平衡。）

　　论字面，共同流传在漳浦的《一枞雨伞》较无新意，它只变动了漳州同题歌谣之二的几个字：把第二句"遮高遮低遮娘身"改换为"上高落低髀君身",与姑娘不得见面的时间由"一时"换成"三日"。不变的是整首歌谣的主体和第一句"一支雨伞圆零零",以及另一个容易被忽略的顽固的基本因子——韵脚用 [lin] 韵,大多只押身、面、轻几个字。

华安—台湾本《一枝(枞)雨伞圆零零》的流传情况也相似。歌谣把抒情主人公由少年家仔换成了姑娘,说我手里的雨伞就像车轮一般滴溜溜转,我这雨伞忽高忽低地为哥哥你遮遮阳光;情哥哥你那鸭蛋脸儿太漂亮,配不上你呀我的哥,咱俩的容貌差别太大不是一般样!在这里,我们看到歌谣中对爱情的追求者由通常的小伙子换成了姑娘。

那么,这两篇漳台共有的《一枞雨伞》,会是从台湾"返销"漳州的吗?看看潮州的同名歌谣便知道了。潮歌云:

> 一支雨伞圆零零,
> 上高落低随兄身。
> 三日无见阿兄面,
> 骨头抽痛鲙翻身。

同题潮州《一支雨伞》歌,和闽台《一支雨伞》何其相似乃尔,表明了这首歌谣的原乡是在漳、潮间,台湾只是它后来的新栖息地,外传的时间已经有年头了。系列歌谣以这样共同的不起眼的小变化,却分别传唱在漳浦和台湾,正表明有一些老家的歌谣越过海峡以后却基本不变的情形。

台北《手挃雨伞圆辚辚》

手挃雨伞圆辚辚，

挃高挃低遮哥身。

遮着阿兄尪仔面，（尪仔面 [ang1 ab bin6]：比喻光鲜的面庞；
尪仔：偶像。）

面中伊佫好笑神。（面中伊佫好笑神：脸上又有灿烂的笑容；伊
佫 [i1 goh7]：他又。）

　　这首台北歌谣也属于《一支雨伞》歌系，只不过把歌谣首句的"一
支雨伞"改作了"手挃"罢了，所表现的其余情景和话语则一仍其旧。
歌谣说，我手中的雨伞总要罩着你，离不开阿哥你这"小鲜肉"，你
漂亮光鲜的脸蛋儿和甜美灿烂的笑容令我难忘。

　　比起初恋阶段和建立起情侣关系的爱情歌谣，反映夫妻情爱的
歌篇在数量上便少多了。这大概和婚前恋爱的双方需要三不五时地
互诉衷肠以表心曲有关，同时，无论是初恋还是热恋的人儿，心目
中总是充盈着满满的梦幻与憧憬，眼见的一切都是美好的，双方更
需要相互的倾诉，以便通过窃窃私语与大胆表白相互了解对方，因
而有着说不完的话，唱不尽的歌。婚后则不一样，尤其是很现实的
中国人，当爱的小船已然靠岸登陆，当年的恋人如今已经成为了现
成人儿"阮那个"[ggun3 hit7 go3]（直译的话，就是"我那位"），既
然情与爱的使命已经达到"已然时"状态，可能因为如此，描写婚
后的情歌便少之又少了。

漳州褒歌《一枝雨伞》二

一枝雨伞圆瞵瞵，（圆瞵瞵 [lin1]：像明眸善睐的眼珠一样的

溜溜圆。）

　　　遮高遮低遮娘身。

　　　一时无见娘仔面，

　　　倒落眠床袂翻身。（倒落眠床袂翻身：躺在床上翻不了身。）

　　　一枝雨伞圆瞵嶙，

　　　遮风遮雨遮娘身。

　　　风风雨雨呣拆散，（呣[m6]：不。）

　　　同行共命亲加亲。

　　这是丈夫唱给妻子的褒歌，收在王智章《漳州歌谣集·爱情歌谣》里。歌谣的前一章和别的歌篇文辞相类"无精差"，第二章的下半段则是男主人公对爱情的表白，说的是，尽管我们要顶风冒雨而前行，然而共同的命运使我们愈加亲近不分离。

　　漳州还有一首《一支雨伞》这样唱：

（女）一支雨伞圆玲玲，

　　　要劝阿哥去做兵。

　　　咱兜家事有我顾，（咱兜：咱家。）

　　　哥你呣免来挂心。（呣免：不必。）

（男）龙眼开花结归球，

　　　日本无理炸漳州。

　　　我今跟妹要分手，

　　　我要为国去报仇！

　　这是抗日战争期间漳州文艺界编的时事宣传的《救亡弹词》，第一句保留了老褒歌的词语，以下便根据时事填新词。据说歌谣的创作者是当时的文艺青年陈郑煊，他经常身背着月琴，跋山涉水下乡宣传抗日，这首《救亡弹词》是陈先生的保留节目，经常演唱，那"弄叮咚"[lang6ding1dang1] 的琴声和声情并茂的表演，磁铁般"吸"引了几多不谙国是的农民兄弟。据陈郑煊介绍，曾经有一位农民兄弟"兼职"土匪，把他和他的同伴两人一起请到了盘踞在山区的土匪窝里演出，把土匪们都给感染了，匪首竟然拍着胸脯说：咱占山为王，唔识国家大代志，这摆听恁来宣传，真正是感动，日后若需要斗手脚，做你开声！（闽南话，我们不了解国家的大事件，这回听了你们的宣传，很感动，今后如果需要帮忙尽管说。）像这篇感人的唱响城乡的民歌，后来产生了单章本异文"一支雨伞圆邻邻，要送阿哥去当兵，咱兜的事有我顾，哥你唔免来挂心。"

　　不过，弹词本《一支雨伞》没能"乘风飞越"海峡。我们今天能够看到的，还是"母题"歌谣的"老面孔"。比方台湾通行的一首《一支雨伞》，在第三句衍化作"挃头看着娘仔美"，第四句则添加了几个词，成为长句"一时无看骨头痛疼恰翻身"，等等。

　　闽台地区《一枝雨伞》变化较大的，应属这一本：

（男）一枝雨伞圆瞵嶙，

　　　　挃高挃下倚娘身，（倚 [ua3]：靠近，方言读如瓦。）

　　　　者久无看娘一面，（者久：这么久。）

　　　　亲像细团咧思奶。（亲像细团咧思奶：好像幼儿想吃奶。）

（女）细团思奶会当大，（会当大：会长大。）

　　　　我娘思君无奈何。（无奈何：音 [bbo2 dai6 ua2]，方音读若无埋活。）

通行在彰化的这首褒歌，由小伙子先开声起句，说，这么久都没和你见面了，我是多么地想念你呀，就像婴儿恋着母亲的乳汁一样频频回眸离不开你！姑娘答道：恋着母乳的婴儿会日渐长大，而我的思念啊，真是无以解脱难放下！

就像情人们那不离手的雨伞，总是撑高撑低、遮来遮去地罩着内心属意说着一样的话、唱着一样的歌的"咱厝人"，这"咱厝人"，其实也包括了广大的海外闽籍侨胞，他们口中也流传着相类似的《一支雨伞》：

一支雨伞圆辚辚，
阿嫂要来去万珍。（万珍：新加坡地名。）
要去万珍巴山坡，（巴山坡：新加坡地名。）
巴山坡，好七桃，（七桃 [cit7to2]：玩耍，是漳州腔，泉、厦腔说惕桃。）
要去风车着放定，（风车着放定：汽车要停好。）
问恁阿嫂要坨行？（恁 [lin3]：你们。坨行 [doh7 loh7]：往哪里走，坨是方言疑问词嗒落、坨落的合音，是记音词。）

新加坡华侨版《一支雨伞圆辚辚》沿用了母本"七字仔、四句联"的语言形式和歌篇的开头，可是第一句歌词所起的作用不一样，母本"伞"是男女主人公"撑高撑低"，用来传达情意的重要媒介物，因而在歌谣里是情境具在的实写；南洋华侨版的人物却由母本恋爱中的男女主人公换成了车夫和顾客"阿嫂"，因此，这句"一枝雨伞圆辚辚"或许也来自实情实景，然而在歌谣中只起了过渡物的作用，是半虚半实的"兴"起之物，和下面内容基本无关，加上南洋地名的运用，表明它是一种较深层次的再创作。

二、咏唱两可："重识"闽南语歌谣

闽南地区母语文学之长河自古流淌，然而母语歌谣也能够"唱"，并且能"唱"得悦耳动人，对于在上个世纪中叶的闽南一般人而言，却有一丝不可思议。

那么，闽南人是在什么情况下，由谁"唤醒"了母语文艺的"知觉"与自觉呢？定居于香港的闽南人得地利之便、风气之先，而将流行于台、港、澳和东南亚的闽南民谣一并带进了大陆，因为在港定居的闽南人有一百四十万！

首开"大陆访亲旅游热"的港胞们——哦，应该是居港的闽南籍乡亲们，用他们携带的卡式录音机和盒式录音带，在他们乘坐的汽车、火车、客轮上敞敞亮亮地播放出来，于是乎，车厢和船舱，娓娓飘出了柔柔甜甜的女声演唱的传统闽南语歌仔《烧肉粽》、《望春风》、《思想起》等歌曲。这些闽南语歌曲给我们的第一印象是：

居然是闽南话的歌呀；

居然这么动听哦！

那……唱歌的是谁呢？

原来她就是鼎鼎大名，然而大陆人并不熟悉的早已风靡大陆以外全球华人圈的世界性顶级巨星——邓丽君！只可惜，当时这样一位对于推介中国文化发生过重大影响的重要人物，包括我在内的许多闽南人却不甚了了，甚至有人根本就没有听说过！这真是时代的大悲哀！ 自从大陆改革开放以后，她那柔婉优美的歌声，才普遍穿行在中国的上空；她的歌风对刚刚起步的大陆流行音乐也有过长足的影响。

（一）邓丽君：唤醒闽南人母语歌谣"自觉"的巨星

邓丽君，本名邓丽筠，祖籍大陆，虽是台湾"外省人"，却也会地道的粤语歌，而且尤擅闽南歌。

邓丽君堪称 20 世纪华人社会最具影响力的歌后之一。让我来"盘点"一番她的经典"顶戴"，那一顶顶耀人"眼球"的桂冠：

她是台湾十大杰出女青年之一，曾获金钟奖最佳女歌星奖，金曲奖特别贡献奖，被评为台湾"辛亥百年"最受尊敬的文艺界女性；

她曾荣获香港乐坛最高荣誉"金针奖"、香港十大中文金曲银禧荣誉大奖、十大劲歌金曲荣誉大奖等；

因擅长演唱日语歌曲，邓丽君也得过位居全日本有线放送大奖"三连冠"的成就，被评为日本大众音乐殿堂唯一的非日籍歌手，位列昭和时代（时间在 1926 年 12 月 25 日—1989 年 1 月 7 日）五大"演歌歌姬"之一，并且荣获日本有线大奖之特别荣誉功劳奖；

在欧美地区，她雄列 CNN 全球最知名的 20 位音乐家之一；她又荣获了《时代周刊》世界七大女歌星、世界十大最受欢迎女歌星之誉，成为唯一一位同时荣获这两项殊荣的亚洲歌手……

邓丽君唱过的最著名的闽南语歌曲之一是《阿妈的话》，也译为《做人的新妇要知道理》，它选材于民间歌谣，通过简单对比的手法，塑造了两个截然不同的媳妇形象：

做人的新妇要知道理，（新妇：媳妇。）

晏晏去眠，着早早起。（晏晏 [am5] 眠，早早起：睡得晚起得早；着：必须。）

起来梳头抹粉点胭脂，

入大厅，拭桌椅，（拭 [cit7]：擦。）

入灶脚，洗碗箸，（入灶脚：下厨房。碗箸：碗筷。）

踏入绣房绣针黹。

邓丽君陵园位于台北市金山的金宝山墓园，墓地常年播放邓丽君的歌。全球华人访台大多前来瞻仰，日本游客也不吝拜谒。

做人的新妇着知道理，

晏晏去睡着早早起。

起来烦恼猪无糠，（烦恼：指操心、担忧，未雨绸缪。猪无糠：指喂猪的米糠已用完。）

又佫烦恼鸭无卵，（又佫[iu6 goh7]：又再。鸭无卵：鸭子不生蛋。）

烦恼小姑要嫁无嫁妆，

烦恼小叔要娶无眠床。（眠床：床。）

做人的新妇诚艰苦，（诚艰苦：很辛苦。）

五更早起人嫌晚，

烧水洗面人嫌烧，（烧水：热水。）

白米煮饭人嫌乌，（乌：黑。）

气着剃头做尼姑！（气着：气起来，生气。）

若是娶着不孝的新妇，

早早着去眠啰，（着：连词，就。）

晏晏佫不起床，

透早给伊叫起来面仔臭臭，（透早：清早。给伊：把她。面仔臭臭：指不高兴给脸色看。）

头鬃又佫幔在肩胛头，（头鬃：头发。幔[mua1]：披散开。）

柴屐又佫拖在胛脊后，（柴屐：木屐。胛脊：脊背，后背。）

着矻矻硞硞矻矻硞硞就骂大家官是老柴头！（着：就。矻硞[khih7 kok8]：穿着木屐走路的声音，也比喻媳妇粗声大嗓叨叨不停的骂人话。大家官：即大家与大官，婆婆和公公。）

　　歌谣采用了宽式连章体展开话题，前两章描述、确立了一个勤劳守本分的"知理"的新媳妇形象，一嫁入婆家便起早贪黑地做家务，手脚从来没闲着，而且未雨绸缪为这个经济尚不宽裕的家，事事在心头，连小姑小叔将来结婚有没有嫁妆和婚床，都时刻记挂在心上。然而旧时代的媳妇确实不好当，就像民谚所说的：【做人歹命走仔，也不做人好命新妇】，意思是宁可当穷苦人家的女儿，也不当富贵人家的媳妇。你看歌谣第三章就反映说，即便媳妇她起五更睡半夜，辛勤地操持，也不能让婆家人满意，性子一起便剃发为尼去了。第四章则描写另一个极端人物，是个不孝的懒惰的儿媳反面教材，她天天早睡晚起，叫她起床嘛，她就给脸色看，头不梳脸不洗，衣冠不整就出大厅了，还踏着木屐板儿呱嗒呱嗒满四界走，嘴里叽哩呱啦不停地骂着公公婆婆是榆木疙瘩"老古旧"不开窍！谁家娶到这样的媳妇，只好认倒霉。

　　《做人的新妇要知道理》有着一些"妇教"的味道，它为人们树立了一个好媳妇的典型，供女孩们学习，同时也提供了一个遭人嘲谑诮斥的恶媳妇形象，给那些有贪吃懒做倾向的女青年"打预防针"：你可不能像歌仔里的不孝新妇喔！你再像歌里唱的那样"吵家闹宅又装痟（疯癫），人就会指指凿凿，不但会骂你，犹会骂后头（娘家）"（异文），就会把娘家的脸都给丢尽了！

　　《做人的新妇要知道理》也有不少异文传本，民间根据歌谣的第一句话来作为歌名，这歌谣的第一句话，通常选用末字的韵母为 [i] 的字，以《阿达姊》和《竹仔枝》最通行。这一系列的歌谣内容比较统一，凡是以《阿达姊》、《石榴姊》、《竹仔枝，会结籽》、《竹仔枝，麻仔籽》、《鸡角仔，早早啼》等为歌名的，都采用兴的写法，先说竹枝、麻籽、小公鸡早啼等事物，因为这个诗句的韵脚为 [i]，很自然地把歌谣引入了同样以 [i] 为韵的下文。如果扣除开篇属于"兴"的那句话的话，此歌系的内容就很固定了，它的第一章是一致的，"起来梳头抹粉点胭脂"显示了旧家庭的女性讲究"妇容"，没打扮停当是不宜迈出房间门的。以下三个排比句"入大厅，拭桌椅，入灶脚，洗碗箸，踏入绣房绣针黹"，次序可以调换，末句则成为这个大段落的结束语。但也有一些传本在下面罗列了一些别的家务事，比如华安本紧接着说："着学雪梅的心机，勤脚紧手做代志"，是强调要手脚麻利有眼力见儿，厦门和漳州版则补充了"饲鸡鸭，饲大猪。家内事，势排比"，漳州版又引进新时尚，突出"有闲时，学写字；真节俭，少开钱；互家官，真欢喜，"长泰则说"项项代志做甲真好势，头面衫裤真清气，叫大叫细笑嘻嘻"，泉州新编为"代志逐项来排比，抠大鼎，扫深井，教团自细有骨气，互翁快活去赚钱"，方方面面都周全，何其周到！甚至在厦门、芗城、龙海、云霄各版，乖巧的媳妇还会"呵咾兄，呵咾弟"（呵咾 [o1 lo3]：夸奖，表扬），对大伯仔和小叔子也很团结。

和邓版《做人的新妇要知道理》第二章相类的内容，在异文里并不多见，以我经眼，只有华安版强调"做人的新妇着拍算"，因为嫁入婆家是"双脚踏入人兜门"，不比在父母身边，可以享用现成饭"食便便"、"食饭坩 [kā1] 中央"的，而是要操持夫家一应事务，要"烦恼小姑要嫁无嫁妆，烦恼小叔要娶无眠床，烦恼柴米油盐甲粗糠"，甚至"烦恼家官（公婆）吃饭无菜汤，一暝烦恼到天光"，劳动强度和心理压力都非常大。好在异文版《做人的新妇要知道理》的婆家人算是有良心，不刁钻，能够公平对待媳妇付出的心思和劳动，有上乘表现的媳妇普遍获得了家人的赞赏，说她"互大官，真欢喜，互大家，真满意"（厦门版），"大家官看着很中意，厝边姆婆仔真欢喜，呵咾個翁好八字"（龙海版），"大家心内真欢喜，欢喜团仔好八字，娶着水某甲伶俐，厝边姆婆呵咾伊"（长泰、新加坡版），从而感谢亲家和亲家母，"呵咾爸母势教示"（厦门、漳州、龙海本），"呵咾老亲家亲姆势教示"（新加坡、长泰本）等等。

那么，婆家的父母都"呵咾"夸奖"亲家亲姆仔势教示"了什么内容呢？亲家又是如何回应的？说一千道一万，我们还是看看这些原文吧：

长泰《竹仔枝》节录

教示乖巧好女儿。（教示：教导，主要指对女儿的家庭教育。）

呵咾来，呵咾去，（呵咾 [o1 lo3]：称赞、夸奖。）

呵咾外家好家世，（外家：娘家。家世：家风。）

呵咾社内好社里。（社内：村子。社里：村子的文化道德风气，与家风相对。）

芗城《竹仔枝》节录

教示葱凡葱，菜凡菜，（葱凡葱，菜凡菜：葱是葱，菜是菜，比喻是非清楚不苟同。）

丈姆煮面请团婿。（丈姆：丈母娘。）

团婿官，坐大轿，（团婿官：岳父母对女婿的尊称。）

看你新娘是怎样？（这句指岳父母询问女婿对自己女儿如何评价。）

新娘脚仔细细真水样。（脚仔细细真水样：脚儿小小很漂亮。）

云霄《做人的新妇要知道理》节录

这唔是恁亲家好家世，（唔是：不是。恁［lin3］：你们。）

是恁团婿好八字，（团婿：女婿。好八字：好运气，是谦虚话。）

当初在家惮做偷食偷粜米。（惮做：懒做，懒散不干活儿。偷粜
米：把米偷偷卖掉。）

　　这三段表扬的话，选自不同传本《做人的新妇要知道理》的结尾，
实际上出自不同的叙事主人公之口。第一篇歌谣是长泰《竹仔枝》，
"呵咾"的话出自男方家长之口，既夸亲家又赞儿媳，还称道亲家的
家风好、村庄的风气"社里"好，因为在长泰县，人们很注意"门
风社里"的名声，认为本村的好姑娘嫁出去，等于对本村和村里的
待嫁姑娘们起到了良好的宣传推介作用，假如又懒又坏的姑娘嫁人，
便会败坏门风和社里，以后村姑们就难以结到好姻缘了，所以无论
谁家，都要好好"教示"女儿，长大了为家争光，为村争光。第二
段采自漳州市区芗城《竹仔枝》结尾的一段，最风趣也最复杂，它
的夸赞语只有头尾两句，头句用旁观的第三者口吻说父母教育女儿
要是非分明，"葱凡葱，菜凡菜"，意思是不可乱掺和，接着便就着
韵脚［ai］来道出丈母娘请女婿的话头来，再以丈母娘的口吻问女婿说：
你看咱新娘长得怎么样啊？女婿夸奖说：新娘子小脚儿玲珑很漂亮
哦！这漂亮，也就暗含了对新娘女德的称赞。第三段截自云霄《做
人的新妇要知道理》记述娘家父母的话，谦虚地说：我女儿并不是
我"教示"得好啊，是得到你们夫家好家风的熏陶变好了，这也是
咱女婿命好嘛——嘘——！你们不知道，我女儿在家时又懒又贪吃，
还会把家里的米偷出去卖呢……

　　王智章《漳州歌谣集》还有一首《婆媳对话》歌谣，内容和《做

人的新妇要知道理》有密切的关联，一并抄下来共享：

> （婆）做人的新妇也苦工，（苦工：指劳作辛苦。）
>
> 　　做人的大家也艰难。（艰难：指辛苦，操心。）
>
> （媳）艰难哪？
>
> （婆）艰难猪无潘，鸭无群，（猪无潘 [pun1]：猪没有泔水可吃。
>
> 　　鸭无群：鸭子太少不成群。）
>
> 　　烦恼小叔要娶无眠床，
>
> 　　烦恼小姑要嫁无嫁妆……

歌谣中的婆婆对媳妇说，何止是你们媳妇要付出大量劳动，连我们当婆婆的也日子难挨啊。媳妇反问道：当婆婆有什么可不好过？言外之意是：家务不都是我在操持、操心吗？婆婆却道：我呀，得操心猪等家畜有没有好的饲料，家禽鸭子是不是成群；要操心你小叔子娶亲有没有床，操心你小姑子出嫁有没有嫁妆……这些个事儿，不都是新媳妇和老婆婆所要共同操心的么？看来身为女性确实不容易，一辈子下来即便熬成了婆，仍有那么多烦恼的事跟定了你。不过男士们也不轻松，君不闻乎闽南老话？【第一戆（[ggɔng6]，傻），做皇帝，第二戆，做老爸】；又说【犁头戴鼎，盘山过岭，吞咸咬齏（[ziã3]，口味淡），为着某团】；还说【做牛着拖，做人着磨】……鸣呼哀哉呀，人生！总归快乐的单身汉都是最快乐的，一旦误入"围城"，便人人难以自拔。然而，这个"围城"，不是成年人们都愿意并且乐意进去闯荡的嘛！

（二）闽台《天乌乌》的异同：童话诗体

当前闽南地区的闽南语歌谣哪一首知名度最高呢？实际上，当推《天乌乌》占头筹，并且还是邓丽君演唱版。我说它占头筹，是因为我在 2015 ～ 2016 年为"漳州电视台·闽南茶馆"栏目主讲《闽南童谣》的时候，曾经利用网络做了一个小调查，在检索栏一输入"关键词"【闽南童谣】，"百度"搜索引擎便"给出"了一大串链接地址，其中最多的单篇童谣便是《天乌乌》，也写为意译的《天黑黑》，而且是以邓丽君版居绝对高位。可见邓丽君版《天乌乌》在大陆非常普及，在闽南地区就更不用说了，如今已经老老少少都会唱此歌：

> 天乌乌，要落雨，
>
> 阿公撑锄头要掘芋。
>
> 掘啊掘，掘啊掘，
>
> 掘着一尾酸溜古。
>
> （咿呀嘿啰）真正趣味！
>
> 阿公要煮咸，
>
> 阿妈要煮淡，
>
> 两人相拍弄破鼎。
>
> （咿呀嘿啰咙咚七咚锵！哇哈哈！）

内地闽南人在聆听邓版《天乌乌》的时候，常常会发现一些问题：我自小念诵的《天乌乌》可不是这样啊，为什么会和台湾的不一样呢？

对照一下邓版《天乌乌》和漳、泉版同名歌谣，可以发现漳、泉歌本的文辞属于童话体裁，表现倾盆大雨将临的时候，农人遇到了鱼仔虾仔（漳州本）和海龙王（泉州本）在迎新娘、要"娶某"！迎亲队伍中，美丽的新娘是素有"七彩鱼"之称"幼秀秀"的"三

鲽",或者是大眼睛的金鱼；有两条长须的鲇鱼"土虱仔"扮演老爷
爷，鱼儿打着灯笼，虾子击着大鼓，轿夫青蛙被压得肚子胀鼓鼓（漳
州本）；另一支婚庆行列的动物们有着不同的分工，龟吹奏着箫笛，
鳖打着大鼓，大眼睛的轿夫青蛙累得眼珠子突了出来，蛤蟆扛着大
旗闷声闷气地叫辛苦，会发光的萤火虫挑着灯笼来照明指路，勒着
肚子的琵琶虾挑着画框……这充满童稚气息的童谣，把人们带进了
一个童幻世界。而邓版却是人世间地道的生活题材，说是天空乌云
密布要下暴雨了，老阿公赶在骤雨来到前去挖芋头，却意外地挖到
了一条鱼类"酸溜古"带回家。阿公说煮咸的好吃，阿妈却要煮淡的，
俩人拌嘴打了起来，连铁锅都砸破了！这就是邓版《天乌乌》同闽
南流行的童话版最大的差别。

　　闽南版《天乌乌》的文辞为什么会和邓版《天乌乌》不一样?

　　其实即便在台湾，邓版《天乌乌》也只是众多不同题材、不同
体裁中的一个品种而已，类似于大陆版的童话诗歌体《天乌乌》，在
台湾全岛星罗棋布"密密是"，有的也在漳、厦流传，也有的两岸大
同小异，两岸都只有个别的篇什没能跨过海峡到彼岸。

　　闽南版《天乌乌》和台湾邓版《天乌乌》不大一样的原因，主
要是邓版的谱曲家选择了以老夫妻吵架的《天乌乌》类型来谱曲、
推广所致。后来无论是在台湾，还是当它跨越"乌水沟"那道海峡"返
销"大陆时，受众们都记住了歌声甜美的邓版，便都接受它成为"正
港"传本的权威性，这便淹没了其他的传本。而实际上，两岸的《天
乌乌》都至少有三大题材在通行，却只有两种题材被谱曲后出了名。
比如早在1965年，施福珍就为童话本《天乌乌》谱曲了，那文辞两
岸闽南人都熟悉，却没有通行下去：

天乌乌，要落雨，

夯锄头，巡水路，（夯 [ggiah8]：擤的异体字，这里指扛。巡水

路：巡视水渠。）

巡着一尾鲫仔鱼要娶某。（娶某：娶妻。）

龟担灯，鳖拍鼓，（拍鼓：打鼓。）

水鸡扛轿大腹肚，（水鸡：青蛙。腹肚：肚子。）

田蛉捧旗好大步。（田蛉：蜻蜓。）

台湾林福裕见状也不甘落后，在 1966 年为后来人们所熟知的邓
丽君版（见前面的歌词）谱了曲，歌中的两处衬词"咿呀嘿啰"是
纯闽南话，结尾的"咙咚七咚锵"却模仿了凤阳花鼓词，增加了歌
曲的风趣性。由于林福裕谱曲的《天乌乌》被邓丽君唱响了，以至
于被误解为它才是闽南童谣《天乌乌》的"原始版"。为了更正这个
误解，台湾叶明龙决心改写童话诗体《天乌乌》为歌词，由黄敏谱
出了一曲经典的《西北雨，直直落》：

西北雨，直直落，

鲫仔鱼，要娶某。

鲐鲐兄，拍锣鼓，（鲐鲐 [gɔ1 dai1]：月鳢鱼。拍：敲打。）

媒人婆仔土虱嫂，（土虱 [tɔ2 sat7]：鲶鱼。）

日头暗，找无路。（找无路：找不到路。）

赶紧来，火金姑，（火金姑：萤火虫。）

做好心，来照路。

白鹭鸶，来赶路，

攀山岭，过溪河，

找无岫，跋一倒，（岫 [siu6]：鸟巢。跋 [buah8]：跌倒。）

日头暗，要怎好？（要怎好 [bbeh7 zuã3 hɔ3]：要如何是好，怎么办好。）

土地婆做好心来带路，

西北雨，直直落……

《西北雨，直直落》略去了《天乌乌》第一行的起兴句"天乌乌，要落雨"，以下内容表现鲫鱼在下雨天趁着黄昏去迎娶新娘，有月鳢鱼"鮕鮐"充当锣鼓手，鲶鱼"土虱嫂"当媒人婆。只见天色渐渐暗了下来，大家找不到路了。幸好碰到了萤火虫"火金姑"，赶忙请她来照亮，又遇到在赶路的白鹭鸶，它盘山过岭蹚小溪，却找不着它的巢，摔倒了。天更黑了，怎么办？闽台地区特有的夏季的暴雨"西北雨"，仍旧在噼里啪啦地下着，幸亏有热心肠的土地婆来帮忙做好事，把大家带上了回家的路……

这首经由叶明龙改编的《西北雨，直直落》，文辞不如民间童诗体《天乌乌》活泼可爱，歌谣表现的画面感也稍显逊色，但音乐性很强，曲调很优美，未久便成为台湾的小学音乐课本的补充教材，在儿童教育中得到了普及，以至于当年的小学生们一直以为它和童

月鳢"鮕鮐"

鲶鱼"土虱"

话版《天乌乌》是八竿子打不着的两首歌。那么，这《西北雨，直直落》的闽台童谣"底本"到底是什么样？我特意集中了这类民间本童诗体《天乌乌》二十来首，从中"发现"了这些"底本"的构思、状物、叙事的基本思路和线索。

童诗体《天乌乌》的首要特征为三言句为主的杂言诗，全部押 [ɔ] 韵，常见韵脚字为乌、雨、路、某、娘（这是漳州腔哦，用别的地方腔来念就会失韵）、祖、鼓、肚、苦。它的第一行统一为"天乌乌，要落雨"，第二行通常会出现一位老农"阿公仔"，也有的作"老公"或"阿伯"，他们扛着锄头想要赶在暴雨还没下来之前巡视、清理农田水利设施"水路"水圳，也有的是巡视草地"草埔"或抢收芋头等。于是，"阿公"、"老公"或"阿伯"有机会以"外人"的身份，旁观了一场亲水的小动物们热热闹闹的迎亲活动；另有一些传本则跳过老农和他所从事的劳动，直接亲临以水族动物为主体的娶亲现场。

婚礼的主角新郎官是谁呢？有半数"底本"说是鲫鱼，也间有鲤鱼和威风凛凛霸气十足的海龙王，中间还掺进了一只"粟鸟"麻雀或老鼠，甚至有厦门版的"安公"！

新娘者谁？奇怪的是，这位婚礼当然的主角，仅 1/3 的篇数提及，其中 3 篇说新娘是鲶鱼"土虱"，2 篇漳州童谣为"三鳃"七彩鱼，鲫鱼和"小查某"也各占 1 篇，其余便都忽略了——童谣的作者们真不傻，他们才不想去描写人们熟悉的新郎新娘，而是放它们一马，腾出篇幅表现别的事物。

在《天乌乌》系列"底本"中，迎娶的阵列可谓壮观，不过，有重要人物"出场"的篇数只占 1/7 罢了，如 3 篇说及太爷爷"公祖"是由长着长须的"土虱"鲇鱼扮演的，另 1 篇则是面部表情严肃冷漠的老鹰"鹈鹕"当"公祖"；有媒婆出场的也只 3 篇，分别由月鳢"鲇鲐"、喜鹊"客鸟"和鲫鱼来担任，要属爱说话的"客鸟"喜鹊最称职；有两篇说请了虾蛄当"送嫁姆仔"，另一篇说伴娘是金鱼。总之，童谣对婚礼场面上的重要人物新郎新娘似乎不是很在意，反而是居次要"人物"者，那些个前来助阵吹吹打打的小动物们用了浓墨重笔来渲染，"出场率"最高的是轿夫，次之是打灯笼的、鼓手、旗手、放枪放炮的，出现三两篇的是挑盘的、吹唢呐的、照路的，还有拉车的、捧茶的、挑担的、挑布袋的、放炮的、唱歌的、放火弄等各1篇。

　　角色最固定的"人物"要数青蛙"田蛤仔"、"水鸡"了，"大腹肚"的它，通常当轿夫，被压得眼珠子都凸了出来；龟和鳖看起来是好朋友，凡是龟打灯笼的时候，鼓手必定是跟它并排走的老鳖，而与它俩关系笃好的蜻蜓"田蛉"[can2 nɛ1]也一定前来凑热闹，跟在它俩屁股后头当旗手，它那四只薄薄的扇动着的翅膀像极了旗帜！当然，有着长螯的螃蟹和虾有时也来顶替鼓手的职务；长着一对五彩翅膀的蝴蝶是"票友"，时而也当当旗手；总是嗡嗡嗡叫个不停的蚊子就"客串"演奏唢呐吹"哒嘀"——这些"小人物"的动物属性和它所"扮演"的角色看来都很合适。这就是台湾童歌《西北雨，直直落》的"综合底本"了。从文字上看，它不是比邓丽君版《天乌乌》更加可爱么？它输送给幼儿的自然知识是那么丰富，而韵律又是如此优美动听，教给孩子，可以让他们在童谣中获得语音、词汇、语法的有益训练。

　　流传在两岸之间的童话版《天乌乌》，我们已经介绍了它们的精髓，没有罗列的必要了，反而是如何收煞结尾值得说一说。

　　"天乌乌"的结尾，大部分在说完任一动物担任某一迎亲角色之后，便可收住结束了，因为童谣几乎所有句子的韵脚都是[ɔ]韵字，这样的结尾，稳稳当当不突兀。但也有例外而又比较多彩的，比如有一个漳州底本"在鲫仔鱼，要娶某。鱼担灯，虾拍鼓，守鸡扛轿大腹肚，田蟆捽旗喝艰苦"之后紧接着说"为着龙王要娶某，鱼虾水卒闪无路"，言外之意是海龙王为了自己娶老婆，而摊派小喽啰们分担额外的工作，便有了替鱼虾水卒抱不平的意味。南靖本则在"田蟆捽旗喝艰苦，送嫁姆仔老虾姑"之后，顺风顺水接续了"鳝鱼愈听愈清楚，今后做事呣马虎"的尾巴，都句句押韵；漳浦的一个版本则在"田蟆捽旗喝艰苦"后面连接了新话语，说"久旱逢雨禾苗好，鱼仔见水跳得高，门对青山山不老，耳听流水心情好。"高雄本则与青蛙和老虎挂起钩来，在"水鸡捧盘勒腹肚"的老话后面接上了"水鸡肉，孝佛祖，水鸡骨，去饲虎，水鸡皮，绷哗鼓"作结尾。东山有一个传本的前半部分与大多数《天乌乌》没什么不同，但后半段和结尾则作"蝴蝇捽彩旗，蛤鼓担布袋，鲍仔做轿甫，水鸡好唱歌，花蛤来带路，摇摇摆摆上大路。挂着一阵西北雨，沃甲衫仔湿糊糊，食一碗红圆无裨补。"嘿！这正是最接近新创的《西北雨，直直落》的版本，它淋了雨而要吃红汤圆做"补"的词句，在台湾另有异义，是为"一碗圆仔汤共你补。"

（三）可咏可唱的《天乌乌》歌仔

大陆版的《天乌乌》童谣，能唱吗？其实大多也是可以"唱"的。据漳州籍音乐理论家蓝雪菲教授说，她妈妈就曾对她"放步"传秘诀，教她如何把吟哦童谣改成唱，说白了，就是拉长音节，把童谣"念"成架腔拿调的"牵声尾"，这便是"唱"啦。通过这样的"唱"，你会发现，实际上邓版《天乌乌》的曲调显示的是一种纯口语的说话风，正是对蓝母所说的"牵声尾"唱法的提升。

从上面流传于闽南和台湾的《天乌乌》歌谱可以看到它们在歌调的风格方面，都走民歌的纯口语风路子。由于它们相同的文辞只在开头，我们便把它拿来作比较。

漳州版的第一行是 3 2 3 | 3 6̣ 1 | 6̣ 1 6̣1· | 2 3　1 |，
　　　　　　　　　天乌乌 要落雨 拌锄头　 巡水路

邓版曲调"天乌乌要落雨拌锄头巡水路"与漳州相同。可以说，与
漳州本相同的开篇歌调，有意无意地为歌曲的风格限定了"底色"，

天乌乌（漳州）

天黑黑（台湾童谣）

是支撑邓本《天乌乌》纯口语风的最根本材料。

那，闽南人唱的《天乌乌》都和漳州本同一个腔调吗？这却未必。记得 2010 年在泉州，由华侨大学主办的"第二届海外汉语方言国际学术研讨会"适逢元宵佳节，晚宴后往市区观灯罢，来自全国各地和港澳台及东南亚的会议代表们兴犹未尽，便一边聊天溜达，一边等车返校，有人便很随意地哼起了童谣，进而有学者便提议用家乡话念童谣，供大家分享，并鼓动着东道主先念。于是我们很难得地，听到了用泉州话吟唱的《天乌乌》：

因闽台和东南亚的学者大多会说闽南话，可是面对《天乌乌》这样熟悉的歌词，却立马被泉州腔给全盘"陌生化"了：

"怪巧，恁泉州人唱《天乌乌》，安怎会是这款调咧？"（奇怪，你们泉州人唱《天乌乌》，怎么会是这个调呢？）

其实泉州代表唱的并没错，"错"的是泉州话的声调和以漳州、厦门为代表的闽南话差别比较大，这便是大家听了泉州腔的晋江《天乌乌》产生怪异感的原因。不信你也根据泉州版《天乌乌》简谱"视唱"一番，肯定也是和漳州歌与台湾邓丽君版大异其趣哦。

其实，这是不同地方口音的声调差异使之然，因为闽南语区除了泉州以外，其他地方的闽南语声调大多和漳州话相同。而地方曲艺的唱腔、调式是"跟着"方言的字音声调"走"的，当字音属于高调时，乐曲就采用高调，相反，字音是平调、低调、降调，乐曲也必须随着字音的调型而做相同相近的调整。就好比形成于台湾的民间歌仔和歌仔戏，都用漳州腔来演唱，之所以"登陆"以后在九龙江流域最为普及，就是因为语调和歌调都"似漳"。所以，只要是漳、

天乌乌（晋江地区）

台、南洋闽南人，无论是唱漳州的《天乌乌》还是邓丽君版台湾的《天乌乌》，都一样顺顺溜溜平白如话；一旦按照乐谱来唱泉州调的《天乌乌》，便觉得怪异难理解了。

二十世纪八九十年代，福建音乐学界对全省的民间音乐进行了调查、记音，里面就有多首不同地区的闽南语《天乌乌》，它的歌腔和唱词，和邓版《天乌乌》有同有异。

在闽南，可以唱的民歌还有很多，并且大多数是童谣，曾经由世界级的语言学家兼音乐学家赵元任为这类童谣记了谱，保留了下来。这件事，还得从 1926 年鲁迅先生那批南下厦门大学任教的年代说起，其中便有一位北京大学的语言学教授罗常培。其实，这些教授们大多在厦门只住了一年左右，然而却留下许多研究成果，比如罗先生便用现代语言学的研究方法，写下了方言学里程碑式的著作《厦门音系》，里面附录了四篇歌谣，全部请赵元任记谱，里面的第一篇就是这首《龙眼倌》（倌，也作官、干，这三字方言同音），其余歌谣是耳熟能详的《草蜢公》、《老鼠公》、《阿达子》。

附：赵元任《龙眼倌》记谱

龙 眼 倌

1=C 4/4 3/2 3/4

天真活泼、稍快

赵元任 记谱
闽南歌谣

```
2 3 3 0 | 1 6 6 0 | 2 3 3 0 | 2 0 2 6 0 | 3 7 3 3 7 0 |
龙眼倌，   正月半；   人点灯，   你 来看。  看 什 么？

3 7 2 2 3 0 | 3/2 2 2 3 2 3 3 2 0 | 7 2 7 4 7 7 2 0 |
看  新  娘。       新 娘 高 抑 低？   娶 某 拜 老 父。

7 2 2 7 3 7 0 | 7 3 7 3 2 3 7 0 | 2 3 7 2 7 2 4 0 |
老父无穿袄，   娶 某 拜 兄 嫂。  兄嫂 无穿裙，

7 3 7 3 7 2 2 4 0 | 2 2 4 6 6 2 0 | 7 3 7 3 7 2 3 0 |
娶 某 拜 龙 船。  龙 船 扑扑飞，娶某 拜 茶锅。

2 3 6 6 3 7 0 | 3/4 3 1 3 3 7 0 | 3 1 6 3 2 |
茶锅 冲冲 滚。   肉  炒 笋    笋 给死查

3 3 3 7 2 | 3/4 6 0 6 0 | 4/4 6 b3 2 0 | 3/2 6 3 3 7 7 2 0 |
某鬼仔 拈    块。   吃么事？   吃卜作 月内

7 2 2 3 3 7 0 | 4/4 2 2 3.0 0 | 6 3.0 2 3 | 6 6 6 0 |
月内生什么？   生"家婕"，   抱出 来 抱入去。

b3 6 3 0 0 | 7 0 3 3 2 0 0 | 7 0 3 2 6 0 0 |
教 媱活，  一斗 米，  一 斗 粟，

3/2 3 2 3 2 3 7 3 0 |
教 甲活活活，
```

三、童谣与民间游戏

　　游戏童谣是人类在长期的生产劳动、社会实践、儿童教育实践中逐渐形成的，和人们的生活密切相关，大部分来自口头创作，在一代代人口耳相传的过程中，承载了诸多历史文化现象，反映了各个时代和地区民众的思想感情和精神面貌。

　　在民间，游戏与童谣往往相伴而生，儿童可以一边念童谣，一边做游戏，童谣的文辞既起到协调节奏和统一游戏动作的作用，又增加了游戏的情趣，还可以增长自然知识和社会文化生活等知识，培养儿童的语言能力和想象力，是儿童教育不可分割的一部分。

　　漳州游戏歌谣极为丰富，都是配合幼儿的各种游戏咏唱的，大致可分为以下几类：

（一）"挨砻"推磨游戏歌

　　挨砻，动作类似于推磨，这种游戏是大人和小孩一起做的，有三种情形。第一种游戏形式适合年龄较小的幼儿玩：大人坐着，抱小儿于膝上，两人相向手拉手，一起前后摇晃，小儿一仰一合的摇晃动作便是"挨"了，可配合各首有关"挨"的童谣。第二种形式是大人坐在较高的凳子上，两腿悬空自然下垂，小儿骑在大人的脚背上，两人相向手拉手，两人一前一后的摇晃动作也代表了"挨砻"

推磨工作；或者大人一边将双腿有节奏地绷紧抬起再落下，一边和孩子同唱儿歌，而腿的起落也代表了"挨"的推拉动作，由于大人的腿高低起落有似荡秋千，坐在脚背上的孩子既兴奋又有些怕，常常引得小人儿嘎嘎笑。第三种形式是大人坐着小儿站，两人相向手拉手；小儿的身子一边大幅度左右摇摆做"挨、磨"状，一边有节奏地唱儿歌，由于小儿是站着的，因此在咏唱的时候，会随着身体摆动的节奏而不由自主地倒腾着两只小脚儿，交替抬起和落下，锻炼了体能和动作的协调能力，而儿歌的音乐性，也带给小人儿无穷的惬意，小脸蛋儿上漾开了一朵花，其间的天伦之美和亲情之乐，不是语言所能表达的。

《挨呀挨》之一

挨呀挨，（挨 [e1]：漳州话读如英文字母 A，指推磨的动作。）

载米载粟饲阉鸡，（饲：饲养。阉鸡：阉割了的公鸡。）

阉鸡呴呴啼。（呴呴啼 [gu6 gu6 ti2]：鸡叫声。）

二丈娶二姨，

二姨脚细细。（脚细细：小脚。）

挨砻

阿公仔来接货，（阿公仔来接货：爷爷来进货。接：音 [zih7]。）

接艍倒。（接艍倒：进不起货，即货款不够。）

猫公咬猫母。（猫公、猫母：公猫、母猫。）

猫母飞上天，

猫仔团摔落屎礐边。（猫仔团：猫崽。屎礐[sai3hak8]：粪坑，礐，方言读如学。）

《挨呀挨》之二

挨呀挨，（挨呀挨：不停地推砻磨米。）

挨米来饲鸡。（挨米：磨米。饲：饲养。）

饲鸡会喾嘤，（喾嘤[gɔk8 kē1]：打鸣声，指公鸡会伺时啼叫。）

饲狗势吠暝，（势[ggau2]：善于；能够。吠暝：指夜晚听到动静会吠叫；暝[mɛ2]：夜晚。）

饲猪还人债，

饲牛拖犁耙。

饲后生，落书斋，（饲后生：抚养儿子。落书斋：指读书，即走做官的仕进之路。）

饲新妇仔孝大家，（新妇仔：童养媳。孝大家：孝敬婆婆。）

饲查某团仔别人的。（查某团仔：女儿。）

这两首《挨呀挨》都是属于挨砻推磨歌，名字虽然一样，但是内容上还是有很大的区别，其中的"挨"字，漳州话读如英文字母 A，厦门话和泉州话则读 [ue1]。

第一首童谣唱的内容都是生活中发生的事，事件和事件之间并没有太大的关联性，而主要是为了合辙押韵而凑在了一起，而且是整齐的每两句换一个韵脚，十个句子便依次押了"挨—鸡"、"啼—姨"、"细—粞"、"倒—母"、"天—边"五个韵。《挨呀挨》之二的节奏性很强，它的节拍规律基本上是两字一拍、末字自成一拍，在游戏中，便整齐地每拍完成一个来回推拉的挨砻动作。而儿童对于节奏、韵律有种天然的感觉和爱好，虽然他们是低龄儿童，还不大明白句子的意思，但在节奏和韵律方面却有着天然的感悟能力和创造能力哦。

细心的读者可能会提出一个疑问：第一首《挨啊挨》的下半段，不是和最通行的《月光光》文辞"猫母飞上天，猫仔困摔落屎礐边"一样吗？可不是嘛，把相同相近的文辞组织在不同题目的歌谣童谣里，这是歌谣套话活用的现象，因为民间的诗歌只要能押韵、有趣，便无可无不可。而歌谣学家反而要琢磨老半天才"悟"出一个规律来，美其名曰：是"同一母题"使之然。

第二首童谣的内容比较有教育意义，主要从鸡会打鸣，狗会看家，猪能卖钱，牛会耕地等方面来教育、引导儿童，教男孩子要认真读书走仕途，"新妇仔"童养媳要孝敬"大家"——既是婆婆又是养母，女儿嘛，最没用，是个赔钱货。内容虽然充满了男尊女卑的说教，但也成为旧时代家庭教育的教本。童谣的句式很整齐，尤其是第二至第五句，是句型一样的排比句，读起来更加有齐整均衡的节奏感。

《挨砻挨唏咐》之一

挨砻挨唏咐，（砻：木制的碾谷脱壳工具，形状似磨。唏咐：推砻声。）

刣鸡请央舅。（刣鸡：杀鸡。央[ng1]舅：是背后称呼舅舅，当面称阿舅；央：方言读如秧。）

央舅犹未来,(犹未来 [iau1 bbue6 lai2]:还没来。)

请秀才。

秀才嫌无偌,(嫌无偌 [hiam2 bo2 lua6]:嫌少;无偌:不多,少。)

请老舵。(老舵 [dua6]:舵公。)

老舵腹肚哩搅绞,(腹肚哩搅绞:肚子正绞痛;哩:正在。)

害我无嗵食到饱。(无嗵食到饱:没吃饱;嗵 [tang1]:能,行,可以。)

《挨砻挨唏咐》之二

挨砻挨唏咐 [u6],(唏咐:推砻声。)

刣鸡请央舅 [u6]。(刣鸡:杀鸡。央舅:背后称舅舅,当面称阿舅。)

央舅食袂饱 [a3],(食袂饱:吃不饱。)

两粒老奶割搭炒 [a3]。(两粒老奶割搭炒:两只乳房割来炒,是玩笑话;搭:起来的合音。)

炒酥酥 [ɔ1],

一人分一箍 [ɔ1];(箍:钱币单位,一箍即一元钱,一块钱。)

炒饮饮 [am3],(饮饮:稀溜溜的。)

一人分一桶 [ang3];

炒烂烂 [uã6],

一人分一掼 [uã6];(一掼:一串。)

炒烧烧 [io1],

一人分一铫 [io1];(一铫:一锅铲。)

炒冷冷 [ing3],

一人分一锦 [im3];(一锦:一串。)

炒长长 [ng2],

一人分一床 [ng2]；（一床：量词，指一笼屉，方言把笼屉叫笼床。）

炒软软 [uĩ3]，

一人分一腿 [uĩ3]；（一腿：闽南话称杀好的牲口或家禽的四分之一。）

炒硬硬 [ɛ̃6]，

一人分一撑 [ɛ̃6]；（一撑：一把）

炒脆脆 [e5]，

一人分一块 [e6]。

这两首推磨童谣的名字相同，都用"挨砻挨唏咐，刮鸡请央舅"来开头，但是后面的内容完全不一样。

第一首主要是讲杀鸡请舅舅吃饭的事，可是舅舅一直没有来，杀了鸡却没请到客人，多可惜，只好去请秀才来享用，哪知秀才却嫌菜少，不来，只好退而求其次去请舵工，却偏偏遇到他肚子痛，频频跑厕所，闹腾得连小孩子也没吃饱，言词里充满了戏谑的味道。这是利用生活的虚境设的悬念来逗孩子玩的，充满了童趣。

第二首《挨砻挨唏咐》篇幅短小、整齐，内容浅显易懂，韵律上非常讲究节奏感，尤其是第五行以下的每个句子的内容都差不多，只在食物的口感和量词上有变化。这种有规律的反复，使得童谣的格式整齐有序、回环起伏，在略有变化的重复中，使得幼儿更容易掌握童谣的读音和意义，也让儿童学习到了丰富的方言词汇，认识了词的运用差别和运用规律。并且，童谣的每两句句末的字都押韵，如"咐—舅"用 [u6] 韵，"饱—炒"用 [a3] 韵，"酥—箍"为 [ɔ1] 韵，"饮—桶"是 [am3]、[ang3] 两个宽韵通押，"烂—掼"押 [uã6] 韵，"烧—铫"押 [io1] 韵，"冷—锦"也是 [ing3]、[im3] 两韵宽同用，"长—床"用 [ng2]

韵，"软—腿"押 [uĩ3] 韵，"硬—撑"同为 [ẽ6] 韵，"脆—块"用了 [e5] 韵，
韵脚都——押韵合辙，连声调都两两相同，读起来朗朗上口，很顺溜。

《挨豆干豆腐》

挨豆干，挨豆腐，（挨：推；磨。豆干：较老的豆腐。）

嫁走仔，娶新妇。（走仔：女儿，新妇：媳妇。）

新妇去过番，（过番：指下南洋。）

走仔过台湾。

《挨豆干豆腐》反映了闽南人下南洋和过台湾习以为常的史实。
闽南人大规模下南洋的时间在明代，而过台湾则主要发生在明清之
际和清代。这首歌谣简单明了，适合年龄小一点的孩子吟唱。吟唱中，
我们仿佛看到了一位老奶奶抱着孙子坐在膝盖上，两人相向手拉手，
一前一后摇晃着身体，奶奶念着歌谣，向孙子介绍家史，以便让孙
辈记住自己的海外血亲，孙子似懂非懂的也跟着一起吟唱，这是多
么温馨的一个镜头哟！

石磨磨粮食

（二）抉择游戏歌

抉择游戏又称"点、滴、指、凿"游戏，是用食指凿着、点着数人，谢云声《闽歌甲集》说是"群儿作迷藏之戏，各出一手，置于地上，令一人唱此谣，轮点之，若唱至末字，滴点其手，则当手捧前襟，自蔽其目。"这类游戏，在闽南各地都有多首不同的念谣，合起来的篇数颇为可观。

"点、滴、指、凿"游戏的目的，是从众多的小孩中间挑出一个人来扮演某种不受欢迎的角色，或者是选出一个被惩罚的倒霉蛋。于是乎，由哥哥姐姐或幼儿园老师当游戏主持人，组织小孩子们围坐一起念童谣，主持人便依歌按字，用手指逐个儿地指、点参与者，当念到最后一个字点到谁时，谁就来充当这个不幸的角色或认罚。玩的时候，顽皮的男童往往希望自己被点中，以便来扮演那些个"老贼仔"（小偷，贼）、歹人仔（坏孩子）"，等等，以便赢得耍鬼脸、出洋相的好机会，来表现自己。可是，对于年纪较小的女孩来说，被点到简直就是一场大灾难，眼看着歌谣即将念完，而"点、滴、指、凿"的指头就要落到自己的头上，心里那个害怕呀，连小脸儿都吓青了，有的甚至要号啕大哭起来呢。

《点叮咚》

点咾点叮咚，（点咾点：反复地用手指点、戳；咾 [lo3]：附在重叠动词中间，表示动作的反复。）

放屁弹毛尫公。（弹 [duā6]：喷射。尫公 [ang1 gong1]：菩萨。）

尫公妈，撑铁锤，（尫公妈：菩萨的配偶。撑：拿。）

摃着老婆仔尻川门。（摃着 [gong5]：敲到。尻川 [ka1 cuī1]：屁股；尻川门：肛门。）

门乍开，（门乍开：门一开；乍［zɛ6］：一下的合音。）

屎水仔撒撒一尻川；（屎水仔：稀粪。撒撒：形容喷射出来。按：下面两句多不念。）

门乍关，屎水仔撒撒一被单。

这是漳州地区流传最广的《点叮咚》游戏童谣，几乎人人都会念也会玩，也是用来挑选"鬼"或在游戏中担任某个角色时来唱的，不过玩的方法有点不一样，是孩子们各自将一只小手握成拳头伸出来，由其中一个人依顺序唱一个字、点一只小手；当童谣唱到最后一个字点到谁，那个人就要充当游戏中的某个角色或是被惩罚了。尽管这首歌谣说到屎啊尿的，文辞比较粗俗，却符合儿童的生理心理特点，那粗鄙的词语便被童谣的童稚气给掩盖了，得到了孩子们普遍的喜爱。而对于充当念字选人者来说，他的手头还是有些许小权力的，比如，通常"指戳"游戏童谣的词尾"仔"不能算一个字，但念字者也可以临时把"老婆仔"的"仔"说成重音，这便多出了一个字，或者临时把"老婆仔"加嵌成"老婶婆仔"再多出一个字；或者当歌谣念到"屎水仔撒撒一尻川"本已结束时，却偏偏给续上最后的"门乍关"两句，那么，挑谁来扮演坏角色，不就可以变幻些花样，做一点儿小文章了么？

《点王公》之一

点咾点王公，（点咾点：用手指反复戳、点。）

放屁乇王公。（乇王公：字面义是带领神明；乇［cua6］：带领；娶。）

王公王妈挶铁锤，（王妈：王公的配偶。挶：拿。）

铁锤公，落厦门。（铁锤公：执掌铁匠铺的神明，这里指铁锤。

落厦门：往厦门。）

　　"落"字三点水，

　　滴来滴去滴着猪屎鬼。（猪屎鬼：捡猪粪的人，是戏谑的说法。）

《点王公》之二

　　点咾点王公，

　　放屁炁王公。

　　王公王妈撺铁锤。

　　铁锤烧，（烧：热，烫。）

　　烧乍着灰窑。（烧乍着灰窑：突然烧到发熟石灰的土窑；乍：一下的合音。）

　　灰窑人守更，

　　拍锣拍鼓拈田蝧。（拈田蝧：用拇指和食指摄蜻蜓的尾巴。）

　　田蝧尾，捻烩断。（捻烩断：捏不断。）

　　啥人放臭屁，

　　搦来互你吮。（搦 [liah8]：捉。吮 [zui6]：嘬，吮吸。）

　　这两首《点王公》同样属于"点、滴、指、戳"一类的抉择游戏童谣，前面三句都以"点咾点王公，放屁炁王公。王公王妈撺铁锤"开篇，把点人的动作比喻为铁锤打铁，接下去的内容则有所不同：第一首联想到"铁锤公，落厦门"，用"落"字来紧扣点人游戏的动作，第五行又利用"落"字字形中的三点水，而联系到水"滴"的动作，再次扣住游戏的主题，从第二行开始，句末的字"锤"、"门"、"水"、"鬼"都押韵，读起来有很强的节奏感和韵律感。第二首的内容就更加富有想象力了，由铁锤很烫的"烧"字联想到和"烧"押韵的灰窑，再接续和童谣的主题基本没关系的守更人、捉蜻蜓等等想象语，通过押韵而把它们组织排列到一起。这说明，童谣不一定非要讲究主题内容的集中，反而更应注重主题的拓展、发散思维和大胆的想象。而孩子在念的时候，虽然不一定都理解歌谣的意思，只要有韵律和节奏感，他们就喜欢，就高兴。

《点油点灯》

点油点灯灯，（点油点灯灯：用手指头点，兼指点灯的动作。）

英雄好汉去做兵。（做兵：当兵。）

点油点凿凿，（点凿凿 [cak8]：不断地用食指点戳。）

歹囝仔浪荡去做贼。（歹囝仔：坏孩子；浪荡子。浪荡：放荡的样子。）

这首童谣内容简单，节奏明快，比较适合男孩来念。"点油点灯灯"和"点油点凿凿"两句，点明了游戏的类型，"英雄好汉去做兵"和"歹囝仔浪荡去做贼"两句则采用了对比的手法。童谣说，英雄好汉就要去当兵，而坏孩子只能当贼。可是男孩子们都想要当英雄好汉，因此在游戏中，当"兵"字点到谁时，谁就很高兴。不过，淘气的男孩子即便被点到了"贼"字，也没有怨言啊，因为他将得到充当游戏主角儿的机会呢！

（三）拍手游戏歌

拍手歌，闽南话也说"抉 [guat7] 手歌"，就是小学课文里的"你拍一，我拍一"或"劈劈啪，大家来打麦"之类的拍手游戏歌谣。这种游戏童谣各地都有，也都配着当地的方言。收在这里的歌儿却

亲子拍手游戏

是地道的闽南风，有以数字起兴造歌的，也有以剪以刀作为象征物，而随物赋词写意的，里面组装了一大批反映漳州历史风土人情的事和物。拍手歌的一个突出特点是节奏性强，手起掌落，噼啪作响，与歌谣的节奏铿锵相合，可以培养儿童对语言音乐性的感受能力。

《拍咾拍铰刀》

拍咾拍铰刀，（拍咾拍：不停地打，这里指拍手动作。铰刀：剪刀。）

剪剪互一哥。（互一哥：给排行第一的大哥；互：给。）

一哥交，二哥留，（一哥交：和大哥结交。留：挽留。）

请恁姑姊仔来梳头。（恁[lin3]：你，你们。姑姊仔：丈夫的姐姐。）

梳于光，篦于光，（梳于光，篦于光：把头发梳篦得光亮。）

早早落井挽甘梅。（落井：到水井边。挽甘梅[bban3]：摘甜味的梅果。）

甘梅酸记记，（酸记记：极酸，记记为记音字。）

顶厅下厅人拍铁。（顶厅：闽南民居中最靠内的大厅。下厅是靠近大门口地势低的小厅。拍铁：打铁。）

拍铁着火烧，（着火烧：失火。）

新娘噪噪跳。（噪噪跳［cau5 cau5 dio2］：气得不停地跳，即暴跳如雷。）

跳到桥仔下，（桥仔下：桥下。）

脚一咚，手一咚，（咚：破洞，这里指肌肤受伤。）

紧紧去问尫。（紧紧：赶紧。问尫：拜佛问神明；尫［ang1］：神像，神明。）

问尫问无妥，（问无妥：指拜神求签没结果。）

剪外套，（剪：指买布料。）

阿妈铰，姨仔做，（阿妈铰：祖母剪裁。姨仔做：母亲缝制。）

阿兄穿，拄拄好，（拄拄好［du3 du3 ho3］：刚好。）

小弟穿，长躴索，（长躴索［dng2 lo5 so5］：长拖拖。）

塍候老妈仔给你做。（塍候［ting5 hau6］：等候。老妈仔：老奶奶自称。）

闽南方言拍手歌在闽台地区流传很多很广，传本样式便也多种多样。这一首漳州童谣的开头写的是即时景，可是第三行以下，却写女孩出嫁过程和出嫁以后的事及其联想种种，时间的跳脱性很大。漳州女孩儿大多未嫁之前很"顾家"，童谣中的女孩儿出嫁后，仍旧很"顾外家"，这自然是由从小就培养起来的血缘亲情关系所决定。这不，打了剪刀剪东西，首先就要想到留给哥哥；因为妹妹把东西都给哥哥了，因此，大哥便和她交往甚好，二哥也留她连同她丈夫的姐姐都住下。以下的句子便虚虚实实说了一大套，先是请她的婆家姑姐姐梳头，清早一起摘梅果，后来看见大厅里在打铁、失火，新娘子发脾气摔了一跤受了伤，便去问神明，便去做外套，等等。为了便于变幻场景和事由，歌谣的前十三行，基本上每两行就换一个韵，第十四行"问尪问无妥"以下为同一事件的层层进展，因此采用一韵到底的方法来表达。由此看来，漳州童谣的用韵方式同描写的事物内容是有一定的内在联系的。

《一月炒韭葱》

一月炒韭葱，（韭葱：可能是叶子窄窄的小葱。）

二月炒韭菜，

三月呛呛滚，（呛呛滚[ciang6 ciang6 gun3]：水滚开的样子，也形容闹哄哄。）

四月炒米粉，

五月五家私，（家私：家具。）

六月点薰支，（薰支：烟卷儿。）

七月七里里，（里里：衬音字，另一传本作衬音字零零。）

八月鸡仔偷啄米，

九月九奴才，

十月搦去坮，（搦去坮[liah8 ki5 dai2]：抓去活埋；坮：埋。）

十一月偷扛桥，

十二月泄屎尿。（泄[cua5]：指腹泻、遗尿。）

这是一首采用"十二月歌"形式编成的拍手游戏歌，在上个世纪七十年代以前的闽台地区都传唱，异文传本也很多。游戏方式相当简单，只要两人面对面坐下，边唱边拍手即可，两人可以一次一掌左右相换，也可以两人互击对方双掌。拍掌游戏歌变化多端，要如何搭配动作，可看游戏者的程度来调整，是相当有自由度的游戏了。歌谣从一月唱到十二月，里面的内容其实没有必然的联系，只是为了押韵顺口。

《一的炒米芳》

一的炒米芳，（米芳：爆米花。芳[pang1]：俗作香，非，香的方音[hiang1]为[hiɔ1]。）

二的炒韭菜，

三的呛呛滚，（呛呛滚[ciang6ciang6gun3]：水滚开的样子，也形容闹哄哄。）

四的炒米粉，

五的五将军，

六的好团孙，（团孙：子孙，儿孙。）

七的煮面线，

八的公家分一半，（公家分一半：双方平均分。）

九的九婶婆，

十的撌大锣。（撌[gɔng5]：敲，打。）

拍你千，拍你万，（拍：打。）

拍你一千连五项。（一千连五：数目，即1005。）

你讲敢唔敢？（敢唔敢：敢不敢。）

唔讲拍到你叫唔敢。（叫唔敢：指求饶。）

这是另一传本"十二月歌"拍手歌，十个数字后面的"的"字本来也是"月"，因为月序词说快了而产生音变，成为了"的"字，就像是用数字串起了一个个生活事象。这篇《一的炒米芳》语言紧凑简洁，从一数到十却意犹未尽，转而连到千和万，又连接到小伙伴们发生矛盾，一个要人家认输求饶"喝唔敢"，另一个看来不服气。由于含有一些打打杀杀的词语，叛逆而又爱打斗的男孩子最爱唱，也多少起到心理发泄的作用。

《十二生肖歌》

一鼠贼仔名，

二牛驶犁兄，（驶犁：拉犁。）

三虎爬山坪，（山坪 [suã1 piã2]：山间平地，这里指山间。）

四兔游东京，

五龙皇帝命，

六蛇互人惊，（互人惊：让人害怕。）

七马走兵营，（走兵营：在兵营里奔跑。）

八羊食草岭，

九猴爬树头，

十鸡啼三声，

十一狗仔顾门埕，（顾门埕：看守大门和庭院。）

十二猪是菜刀命。（菜刀命：指挨刀子被宰杀。）

十二生肖，人们都很熟悉，为了便于儿童识记，童谣的创作者就把十二生肖冠之以数字作为顺序编成了歌，运用在拍手游戏之中，让儿童反复吟唱，使儿童在游戏活动中就能学习到传统文化知识。这首拍手生肖歌，把十二生肖动物的特征都准确而又简要地展现出来了，而得到人们的喜欢，也因此而流传到大闽南语区，连说闽南话的东南亚闽南籍后裔都会念。

（四）展雨伞游戏歌

"展雨伞"歌是以"牵、襤 [lam1]（罩住）"的动作和雨伞等依托物创造的游戏童谣，女孩子们最是爱玩。

《展雨伞歌》
牛屎菇，展雨伞。（牛屎菇：野菌。展雨伞：打开雨伞。）

你点灯，阮来看。（阮来看：俺来看。）

看怎新娘囝婿平高又平大，（这句的意思说，看到你家两个新人的个头和身材相仿很般配。）

一个演小生，

一个演小旦，

两人有缘结成伴。

《展雨伞歌》是女孩子爱玩的游戏，参加游戏者为三人：甲、乙、丙相向手拉手，半展着手臂围成一个圈，一边念童谣一边开始做游戏动作：甲缓缓蹲下，甲乙两人抬高相互牵着的手臂松松地兜过甲的头，甲钻过臂圈站起来，再跨过两人牵着的手臂，这就是"展"雨伞了；接着换成乙蹲下，做上面的动作，"展"完了雨伞再换丙。游戏动作基本如此，但配合的念谣却有好几篇。这一篇的内容重在以歆羡的眼光看待新娘和新郎，真所谓"翁生某旦"（闽南话，丈夫漂亮得像戏台上的小生一样，妻子美丽得像戏里的小旦一般），男女双方这样相配，是闽南人的理想婚姻模式。此谣讴歌的便是这种美满婚姻。

（五）捉迷藏游戏歌

《觅居找》（觅 [bbih7]、居 [diam5]：躲藏。找：读 [cue6]。）

觅呀觅，

有的要搦狗，（搦 [liah8]：抓。）

有的要搦猪；

找呀找，（找 [cue6]：此处有摸索着抓的意味。）

有的找水鸡，（水鸡：食用蛙。）

有的找毛蟹。（毛蟹：河蟹，因鳌足有毛而得名。）

《掩孤鸡》

掩孤鸡，来找卵，（掩孤鸡 [uī1]：遮蔽。孤鸡：指离群的小鸡母鸡。卵：鸡蛋。）

一粒含，一粒舐，（舐 [tsuī6]：舔。）

吱吱啁啁来找卵。（吱吱啁啁 [zi1 ᴢi1 ziu2 ziu2]：小鸡的

捉迷藏游戏

叫声。）

　　搦若着，金鸡母；（搦若着：假如抓到。金鸡母：好母鸡，也指
富有、带财运的女性。）

　　搦鲓着，（搦鲓着：抓不到。）

　　鼻我臭骸液。（鼻：动词，闻，嗅。臭骸液[cau5 ka1 sio2]：
汗脚的臭味。）

　　童谣的篇名"觅厾找"，是躲和捉的意思，因为在闽南话里，觅
和厾都指躲起来，"觅厾找"便成为闽南传统捉迷藏游戏的类名。捉
迷藏可以说是流行最广的传统游戏了，随着玩具的出现和普及，很
多传统游戏现在都已失传，不过这个游戏是个例外，现在仍有很多
小孩爱玩，但玩的时候大多没念歌谣了，这就失去了很多有趣味的
东西。让我们来"复原"游戏：众小孩一边念童谣，一边乘机躲起来，
其中一个孩子蒙住自己的眼睛，不能偷看别人躲在哪里，要等到此
歌念完，才去寻找躲藏的人，抓到谁，那个人下一场便扮演蒙眼者。
　　第一篇《觅厾找》童谣用白描手法再现了儿童捉迷藏的情景，
首行和第四行用重叠的动词"觅"、"找"嵌入"呀"的形式，写躲
藏的人四处寻找藏身处，躲起来，害得找的人极力找也很难找到；
童谣又把躲藏的人比喻成猪、狗、蛙、蟹等动物，这也是孩子们最
喜欢的小把戏。第二篇童谣《掩孤鸡》直接把参加游戏的孩子们比
喻为小鸡儿，说他们在唧唧啾啾地叫着找着，找到了鸡蛋，又是含
在嘴里又是舔，一副贪吃相，接下来把笔锋一转，开始说捉迷藏的事，
仍用比喻，说要是蒙眼睛的孩子如果找到、抓到躲藏的人，就是个
好母鸡，假如找到躲着的人，却追赶不到抓不到，那你就跟在我的
身后闻我的臭脚丫子味吧！

（六）《送咾送》游戏歌

《送咾送》是两个人一起做的游戏，预备动作是面对面手拉手，各自把右胳膊抬起来绕过头顶扛上肩，两人扛在肩上的胳膊便别成了 8 字花，并且两人变成了相背并肩排成一条线，此时再开始一边念歌谣，一边快速转圈儿，要转到念完歌谣才可松开手。但多半只转到中途，人便晕得跌倒在地了。

其一

送咾送，（送咾送：送啊送。）

送去溪墘食肉粽。（溪墘：河边；墘 [gī2]：边沿。）

送的是参与，

搦的便是你。（搦 [liah8]：捉。）

其二

送咾送，（送咾送：送啊送。）

送到后沟食肉粽。（后沟：屋后的排水沟，一作后壁沟仔。）

食若着，软摇摇；（食若着，软摇摇：如果吃到，软塌塌；若 [na6]：表示假设。）

食无着，（食无着：没吃到。）

鼻我臭脚液。（鼻我臭脚液 [sio2]：闻我的臭脚丫；鼻：闻，名词用作动词。）

可是从文字上看，这两首《送咾送》却看不出它的游戏做法，反而是反映了一些捉迷藏游戏的形式，比如其一的后面两句、其二最后一句。

　　其实，这类童谣原本是反映五月端阳节的民间习俗的，两篇《送咾送》的第二句都提到"食肉粽"就是个有力的证据，只不过以下的句子被"嫁接"了别的内容，让人辨认不出来了。关于端午节的习俗，闽南有谚云：【龙船鼓响（读如陈），虱母加蚤摔落田】，意思是赛龙舟的锣鼓一响，男女老少就赶忙趁着大中午的时候到水井里汲取"午时水"，此水煮茶喝可防热病，用其烧水洗澡可防止生痱子长疖子；在庭院里用艾草或蒲草、稻草、麦秸生起火来，把换下来的衣裤、被单放在火焰旁边抖一抖、燎一燎，据说可以祛除蚊子、虱子、跳蚤、臭虫等害虫，因此这一母题的歌谣异文说：送咾送蚊虫，送去山顶咬树枞；或作：五月节，食肉粽，送咾送，送蚊虫，送蜈蚣，送狗蚁（蚂蚁），送神虫（壁虎），送到溪埔入草丛。

（七）《食子仔》游戏歌

　　"食子仔"游戏须先准备一只小于手掌的沙包和若干颗小石子儿"石子仔"或小沙包"子仔"，作为游戏的用具，预备动作是把"子仔"全部攥在左手心，仅用右手的拇指、食指、中指拈起大沙包。游戏开始了：右手先将沙包抛向空中，同时用左手把"子仔"撒下若干个、再接住落下的大沙包，叫作"放"；再抛起沙包，按童谣的提示把放到地上的若干石子儿捡起并接住落下的沙包，叫作"食"。游戏中，必须根据歌谣文辞的提示做多次难度较大的"放、食"动作，如果没按规则做，或者没能接住抛落的沙包，这个人就输了，就该结束游戏，改换下一位上场。

《食子仔》（音 [ziah8 dzi3 a]。子，漳州话读如豆腐乳"豆乳"的"乳"。）

一放鸡，二放鸭，（放：按游戏规则，把抓在手中的若干个子儿撒下来，叫作放。）

三分开，四做堆，（做堆：把子儿堆在一起。）

五搭胸，六拍手，（搭胸：拍胸。）

七围墙，八摸鼻，

九揪耳，十拈起。（拈起 [kio5 ki3]：捡起来。）

这首童谣的每一句都规定了游戏的动作：第一下，放下一个或两个"子仔"；第二下，放下第二个或第三四个"子仔"；第三下把地上的"子仔"分开；第四下收拢"子仔"；接下来是在抛沙包和拾起地上的"子仔"时，分别做搭胸脯、拍手、围墙、摸鼻子、揪耳朵等动作。复杂而繁难的动作往往难倒许多男孩，而女童却乐此不疲，成为游戏的高手。就像其他游戏童谣一样，这类游戏谣也有多种不同的传本，反映了各地不同的高难度玩法，在抛沙包和"食子仔"之间大致有纺纱（双手在胸前转动做纺纱状）、拍地板等，有的

"食子仔"游戏

还数到"十一落涂脚（落地），十二拢总捎（全部抓起）"，还有从"十一死唔着（死错了），十二裹草席"念到"十三拜黄金，十四烧酒啉（喝），十五食猪肚，十六去买墨，十七去买笔，十八去买册"的，后者多只为着"凑句"押韵好听而已，内容已经同"食子仔"游戏没有任何关系了。

（八）表演游戏歌

所谓表演游戏，是指有角色和戏剧情节、对话，适合简单表演的游戏形式，是戏剧的雏形。这类童谣在闽南语区流传着许多大同小异的传本。这里选了其中情节较曲折，文学性和趣味性较强，内容完整的类似于"老狼老狼几点钟"的表演童谣和"杀动物"童谣。

《牵猴搦猴》

众儿：牵猴牵玲珑，（牵猴：指耍猴。玲珑：如俗语"踅 [seh8]玲珑"，转圈。）

牵去城内找师公。（找 [chue6] 师公：找道士。）

师公有在无？（有在无 [u6 di6 mo0]：在吗，无，表疑问的语气词。）

师公：有在啦。

众儿：要买猴唔？（唔 [m]：句末语气词，表疑问。）

师公：要啦。猴偌大？（偌 [lua6] 大：多大。）

众儿：酒瓯仔大。（酒瓯仔 [ziu3 au1 a0] 大：小酒盏那么大。）

师公：犹佫细，（犹佫细 [iau1 koh7 se5]：还小，犹佫，还；细，小。）

饲大则来卖。（饲大则来卖：养大再来卖；饲，养；则，表转折，才。）

众儿：饲饲饲，（饲饲饲[ci6]：指不断地喂养。）

　　　鸡肉炒豆豉。（豆豉[dau6 si6]：豆子浸水后煮熟发酵，加盐腌制成的咸豆粒。）

众儿：师公有在无？

师公：有在啦。

众儿：要买猴唔？

师公：要啦。猴偌大？

众儿：茶罍仔大。（茶罍[gɔ3]仔大：烧水壶那么大。）

师公：犹佫细，佫去饲。（佫[goh7]去：再去。）

众儿：饲饲饲，

　　　鸭母炒豆豉。（鸭母：母鸭。）

众儿：师公有在无？

师公：有在啦。

众儿：要买猴唔？

师公：要啦。猴偌大？

众儿：米缸仔大。

师公：犹佫细，再佫饲。（佫、再：再，表强调。）

众儿：饲饲饲，

　　　猪佗仔炒豆豉。（猪佗[to2]仔：仔猪。）

众儿：师公有在无？

师公：有在啦。

众儿：要买猴唔？

师公：要啦。猴偌大？

众儿：摔桶大。（摔桶[siat7 tang3]：打谷桶。）

师公：有够大，来搦猴：（搦：抓。）

众儿：喔——！

　　　搦猴咯，搦猴咯！（咯：表示动作完结的语气词。）

　　　烧猴毛，浸猴尿，

　　　猴仔散散去。（散散去：四散跑开。）

《牵猴搦猴》的表演情形比较简单，但在表演游戏之前仍要先了解游戏规则，熟念童谣，否则将会乱了套。游戏通常由年龄较大的男孩扮演道士"师公"，其余孩子演猴子。猴子们按照个头的高低站成长队，个子最高的大猴子排在最前面，后面的小猴子们一个接一个地拉着前面孩子的后衣襟，跟着打头的大猴子走，一边走，"师公"和猴子们一起分分合合念童谣。"师公"总是走在最前面转着大圈，大猴子则跟在"师公"后头，带领着猴子们跟在后面，一边转圈一边念童谣：牵猴牵玲珑，牵去城内找师公……念到对话部分时，就停下来对话。童谣中的"师公"很想买猴子，却又很挑剔，在猴子只有酒瓯仔大、茶盐仔大、米缸大时都嫌小，总是说"饲大则来卖"或者"犹佫细，佫去饲"，猴群只好再绕圈儿反反复复地说着"饲饲饲"，用鸡肉、鸭母、猪佗仔炒豆豉，一直等到猴子"长"到打谷桶"摔桶"那么大时，"师公"才回答"有够大，来搦猴！"于是众猴们一边喊着下面的台词，一边四散跑开了躲避，跑不及的被"师公"抓住了，就要认输，被淘汰出局，坐在场地旁边当观众。

从童谣的游戏形式看，这篇《牵猴搦猴》属于闽南版的"老狼老狼几点钟"，只不过"老狼"游戏对话很简单，不是歌谣体，孩子们总是问"老狼老狼几点钟"，而老狼则从一点钟两点钟一直答到"十二点钟"时，开始抓人，被抓的就算输。而流传在漳泉地区的《牵猴搦猴》却是有节奏的韵文，采用了韵散相间的方法来构造全篇，歌中凡是众儿童提问和"师公"的回答，都用口白来"说"，是散句，而儿童念的部分，如开头"牵猴牵玲珑，牵去城内找师公"和以下各段的"饲饲饲，鸡肉炒豆豉；饲饲饲，鸭母炒豆豉；饲饲饲，猪仔炒豆豉"等等句子都是有节奏的韵文，韵脚字"珑—公"、"细—卖"、"饲—豉"两两相押，形式上显得活泼而多变，深受广大儿童喜爱。

《刽动物》

众：厝前厝后一阵臭头蠡仔吼咧咧，（一阵：一群。臭头蠡仔 [cau5 tau2 zɛ˜5 a]：也叫厝头蠡仔、臭蠡仔，麻雀。吼咧咧 [hau3 le1 le1]：啼叫。）

人客未来要刽鸡。（人客未来要刽鸡：客人没到就要杀鸡，是借口；刽，杀。）

人：鸡啊鸡，

人要给你刽。（要：单字读 [bueh7]，在句子里读 [beh7]。给你刽：把你杀。）

鸡：刽阮哪仔代志？（刽阮哪仔代志：杀我是何故；代志：事情，事由。）

人：刽你唔生卵。（唔生卵：不生蛋。）

鸡：阮暝间会叫更，（暝间：夜里。叫更：司时啼叫。）

日间会相拍，（日间：白天。相拍：打架。）

紧紧去刽鸭。（紧紧：赶紧，快点。）

人：鸭啊鸭，

人要给你刽。

鸭：刣阮哪仔代志？

人：刣你生卵少。（生卵：生蛋。）

鸭：阮一暝生一卵，（一暝：一个夜晚。）

两暝生两卵，

三暝生作堆，（生作堆：指生一堆蛋；堆：为了和下句押韵

而作读音 [du1]。）

紧紧去刣牛。

人：牛啊牛，

人要给你刣。

牛：刣阮哪仔代志？

人：刣你唔犁田。

牛：阮摆日给你犁田耙，（摆日：每天。犁田耙：犁田耙地，指

最苦最累的农活儿。）

收成拢总是你的，（拢总 [ləng3 zəng3]：全部。）

紧紧去刣马。

人：马啊马，

人要给你刣。

马：刣阮哪仔代志？

人：刣你唔做穑。（穑 [sit7]：庄稼；做穑，泛指农活、劳作。）

马：阮日间互你骑，（互你骑：给你骑。）

暝间载小娘，（暝间：夜间。小娘：年轻姑娘。）

紧紧去刣羊。

人：羊啊羊，

　　人要给你刣。

羊：刣阮哪仔代志？

人：刣你势食草。（势 [ggau2] 食：会吃，指食量大。）

羊：阮干若食你百样草，（干若 [gāl na]：仅仅。百样草：杂草。）

　　紧紧去刣狗。

人：狗啊狗，

　　人要给你刣。

狗：刣阮哪仔代志？

人：刣你唔顾家。

狗：前门是阮巡，（巡：巡视。）

　　后门较稳大昆仑，（较 [kak7] 稳大昆仑：比昆仑山更稳固安全。）

　　紧紧去刣大猪豚。（猪豚 [dil tun2]：仔猪。）

人：猪啊猪，

　　人要给你刣。

猪：刣阮哪仔代志？

人：刣你睏佮食。（睏佮 [gak7] 食：睡和吃，指只会吃和睡，

　　不会干活儿。）

猪：阮干若食你一滴滴仔潘，（干若：仅仅。一滴滴仔潘 [phun1]：

　　极少的淘米水。）

　　安怎要刣阮？！（安怎要刣阮：为什么要杀我；安怎：表示

　　反诘。）

众：位胸挣，位头截，（位：从某个部位下手。挣 [zing1]：捶打。截 [zueh8]：切，割。）

猪头破爿做圣杯，（破爿做圣杯 [pua5 bing2 zo5 sĩ35 bue1]：剖成两半做占卜用具。）

猪肚扳扳做茶锅，（扳 [ban3]：翻转。做茶锅 [zo5 dε2 ue1]：当烧水壶。）

猪尾斩搭做鼓吹。（斩搭 [zam6 kεh7] 做鼓吹：剁下来当唢呐；搭，起来的合音。）

这篇《刣动物》又称《人要给你刣》，堪称超长篇的表演童谣。《刣动物》采用宽式联章问答体来展开内容，由于每一章人和动物对话的三行句子是固定的，这便减轻了幼儿的学习负担，又给人以重章叠句的整齐感。因此，尽管它篇幅长，却不是很难学。童谣开篇便模仿一群麻雀的叽叽喳喳声来比拟围坐一圈的孩子们，形象贴切而自然。在表演游戏之前，孩子们要先学会并熟记"台词"，之后由一个年长者扮演人，余下的孩子装扮七种小动物，更小的孩子也参与其间，附和各个角色念童谣。

游戏开始啦，人先带领大家念前面两句诗，借口要招待客人，即便这"人客未来"也要杀动物，接着便依次来到动物们的面前，告知要宰杀它的理由。小动物们就询问他"刣阮哪仔代志"？并且根据自己的角色特点，说出自己对人类的贡献，作为拒绝被杀的理由，再根据最后一句话的韵脚而"推荐"出一个"替身"来，人便转而来到下一个动物面前说要杀它，以此循环反复地表演着人要杀动物和动物回绝被杀再举荐下一位被杀动物的戏文。游戏中，面临被杀的动物由鸡及鸭及牛及马及羊而及狗，依次排到猪。猪的说词符合它那憨憨的性格，它既不夸口有什么贡献摆功劳，也不媚眼低垂讨好人，更不向人建议杀别的动物来当替死鬼、挡箭牌，嫁祸于人，开脱自己，而是理直气壮地反问人：你"安怎要刣阮"？！猪就这样勇敢地直面强势的人，独自承担起被杀的天大苦难，表现了弱小群体刚正不阿、不畏强暴、永不低头的精神，是闽南底层人民抗拒强权的真实写照。值得注意的是，游戏中要杀猪的不仅有人，而是所有动物角色一个一个都参加，映现出了人类社会乘人之危落井下石的丑陋嘴脸。不过，孩子们并不理会什么社会道德不社会道德的，你瞧，众动物们有的竖起手掌当刀使，在猪身上又拉又锯叽咕叽咕 [gi gu gi gu] 刣，有的竖起小指头"雾雾雾雾猪" [bbu6 di1]（双唇轻闭，用食指轻按下唇，口中使劲儿往外喷气使双唇震颤，发出振动的 bbu6——声，这就叫作"雾"，再把食指伸到别人的腋下挠痒，即"雾猪"），给猪挠痒痒，有的舔唇嗫嘴，叭哒叭哒作响，表示吃得美美的。无论"刣"与被"刣"，角儿们都其乐颠颠心满意足，待等到"刣"够吃足闹累了，大家重新围坐好，新一轮的游戏又开始啦。

谣乡谜海采歌记

　　漳州民间文艺发达，至迟在宋代，就有与朱熙老夫子亦师亦友的"正港"漳州人陈淳建议禁止陋俗"乞冬戏"，是最早保留了"泉潮间"（这里的泉，就是指现在的泉州啦）地方曲艺流行情况的文字记录。歌谣和曲艺情同母女和姐妹，发达的曲艺必定来自歌谣文化的"沃土"。不难臆测，当今漳州歌谣的"库存量"肯定不止 20 世纪 90 年代由政府部门牵头收集整理的一万多首。

　　纯民间文学是乡土田野盛开的野花，它"细蕊"朵儿小，颜色一般般，随开随谢没人管，亟须抢救并传承，也因此而被我"锁定"为研究重点，曾经浅尝即止地调查过几个乡村。这几个乡村保存的歌谣在地方文献榜上无名，也没经过任何人的推荐，一处在漳、潮

龙海九湖浯琪塘漳州歌行社

漳州锦歌

之交的东山，纯属于偶然遇上的地点，两处在漳州北郊，这就有点儿类似于科学研究中"随机取样"的意味了，却出人意料地大有斩获。

一、澳角：歌谣之乡识春香

在闽南，知道东山"歌册"是国家级"非物质文化遗产"项目的人不在少数，因为这个群众性活动已经有了400年的历史，本岛"自产"的大学士黄道周（1585 — 1647）当京官的时候，曾对同僚赞美家乡云：

　　吾乡海滨邹鲁，劳夫荡桨，渔妇织网，皆能咏唱歌诗！

　　不过，对于东山县澳角村还存活着大量闽南话童谣"细团歌"，知之者就不多了。我也是在极偶然的情况下才可遇不可求地碰上了喜欢并长期吟唱"歌册"的陈春香的。

　　东山岛东南突出部的南北端，各有一爿月牙形天然海湾，东南边的那一湾便是澳角了，归陈城镇管辖。它依山傍海风光秀，从海上望向陆地，可见海岸线、渔港和金色的沙滩，次第排开，有如九曲回肠蜿蜿蜒蜒；站在海边看海，则见海水茫茫，岛礁、礁石参差其间，时隐时现，万千姿态，酷似龙、虎、狮、象的 4 个动物形岛屿就在这里若即若离地环栖着，因得"海上动物园"之雅号。

　　澳角建村在明朝的中后期，在建村的 500 余年中，先后有诏安、云霄、南澳、晋江等地十九姓渔民来这里定居。澳角村也曾经是海盗的出没之地和著名的古战场，明末民族英雄郑成功在这里驻有一营的水兵，经常在此操练水师，他"领导"挖过的一口水井，当地人称为"国姓井"。后来施琅将军的战船也在这里停泊和练兵，并且从东山岛扬帆往澎湖，一举收复了台湾岛。以这样的民间文化之"沃土"，应该会生长着多品种的民间文学之树吧，那长青的文学之树，也一定会垂挂着文学作品一件件吧？

　　果不其然，有一次随外子到东山游玩，时任东山县城管局"一把手"的李宏耀局长带着我们来到其好友，澳角村鲍鱼养殖户暨当年主办"渔家澳"旅游项目的老渔民陈耀金先生家。

（一）东山"歌后"陈春香及其歌友们

　　陈家就坐落在进村不远的海湾沙滩坡地上，夫妻俩正带领着两对儿、媳，经营着建于海边的鲍鱼养殖场。参观了颇有规模的鲍鱼场，来到二楼会客厅品茶，聊一些家长里短乡间话。聊着聊着，坐不住的外子忽生异念：在这风光山色的东山海边，却把自己"拘"于空调房，岂不是对大自然优异资源的重大浪费嘛！于是大家移步迈出门槛到走廊，时值海潮见涨，那无穷的天然力正鼓动着天风推拥着一座庞然巨兽涌面而来，气势赫赫，真可谓栩栩如生也！仔细一看，原来是"海上动物园"四岛中的虎屿，就"住"在耀金的家门口，从二楼客厅望出去，正着！在这奇异的海景房的"前花园"和习习海风中，耀金老兄用他那特有的东山话娓娓道出《沉东京，浮南澳》的民间故事和《龙、虎、狮、象的传说》一桩桩。我心萌一想：在这海风抚漾的小村落，应该还遗存着如同海里刚刚捕捞上来的鱼虾一般鲜活的民歌乡曲童谣"细囝歌"吧，于是询问主人。耀金一听笑了，嘴巴朝妻子呶了呶，说：这个嘛，你应该问伊（她）。

　　陈妻便顺话尾走了过来，接过话头说：

澳角村陈厝门口观虎屿

"即款歌仔，阮遮是有嗒，只是现清较少念，煞艙记记去咯。往时，遮的查某人主要是咧念'歌册'，对'细团歌'抑没啥特别注意啦。若要问遮个'故言'、'故话'谁知影较多，讲来讲去，阮社犹是我较知影咧！"（这类歌谣，我们这儿有啊，只是现在很少念了，居然多数不记得了。过去这儿的女人们主要是念"歌册"，对"细团歌"也没特别留意；若要问这些个"故言"老话谁知道得最多，说来道去，我们村还要数我较知道呢！）

她，曾经很会念本地歌仔？我不由得仔细地端详起眼前这位普普通通的渔妇来：高高的个子、壮壮的，被太阳和海风锻造出的古铜色脸庞，家里家外干练周到，样样是"一粒一"的好把式。

原来，她也姓陈，名春香，1950 年出生，小学毕业后长期在澳角务农，嫁在本村，是地地道道海生水里长的渔家女，曾担任生产队的记工员，会记账。农村打破"大锅饭"分配制度后，春香和丈夫一起从事渔业劳动，渐渐改行为目前的主营海产养殖。只见她，"偝巾 [āi6 gin1]"吊在双肩上，背后兜着个大胖孙子，一边摇晃着背上的小孙子一边介绍自己小时候如何爱唱歌，如何向村里老辈们借"歌册"来看，等等。就这样，她念，我写，我们开始了童谣调查。

热心的春香总是担心我不会写方言字，每当遇到生僻字，她就会暂停调查工程，先告诉我某字怎么写，某某是某字，见到我都会写，才放心地念她的歌。春香又建议到人多的地方去，通过一人念、多人回忆的方法，可以快而周全地把本村遗留的歌谣过一遍。我于是跟着春香这家走，那家探，又到村里的大庙采访。第一次采访春香有点匆忙，有些遗留问题了解得不够细致，于是前不久我再访澳角"歌后"春香，召集了近十个资深村民共同回忆，又挖掘了一些歌谣

2008 年访澳角与东山"歌后"春香夫妇留影

篇章来。就像春香所介绍的，澳角童谣和大部分民间歌谣一样，也主要遗存在 50 岁以上的老年妇女口头，并且大多记忆模糊了。不过也有奇迹出现：有一位年过八十的沈阿周老太太居然能极其流利地念很多"歌册"，并且提供了多篇童谣和儿童谜语。春香的歌友们多数是文盲，第一次到春香家访歌时，曾带我到沈阿周老太太和沈阿反家采访，其余则是最近二次访歌到澳角认识的新歌友。

当说到童谣中的"游戏歌"时，老人们都能清晰地记起儿时做过的游戏，开心地笑着，脸上挂着甜蜜的童真。不过，像春香和沈老太太这样的"民间歌手"毕竟是凤毛麟角，连"本地人"都说，东山的许多歌谣已经找不到了，比如改革开放以前经常听到老一辈人唱《掴壮丁歌》，这要七八十岁的人才会唱，但我们这辈五六十岁的就不会，所以，如果不抓紧时间调查和抢救，只保留在老年人记忆中的"歌仔"、"细囝歌"将随着老人们生命的流逝而灭绝，那将是多么令人痛心的事呵！

因为第一次的"准调查"做得不够细，我最近再次去了澳角村访春香，她又召集了本村多位村民聚在一起，共同追忆"村歌"文化遗产。因春香脑海里记忆，我因此而敬称她为东山县的民间歌谣之"歌后"！经过这两次的不完全调查，我"挖"出了《东山县民间歌谣集成》漏收的东山童谣"细囝歌"和押韵的谜语歌几十首，里面甚至有非物质文化遗产项目《东山歌册》所没有的"歌诗"。

让我们先"盘点"一番澳角的歌手们：

沈阿周，女，八十多岁了，十多岁就嫁入东山，现独居在澳角村，生活艰辛，但头脑清醒，年轻时会唱许多歌谣和歌册，现在还记得的这几首，有的连诏安、潮汕的歌谣集里也没见过。

沈阿反，女，年龄略小于春香，我在第一次到澳角访歌时收集到她的几篇短歌和谜语，别的歌友都不会，因听说前两年已故，而成了她在人世时的绝唱！

沈妙云，女，小名阿妮，64岁，年轻时曾任村里的专业队长，会唱许多歌册。

林巧梅，女，72岁，马来西亚归侨，最喜欢儿童"谜仔"。

朱清月，女，小名阿妹，68岁。

沈阿珍，女，70岁，本村人嫁本村。

林木，男，70多岁，小学文化程度，喜欢方言对联、哑谜和上世纪六七十年代流传的成人歌谣。

张桃英，女，67岁，初中文化，自小由外乡被抱养到澳角，算是非土生而土长的澳角人。

（二）澳角陈春香的"细囝歌"

01.《天顶一粒星》

天顶一粒星，（天顶：天上。粒：颗。）

牛母生牛婴。（牛母：母牛。牛婴：小牛犊。）

牛婴牵去卖，

卖做钱，籴作米，（籴［diah8］米：买米。）

舂作粞，搓作圆。（粞［ce5］：大米磨成的粉状米麸。圆：指汤圆。）

食饱饱，上西天。（食饱饱：吃得饱饱的。）

碾来到地牙谊谊。（牙谊谊［ggi2］：形容笑得牙齿露出来。）

　　这首句句押"飞机韵"的童谣在东山县的普及率很高，传本也多，有的仅第一句变成"天顶两粒星"，也有的变化比较大，如第四句以下作"卖作钱，籴（［diah8］，买）做米。米无挨，要食鸡。鸡无刣，要食凤梨（菠萝）。凤梨犹未（还没）削，要食壁（食壁：俗语指没得吃）。壁未抆（抹墙，方言读如回），要食蕃薯皮。"另一个传本末句则异文为"跋落来，屎礐边（跌下来在茅坑旁）。"

02.《挨咾挨》

挨咾唉，（挨：指推土砻的动作，土砻［tɔ2 lang2］是为稻谷脱壳的工具。）

挨着一群青鳞豾。（青鳞豾［cɛ1 lin2 be1］：应该是一种鱼，具体不详。）

公要食，妈要卖，（妈：祖母，读去声［ma3］。）

翁姐仔相拍碾落溪。（翁姐仔：夫妇。相拍碾落溪：打架跌到小河里。）

　　这篇《挨咾挨》说，夫妻俩在挨砻，却意外地收获了一种鱼儿"青鳞豾"，这在食品一向匮乏的年代，是一件多么令人高兴的事！可是，"青鳞豾"是要卖？还是留着自己吃？两人看法却不一，以至于吵起来，大打出手，其中的一个甚至掉到了河里。这样的情节，闽南童谣中屡见，比如在邓丽君版的《天乌乌》我们就曾见识过，老两口子也是因为对意外捕到的"酸溜古"要煮咸的还是淡的意见不合，而"相拍"起来，东山童谣《大麦粿》也是如此：

大麦粿，包虎蔬，（大麦粿：放了花生、虾米、油葱、海苔等佐料的咸味米糕。虎蔬：海苔。）

某要食，翁要卖，（某：妻。翁：丈夫。）

两人相拍碾落溪；（相拍：打架。碾落：跌落。）

某嫌饔，翁嫌咸，（饔[ziā3]：口味淡。）

两人相拍碾落盐。（盐：这里指晒盐的盐池。）

这是一首三七言相间的东山童谣，描写小家庭两次蒸粿的小故事。故事说，包了海苔馅"虎蔬"的咸味大麦粿蒸熟了，妻子想要留着吃，丈夫非拿去卖不可，两人意见不合打起来，都掉到河里；又有一次因为一个嫌大麦粿的味道太淡，另一个则说太咸，两人又争执不下大打出手，一起掉进了盐池里！对于这类有着相同相近情节的歌谣，在歌谣学里被看作同一"母题"。

03.《搭手歌》

搭手歌，斩面羅，（搭手歌：即拍手游戏歌谣。面羅：古代妇女戴的类似于面罩、头帕的头饰，民间称是韩愈或朱熹推行的韩公兜、文公兜；羅：绫羅，或为花名。）

阿姊嫁，撵柴刀，（撵：拿。）

斩姜母。（斩：砍，剁。姜母：老姜。）

姜母花，开白白，

叫阮姑仔来舂麦。（阮姑仔：我的小姑，也可作姑娘的自称解。）

春几曰? 春两曰。(春曰: 音 [zing1 ku6]。)

一曰春, 一曰簸, (簸: 颠动簸箕里的麦子谷子, 并扬去糠秕等杂物。)

簸在米瓮仔脚。(在: 训读字, 方言读如表示筷子的箸 [di6]。)

要食好茶家自己煎, (要食好茶家自己煎: 要喝美味的茶就得亲自烧水; 煎: 烧水。)

要娶水某上铜山。(水某: 漂亮的妻子。铜山: 东山的旧称, 两词同音。)

铜山查某势保庇, (查某: 女子。势保庇: 特别擅长烧香拜佛, 以求得庇护。)

保庇儿夫去做官。(儿夫: 妻子称呼自己的丈夫, 是戏曲用词。)

要去草鞋朕雨伞, (朕 [ting5]: 连词, 与、和, 用于连接甲物与乙物。)

要来白马挂金鞍。(挂: 连词, 与、和, 用于连接此和彼, 义同上句朕。)

春香说, 这是澳角人人都会的童谣。童谣的内容分两部分, 上半段至"簸在米瓮仔脚"八行, 讲述农村中劳动妇女的生活, 第九行以下, 则是东山、诏安至潮汕地区歌谣中经常出现的一个常用"套话"。套话说, 想喝好茶得亲自烧开水; 想娶漂亮的姑娘要到铜山 (东山)。一般情况下, 接下来的这句就应该是"铜山查某势打扮, 打扮团婿去做官"了, 可为什么这篇却作"铜山查某势保庇, 保庇儿夫去做官"呢? 春香和她的歌友们都说, 常规的说法来自铜山城, 因为"铜山娘仔免做白葱葱, 穿插讲究, 做官的人也多, 所以说她们'势打扮'", 同时城里女人又"食饱闲闲无事做、较势拜佛", 和渔民的"好某"标准就不一样，渔村男人"娶某"注重能干活儿，会求神拜佛保佑全家，至于是不是"势打扮"，就不重要了，所以本村的《搭手歌》才会是这个样子。如此看来，澳角《搭手歌》里的"水某"，指的是旧铜山城的姑娘哦。

《东山县民间歌谣集成》还有两首游戏《搭手歌》，和澳角版小同大异，相同的部分是第一行，第二行有些仿佛，其余便大异其趣了：

搭手歌，搭面罗，（搭：贴合，这里指拍。面罗：古代闽、潮妇女的面罩、头帕。）

搭阮阿姊要嫁乜咯无。（阿姊：姐姐。乜咯无 [mih7 loh7 bo2]：什么东西都没有。）

一啰勾，二啰勾，（啰：可能是"哥"的讹写，参见上下篇。勾：游戏歌谣念到这句，拍手的两童须做小指相勾的动作。）

勾阮阿姊来梳头。

梳头篦光光，（篦 [bin5] 光光：用篦子篦得油光。）

阿姊拍铜门。（拍：打。）

铜门铜铁铁，（铜铁铁：名词重叠用作后缀，形容坚实牢固。）

顶厅人拍铁，（顶厅：闽南民居中最靠内的地势较高的大厅。拍铁：打铁。）

下厅人拍铜，（下厅：指大院落里地势较低靠近大门口的小厅。拍铜：制造铜器。）

做人新妇真艰难，（指当媳妇很辛苦。）

做人大家也苦叹：（大家：婆婆。苦叹：因烦恼而感叹。）

烦恼猪无糠，鸭无粮，（烦恼：操心，担忧。猪无糠，鸭无粮：家禽家畜没有饲料。）

烦恼姑仔要嫁无眠床。（姑仔：小姑。眠床：睡床。）

　　《东山县民间歌谣集成》版《搭手歌》的前八句类似于漳州拍手歌《拍咾拍猪刀》，在第九句以下"链接"了《做人的新妇要知道理》。和前举民国王智章《漳州歌谣集》里收的《婆媳对话》一样，这篇歌谣"续尾"的部分也是说当媳妇固然辛苦，当婆婆不也一样烦恼多嘛。

　　《东山县民间歌谣集成》还有另一篇陈城村流传的《搭手歌》，可能因为村子和澳角挨得近，与"歌后"春香的版本最接近：

搭手歌，剪面罗，（面罗：古代闽、潮妇女用的面罩或头帕。）
阿姊要嫁挕铰刀。
挕要啦仔？（要啦仔 [bbeh7 la3 a]：要做什么用，啦仔：表示询问。）
挕要剪树仔。
树仔花，开白白，
叫阮姑仔来舂麦。
舂几白？舂两白。
一白舂，一白簸，
簸到米瓮脚，
要食好茶家己煎，
要娶水某上铜山。
铜山查某势打扮，
打扮团婿去做官。
要去草鞋佮雨伞，（佮 [gak7]：连词，与，和，方言读如结带子的结。）

　　转来白马挂金鞍。（转来：回来，回家。）

　　陈城版《搭手歌》采用了通行版的结尾，说的仍是"铜山查某勢打扮，打扮团婿去做官"。女婿说"团婿"而不用澳角版的"儿夫"，说明陈城歌谣受到地方戏曲和歌册的影响不及澳角深。这或许和东山"歌后"春香会唱歌册爱看戏，有着一定的关系吧？

04.《挨砻嘻哗》

　　挨砻嘻哗，（挨：推。砻：碾谷工具，形状似磨。嘻哗：推磨声，即磨米声哗哗响。）

　　做粿无侼，（无侼 [bbo2 lua6]：无多。）

　　大人食大块，（食：吃。）

　　团仔食细块。（团仔食细块：孩子吃小块；细：小。）

　　挨尖挨秫，（尖、秫 [zut8]：粳米、糯米。）

　　一碗圆仔互团仔小心掘。（圆仔：汤圆。互团仔掘：给孩子舀；掘 [gut8]：挖，舀。）

　　这篇属于闽南歌谣常见的《粿谣》，说挨砻哗哗响，做的糯米圆子粳米粿却没几个。春香版《挨砻嘻哗》的特别处，在于不说糕粿的佐料为何，如何如何好吃，也没有儿童因为恋着美味"好料"的粿而趁人不注意，私下里悄悄掀开蒸笼拿粿而被烫，继而大骂出口的有趣情节（在这类童谣里常见），而仅仅描写了一家人热热闹闹"嘻嘻哗哗"地磨米做粿做汤圆，和和睦睦地分享的平常事。你看这一家人多公平，大人因为要劳动、饿得快而拿大的粿来吃，小孩只吃小粒的汤圆；孩子深知盘中餐粒粒辛苦之道理，只见他仔细地端着碗，慢慢儿地小心翼翼地舀啊、舀呀，生怕把汤圆给弄洒了……这样的情境，便和歌谣经常出现的一家人为了一点点吃的就闹矛盾的情况形成了鲜明的对照，家庭平和温馨的氛围，歌谣中极为少见。

下面这篇是《东山县民间歌谣集成》里的《挨砻嘻哗》，和上一首澳角版很相似，却只有四句，反映了闽南人爱烧香拜佛的习俗：

挨砻嘻哗，

做粿无偌；

挨尖挨秫，

做粿奉佛。

05.《红港鸡》

红港鸡，刺红鞋，（红港鸡：即龙眼鸡，蝉属，学名象鼻蜡蝉。刺 [cia5]：编织。）

刺几双？刺两双。

一双分阮穿，（分阮：送我；分，较随意地送。）

一双分阮捧。（捧：音 [pang2]）

捧上厅，拜官人。（官人 [guā1 lang2]：旧时女子称自己的夫君为官人。）

官人担椅担桌互阮坐，（互阮坐：让我坐。）

阮唔坐，（唔坐：不坐。）

要坐阮姑金交椅。（阮姑：我的小姑。）

漳南一带说的红港鸡，学名是象鼻蜡蝉，因为经常待在龙眼树

悠然独步于树干的龙眼鸡

上，闽南人通常称它为龙眼鸡。它美丽、活泼、善弹跳，有人把它
比喻为"会飞的花"，很可爱也很形象，童谣便把它想象成一个会织
鞋的小姑娘。她织了两双鞋，是为谁织的？童谣没交代，但从下面
两句表示随意送人的"分"字来看，似乎连隐身幕后的母亲也不甚
清楚。小姑娘只得跟妈妈说：一双"分阮穿"，一双"分"我送给未
来的"官人"吧——哦！原来她是在为自己备办嫁妆！接下来，童
谣就把"分镜头"直接"切换"到结婚的那一天，转身成为新娘的她，
十分诚敬地"捧"着按照礼俗亲手制作的婚鞋，敬奉给官人，官人
便端上椅子给她坐，她可不，她偏偏要坐小姑仔的金交椅！

　　看来，这是一篇叙事歌谣，讲述一位人小心大的待嫁闺中的
姑娘及其成婚那天发生的事。她的气儿高心大，一个表现在会"拈
物"[liam5 mih8]——本来指从较大的物品上精打细算地节省一小部

分另作他用，这里是母亲让她做鞋，她却另打小算盘备嫁妆（其实母亲也有此意，只是没有挑破罢了呵），一个表现在婚礼中，当丈夫大大咧咧地拿一只普通的椅子给她坐时，她仗着自己新嫁娘的娇贵身份，提出了一个既小也不太小的要求：要坐就坐小姑的金交椅！坐金交椅的要求，婆家在成婚当日是不便回绝的，在初尝了这位新媳妇不能"滥糁"随便对待之的品性后，她应该是初步赢得婆家应有的尊重了。

开头和春香版《红港鸡》极为相似的，是《东山县民间歌谣集成》本《红公鸡》：

红公鸡，刺红鞋。

刺几双？刺两双。

一双分阮穿，

一双分阮捧。

捧上厅，见官人。

官人掇椅互阮坐，

阮呣坐，

问阮姑仔嫁底地？（底地：哪里。）

嫁陈岱。（陈岱：云霄县的一个镇，在云霄去东山的路上。）

陈岱大乡里，（大乡里：大村落。）

也有灯，也有戏，（灯：指闹花灯。戏：指演戏。）

也有乱弹佮正字。（乱弹佮正字：闽、粤、台地方戏曲名，佮[gak7]：连词，和。）

婆仔婆仔去看戏？

婆仔真无闲，（真无闲：很忙。按：前面是小姑娘的提问，这句以下是老婆婆的回答。)

要炊粿，拜神明；(炊粿：蒸米糕。)

大的去读册，(读册：读书；上学。)

细的咧食奶，(细的咧食奶：最小的孩子在吃奶；细：小；咧：正在。)

老夭寿灶空前烰落仔生，(老夭寿：农村人对别人称自己丈夫的昵称，即那个老短命的。灶空烰[phu2]落仔生：灶膛里油炸花生。)

一顶碗帽烧一爿。(碗帽：瓜皮小帽，闽南又称碗糕帽仔。一爿[ping2]：一半、一边。)

　　这首歌谣的上半段和春香版完全相同，中段以小姑娘的语气同老婆婆交谈，问咱家小姑妹嫁到哪里了。下半段则是老婆婆的答辞，说我家姑娘嫁在曲艺发达的"大乡里"——云霄县陈岱镇，去东山岛的必经之路，镇上经常闹花灯、演戏，因为老婆婆要蒸粿、拜佛、做家务、奶孩子，没空去看，连老公公也在油炸花生卖钱，忙得连碗糕帽仔都被烧坏了一大半。歌谣中那"也有灯，也有戏，也有乱弹恰正字"，正反映了漳南的戏曲文化之发达。所谓乱弹，就是很受欢迎的北管，是京腔、秦腔、弋阳腔、梆子腔、罗罗腔、二簧腔的统称，俗语云:【食肉食三层，看戏看乱弹】，指肉类以五花肉最香，戏曲是乱弹戏最好看。正字是用官话说唱的正音戏，流行于闽南、潮汕、海陆丰、台湾等地，是包括了四平、青阳、昆腔、杂曲、小调等多种声腔的古老剧种，形成于明宣德年间，是明南戏的一个分支。

　　以上篇什，有的《东山县民间歌谣集成》也有，但大多数属于同母题的异文，而异文本身也是独立的歌篇。下面的童谣，则全部

是东山"歌后"陈春香"典藏"的"孤本",不但《东山县民间歌谣集成》没有,别的地方也没见过:

06.《父母主意嫁番客》

父母主意嫁番客,(主意:做主,做决定。番客:指东南亚的华侨。)

番客慢来娶,(慢来:指一直没来;慢:行为迟缓。)

一年一年大。

带在厝,受拖磨,(带在厝 [dua6 di6 cu5]:住在娘家。)

兄弟一大拖,(一大拖:指很多。)

轻重总着我。(轻重总着我:指一应事务都要我来做。)

保庇我夫紧来娶。(保庇:保佑。紧:赶紧,快。)

澳角歌伴们在接受我的调查时,经常会出现"一人唱歌多人和"的情况,这篇《父母主意嫁番客》就是这样得来的:好像是阿妮先想起这篇歌谣念了个头,其他人便也参差念了起来。春香则插话提示说,这是可以唱的歌仔,用的是《苏武牧羊》调,于是大家就一起唱了起来。

这是在闽南语区通行很广的民歌,各地的传本虽篇幅有长有短,但开头部分文辞却基本相同。

07.《一枞树仔摇振动》

一枞树仔摇振动,(枞 [zang2]:棵。摇振动 [io2 ding3 dang6]:摇晃。)

澳角查某势搬网。(势 [ggau2]:擅长某种技艺或工作。)

搬网索,真正长,(索:绳子。)

陈沈骂湖塘。（陈沈、湖塘：东山县的地名。骂：一作嫁。）

湖塘唔愿去告县，（唔愿：不情愿。告县：到县里告状。）

县里人相刣，（相刣 [sio1 tai2]：指打仗。）

刣𣍐厌，（刣𣍐厌 [bbe6 ia5]：指激战不停白炽化。）

放脚放手食甘蔗。

春香这篇歌谣是我在 2017 年 5 月 11 日第二次赴澳角补充到的，大家都会念。歌谣从树木摇动的眼前景写起，接着便称道澳角妇女的辛苦劳动。劳作中，娘家在不同村落的妇女们拌起嘴来了，骂输了的咽不下这口气，竟然告到县里，才发现县城发生了战争，激战不已，想想自己被骂没什么了不得，于是释然回家吃甘蔗。

08.《天乌乌》

天乌乌，要落雨

阿公仔捭锄头，去巡埔，（巡埔：巡查旱田；埔：本义为平地。）

巡着鲤鱼要娶某。（娶某：娶妻。）

蛤古担布袋，（蛤古 [gap7 gɔ3]：蛙类的一种。）

田鸡走来挟 [ggēh7]，（田鸡：可食用蛙。）

蚊仔吩嗒嘀，（蚊仔：澳角读 [bbun3 a0]。吩嗒嘀：吹唢呐；嗒嘀：唢呐声。）

蝴蝇捭彩旗，（蝴蝇：苍蝇。）

跳啊跳啊跳啊，

新娘㤉脚跷！（㤉脚跷：指重心不稳摔跟头。）

这篇《天乌乌》也是我在 2017 年 5 月间第二次赴澳角采集的，

春香一开了头，其他歌友们便一起应和着念起来。此歌大部分内容是常见的，较特殊的是结尾突出了"跳"字，是谁在跳？童谣没交代，很有可能是指蛙类的"蛤古"和"田鸡"，而新娘是谁？则不知其人。

09.《苦苓开花会结籽》

苦苓开花会结籽，（苦苓：一种野草，可入药，或作苦楝。）

当今查某镶金齿。（金齿：金牙。）

金齿镶来有两支，（支[gi1]：方言量词，颗。）

当今查某使薰支。（使薰支[sai3 hun1 gi1]：用烟卷。）

薰支食来真正芳，（芳[pang1]：香。）

当今查某梳龟鬃。（龟鬃：旧时已婚妇女的一种形似龟背的盘发发型。）

龟鬃梳来真真正，

当今查某挂目镜。（挂目镜：戴眼镜。）

目镜挂来真正现，（现[hian6]：指看得清清楚楚。）

当今查某挂银链。

银链挂来哩啦吼，（哩啦吼：指铃铃作响。）

当今查某缀人走！（缀人走[due5 lang2 zau3]：字面义跟人走，指私奔；缀：跟随。）

这首《苦苓开花会结籽》来得很偶然：春香的歌友之一巧梅很喜欢乡土"谜仔"，也提供了多篇，并且希望了解更多的闽南语谜歌，于是我念了几首请大家猜，其中有一首是采自漳州北郊铁塘村的会黏人衣裤的《鬼针草籽》（见下文）。于是春香便由草籽而及苦苓起了头，便和歌友们一同念起了这篇讽刺风流女郎的《苦苓开花会结籽》

来。歌谣以苦苓开花、结籽来开篇，转而说现代女性不合旧礼的抽烟、戴眼镜、私奔等行为举止以当代人观之，这位镶着金牙、梳着"龟鬃"、挂着银链子的"当今查某"，她的衣着打扮显然属于新旧风气交融的"过渡时"的风貌，却被歌谣"定格"了下来。

10.《着盔 [kue1]》

着盔，手生蹄，（着盔 [dioh8 kue1]：把子儿捡起来；着：拿到；盔：子儿。手生蹄：手结茧。）

恁公给你糊，（恁公：你爷爷。给：音 [gak8]。糊：粘贴上去。）

恁妈给你笔落涂。（恁妈：你奶奶。笔落涂 [cin3 loh8 tɔ2]：掸在地上；笔：类似于刷子，此处动词化。）

《着盔》游戏童谣，澳角歌友们都会念会玩，据说游戏和漳、厦、台地区的《食子仔》一样（参见前面的介绍）。童谣说，为了练好"食子仔"的功夫，不停地抓子儿，以至于手都长茧子了，爷爷看见，连忙来上药，奶奶见状则生气地把"子儿"打翻在地，不让她玩了！

11.《捻鸡丝》

捻咾捻鸡丝，（捻 [liam5]：用拇指和食指捏。捻咾捻：指反复地捏。）

鸡团仔啾啾叫，（鸡团仔：小鸡崽。）

鸡母飞上天。（鸡母：母鸡。）

这是春香提供的《捻鸡丝》即捻小孩手背的游戏童谣，是母亲或祖母同低龄孩子双方互相"捻"手背的游戏，她的歌友们也都会。童谣把捻手背比喻为捻好吃并且难得吃到的鸡丝，由鸡丝而联系到啾啾叫着的鸡团仔。《捻鸡丝》的象声词"啾啾"用得准确用得好，因为小鸡如果在母亲身边有安全感的时候，其叫声为安详的唧唧唧唧，一旦找不到母鸡或者离了群，马上改为不安的啾啾啾啾声，母鸡一听到这啾啾声，就会疾奔到小鸡跟前救护。童谣中的小鸡之所以啾啾叫，正应着下一句"鸡母飞上天"。这大概正是眼前景的比喻性说法吧，因为母亲或者祖母们平常带着幼小的孩子得空时，是可以做做不需要道具和器具的小游戏的；可母亲总是有很多家务事要处理，总是会时不时地离开孩子一小会儿。于是乎，心灵口巧的母亲们，便创造出这么个比喻性的童谣来。

这类捻手背游戏，漳州没有，泉州却广泛流传着《捻手歌》，因澳角村民有的祖先是从晋江移民过来的，所以，这类童谣很有可能就是从泉州传过来的。

12.《红笼床》

红笼床，青簸箕，（笼床 [lang3 sng2]：蒸笼，笼屉。）

橄仔皮，背茭制。（茭制 [ga1 zi5]：用咸草编的草袋，咸草为莎草属，可编草席草袋。）

童谣里面有很多事儿物儿，以及它们是什么原因而凑在一起"斗做伙"，是说不清道不明的。比方说这首《红笼床》，大概是家里正在蒸年糕"炊粿"，于是民间歌手便见物而兴编出歌谣来：老旧色泽深沉的蒸笼被描绘成"红笼床"，新编的簸箕还带着新竹篾的绿意，于是说成了眼前物"青簸箕"。

13.《搦金狗仔》

众：呤咙呤咙哒扩咯，（呤咙：类似于拨浪鼓的玲珑鼓发出的鼓
　　　　声，指代货郎的叫卖声。哒扩咯 [kih7 kɔk7 lɔk7]：杂货磕
　　　　碰所发出的各种声音。）

　　　　财主财主给恁买铁线。（给恁 [kak8 lin3] 买：跟你买。）

问：买要呾？（买要呾 [bbe3 bbeh7 dɛ̃6]：买了要干啥；呾：
　　　记音的疑问代词，表示要做何用。）

答：买要嫁查仔团。（查仔团 [za6 a0 kiã3]：即查某团，女儿。）

问：查仔团要嫁嗲？（嫁嗲：嫁哪儿；嗲 [diɛ̃6]：记音字，哪儿，
　　　表疑问。）

答：嫁天顶。（天顶：天上。）

问：呔会得上去？（呔会 [dãi1 e6]：怎么能够，即漳厦语
　　　"呔讨会"，表示反问。）

答：用钩仔钩上 [ziɔ0]。

问：呔会落来？（落来：下来。）

答：用钩仔钩落来。

问：你有偷搦我的金狗无？（有偷搦无：疑问句，偷抓了吗。）

答：无！

《搦金狗仔》游戏歌是早几年前春香已经留下题目的童谣，却忘
记具体是怎么念的了。2017 年 5 月 11 日我重访澳角调查，当春香和
她的歌友们回忆起多首游戏童谣时，我赶紧见缝插针提示道：不是

还有一篇《搦金狗仔》吗？村民们才一起回忆慢慢想，终于想起来游戏是怎么玩的，童谣是怎么念的，而后你一句我一句，凑合成篇。村民们说，这是类似于"老鹰抓小鸡"的游戏歌，要一个大孩子当老鹰，念童谣"问"的部分，另一个能干的大孩子则当鸡妈妈，和小鸡们一起念童谣开头两句和"答"的部分；当念到"老鹰"问"你有偷搦我的金狗无？"鸡群回答"无！"时，老鹰开始袭击鸡群抓小鸡，母鸡则不畏强暴张开两臂——鸡翅膀，阻挡老鹰，保护其他当小鸡崽的孩子……以往趣事的追忆，让大家仿佛回到了童年，每个人都很兴奋！

14.《补雨伞》游戏歌

秋凉补雨伞，

雨伞补秋凉。

这是我在询问澳角是否有"补雨伞"一类歌谣时，春香立马想起的游戏歌。这篇歌谣篇幅虽短，却很有艺术性，全歌只用了三个词"秋凉"、"补"和"雨伞"，如果用数字一、二、三来代替这三个词的话，则第一句的词语组织为一、二、三，而第二句则颠倒词序为三、二、一，属于上下句的词语语序颠倒反复的"回文格"诗体。歌谣的内容很简单，说的是，秋天来临、天气转凉的时候要修补雨伞，补雨伞的季节当在秋气渐凉的时候。至于它的游戏方式，参见上一章《童谣与民间游戏·展雨伞》的说明。

15.《观扫帚神》

扫帚神，圆领领，

上山爬岭来抽藤。

抽来到，缚扫帚，

扫帚缚来真有神。

此歌谣也是"歌后"春香提供的，相似的歌谣在有的地方叫作《下篮仔姑》或《观三姑》等。歌谣的内容围绕着扫帚转，反映了闽、潮地区的一种有关降灵、通灵的民俗活动，民众们认为这样的活动可以把活人"引入"阴世间，而与亡故的家人团聚、交流，具有一定的催眠作用。此歌的内容关系到一个民间传说：有个饱受封建社会不合理婚姻制度之害的幼龄童养媳，公婆让她干重活儿，却不给饭吃，备受虐待，她只得用饭勺去捞泔水缸里残剩的饭粒来充饥，却被公婆发现了，劈头打倒在泔水缸里而溺亡。妇女们同情这个小姑娘的不幸，就在每年她死去的这一天——元宵节（或是三月三、中秋节）之夜，用扫帚或者扎起一个稻草人来代表她，给它穿上小衣裳小裤子，安放在竹椅上，由四个女孩各执一只椅脚扛起来一边走一边唱歌，以示悼念。巫婆们则用这类歌谣来通灵，而成为曾经十分流行的唱诗念歌活动。从内容看，这篇《观扫帚神》可能是个残本，它只保留了人们绑扫帚的部分话语，却没有歌谣的主体和结尾，也就看不到这"观神"的民俗活动是如何进行的了。

（三）澳角其他歌友的"细囝歌"

澳角还有许多村民喜欢念唱歌谣，我们大致按照所提供的歌篇的多少，抄在下面：

沈阿周老太太的歌谣

16.《红裙贪青盖》

红裙贪青盖。（贪 [tam1]：意思是含 [ham2]，连词，和。）

青盖鸡，烘阉鸡。（阉鸡：阉割了生殖器官的公鸡。）

阉鸡啼，

娘兄娶娘姨。（娘兄、娘姨：可能是母亲的哥哥和姐妹，词法如母舅母姨。）

娘姨草鞋十八双，

茭簸铿咚锵，（茭簸 [ga1 bua5]：木棉，生活中说茭贝。铿咚锵 [king1 kɔng1 kiang1]：象声词。按：这句把茭簸当成簸箕讲，所装物品发出了叮咚声。）

簸米簸伊尖。（簸伊尖：指把米簸成像晚季稻米"尖仔米"那么尖。）

这是沈阿周老人念的《红裙贪青盖》，有点儿像捉迷藏游戏歌。童谣里的红裙子之所以会和青色的盖子排列在一起，恐怕和游戏中的女孩子经常用裙子兜住头部蒙眼睛，而"青盖"也可以蒙遮东西和眼睛有关系吧。第三行以下的内容便和游戏没牵连了，却把木棉花"茭簸"的"簸"字顺手拈来，转移话题，过渡到簸箕上面，夸张地说，簸箕里被簸动的米粒发出了叮吟咣啷的声音，还能把普通的米簸成晚季稻米那样"尖"糯可口，这就很有些超现实主义的意味了。

17.《扂相找》

扂相找，你来找，（扂 [diam5]：在；躲。扂相找：捉迷藏游戏，漳州叫觅扂找 [bbih7 diam5 cue6]。）

找若着，（找若着 [cue6 na6 dioh8]：如果找到；若：假如，表示假设。)

××互你作药。(××：这里代替小孩的名字。互你作药：给你当药用。)

　　沈老太太的《启相找》捉迷藏歌，没有描写性的语言，而是直接切入躲藏和寻找的游戏，说如果找到某个人，他就给你当药用。不过老人又说，童谣的最后一句也可以念成"橄仔互你作药"，也就是把念叨小孩名字的"××"改成"橄仔"。这个"橄仔"就是橄榄，让我感到有些疑惑，它究竟是"橄仔"[gan3 na0]，还是与泉州腔读音相近的"团仔"？前者说用橄榄作药，后者却等于把孩子名改成了统称"团仔"，反而更合童谣的文意。如此说来，这篇游戏童谣有可能是从泉州传过来的。

18.《火船驶来红烟筒》

火船驶来红烟筒，(火船：即火轮、火轮船，早期燃烧柴、碳、煤为动力的机动船。)

许底居有一千人。(许底[hit7 de5]：那里。居[diam]：住着。)

看去唐人面乌乌，(唐人：指汉人。面乌乌：脸黑。)

看去番人手糊糊。(番人：外族人。手糊糊：手脏。)

无奈番爿好讨赚，(无奈：音[bo2 tai6]，方言读如无代。番爿好讨赚：南洋容易谋生。)

赚有钱银来惊人：

大兄转批走广东，(转批：指早期信件投递业务；批：信件。)

二兄汕头开土行，

三兄府城办只马，(只马：一匹马。按：潮汕方言数量词的个数为一时，可省略数词一。）

四兄无马度守关，（度：在，正在。）

五兄实叻做数工，（实叻：新加坡。数工 [siau5 gang1]：账房先生，财会人员。）

六兄实叻刣猪东（刣猪东：指屠宰场的东家、老板。）

七兄在厝挖猪屎，（在厝：在家，在本乡。挖 [ueh7] 猪屎：拾粪；用工具把猪粪舀起来。）

八兄在厝学裁缝，

九兄在厝管守家，

十兄在厝牵青暝。（牵青暝：为盲人引路，在旧时代往往是腿、眼残疾的人搭档互助。）

这首七言歌谣《火船驶来红烟筒》，是喜欢用整齐的七言句子的潮歌形制，开篇第一句便突出了火轮船那红红烟囱的特征，是见物起兴的写法。紧接着说船上载着 1000 人，有唐有番，都在辛勤地劳作着，弄得满脸黑黑两手脏。原来，这船是泊在番爿 [huan1 bin2] 南洋的，船上的活儿尽管很艰辛，所幸"赚有钱银"，回报"惊人"。歌谣写到这儿便告一段落，下面的内容有如西洋镜儿"风景柜"一般，一句一个画面地介绍抒情主人公家十个兄弟从事的种种行当：大哥在广东（习惯上，潮州人所说的广东并不包括潮汕哦）专营早期邮政业务"番批"，二哥专司乡村特产开"土行"，三哥在潮州府城当"公务员"主管马匹，四哥在戍守边关吃公家饭，五哥六哥都在新加坡，一个当账房，一个开屠宰场杀猪，老七以下年纪比较小，留在本乡，工作平凡，既反映了旧时代的新生事物"火船"及船上唐、番"苦力"的劳动，也让我们见识了清末至民国年间乡镇里的一些老行当。

19.《龙眼干》

龙眼干，正月半，

人点灯，咱来看。

看着两个查某团仔平高伣平大，（看着：看上去。两个查某团仔平高伣平大：两个女子身材一般样。）

苦咱无钱嗵好娶。（苦咱无钱嗵好娶：指因没钱可迎娶而苦恼。）

娶着好某无嫁妆，（娶着好某：娶到贤惠的老婆。）

一顶大轿四人扶，八人扛，（扶 [hu2]：挽扶。八人扛：指新娘坐八抬大轿很气派。）

扶到林家厝拜祠堂。（林家厝：林家的房子。）

大堂小堂拜科了，（拜科 [kɔ6] 了：即拜互伊了，指全都拜见完。）

大伯叔公犹未拜，（犹未：还没有。）

面仔苍苍问我小姐底块人？（面仔苍苍 [cng2 cng2]：指脸色难看冷淡。底块 [de3 de5]：哪里。）

我是苏州人小姐，

唔识看见以前八百人。（唔识 [m6 bbat7]：不曾。）

大兄赠妹一丘田，（一丘田：一块田。）

二兄赠妹金酒瓶，

三兄赠妹一只马，

四兄无马马含人。（马含 [ham6] 人：指人骑在马上。）

大嫂赠姑头上钗，

二嫂赠姑脚帛鞋，（脚帛：旧时小脚女子的裹脚布。）

三嫂赠姑莲花镜，（莲花镜：外形或背面图案为莲花的铜镜或银镜。）

四嫂无镜燕尾钗，（燕尾钗：头上戴的燕尾图案的发饰。）

内公内妈赠耳钩，（内公内妈：祖父母，爷爷奶奶。耳钩：耳环。）

外公外妈赠枕头。（外公外妈：外祖父母，即姥爷姥姥。）

同沿姊妹赠凉伞，（同沿 [dang2 ian2]：同龄同辈人，潮汕作同寅。凉伞：绣制华丽的伞。）

赠支凉伞到桥头。（支：一支，漳南方言的数量词个数为一时，可省略数词一。）

沈老太太的《龙眼干》，在闽南歌谣中是个老话题，开篇一般都是三言形式"龙眼干，正月半，人点灯，咱来看。"以下让读者"看"什么，每个母题有不同的说法。这一篇是说有两个女孩一般模样一般身材，已然到了该出嫁的年龄了。可是，抒情主人公却发出了"无钱嘪好娶"的苦叹，感叹着"娶着水某无嫁妆"，随后便话锋一转，姑娘已然"变身"为新嫁娘了！迎亲活动中，新娘的待遇是"大轿八人扛，四人扶"够规格，够气派，风风光光嫁入了婆家拜堂访亲。大伯和叔公却对新娘不以为然，冷着脸问新娘是何方人氏，新娘不尴不尬从容答道：我是苏州人氏啊，以前可没见识过你们这么多的人！于是开始"自炫"家门兄弟嫂嫂爷爷奶奶姥爷姥姥姐妹赠送的嫁妆一件件，仿佛给我们上了一堂生动的婚礼民俗文化课。

原"专业队长"阿妮的歌

改革开放前的闽南农村和渔村的每个生产大队，都有从各个生产队抽调上来的能工巧匠所成立的专门从事非农非渔工作的"专业队"。这"专业队"的"专业"其实很庞杂，有烧瓦窑的，做泥水的，做篾匠的，做裁缝的，打铁的，采石的等等，而沈妙云当时就曾担任这样的"专业队"的队长。因歌友们都昵称她为阿妮，我们就用这个名字来称呼这位会很多颇具特色的歌谣的歌手，她会很多颇具特色的歌。

20.《观三支神》

三支三婆呵 [o1]，

下昏专请阿姑来七桃，（下昏：晚上。七桃 [cit7 to2]：方言俗字，玩耍。）

阮有清茶介千笼，（阮：我。介 [gāi1] 千笼：上千笼；介：表示概数的词头，表示接近某数。）

亲人共来多多宾。

阮有槟榔开花老大阵，（大阵：一大群。）

阮有槟榔开花无本领，

分阮三姑旦是亲。（旦 [dā1] 是亲：方言读如扁担的担，现在就是亲人。）

姑姑姑，

要来你就来，

嬡来半路是说东西。（嬡 [mai5]：别，不可。说：音 [sueh7]。这句指不要说东道西。）

大人着是闲,（着 [toh]：即 [tioh8]，副词，就。闲 [āi2]：空闲。）

细囝慇持□ [tāi6]。（细囝：小孩。慇 [oh7]：不易。持□ [ti2 tāi6]：方言持动，即捉弄、刁难。）

阿妮唱的这首《观三支神》和前面举例的《观三姑》《下篮仔姑》、《扫帚姑》一样，都属于反映降灵、通灵民俗活动的歌谣。这篇说：三支神婆神姑啊，今晚请你来玩，我有许多宾客会陪着你，有上千笼清茶，槟榔开花，供你享用，因为你三姑神就是我的亲人。三姑啊，请你要来就来，莫在半路上说东道西；我们大人都有空闲，绝不会像孩子那般刁难人，难伺候。

21. 东山歌册·漳州调:《东风吹着一片帆》

东风吹着一片帆，

无风艙使驶横帆。（艙使 [be6 sai3]：不可；艙：否定词，不会。驶：驾驭，用。）

别人恐慌驶艙过，（恐慌 [huĩl]：唯恐、担心而慌张。）

我老汉一转就过头。（一转 [zit8 duĩ3] 就过头：一调头就转过方向。）

跋落船头乌暗眩，（跋落：跌倒在。乌暗眩：俗语，形容头晕目眩眼发黑。）

头眩目暗顶重轻，（头眩目暗：方言成语，指头晕目眩。顶重轻：俗语，指头重脚轻。）

我归心肝撬倒转，（归心肝撬倒转：五脏六腑倒转，形容晕船的痛苦。）

毋嘢跋落水艙静。（毋嘢跋落：千万别跌倒。水艙静：指跌倒会连带打破水面的平静。）

水半路，下半人，

后来相会心艙安。（心艙安：不安心。）

青春十九嫌细汉，（嫌：抱怨。细汉：年幼。）

念经拜佛心艰难。（心艰难：心里难受。）

阿妮老队长性格爽朗喜欢唱，会许多东山歌册，因我的调查重点在于纯民间的歌谣，而心领神会的春香也一再向大家强调，只要歌谣，别的先不要，所以只要一涉及歌册，春香和一些理解我此行主要目的的歌友就会制止而"拍斩"说：人伊是要歌仔、细团歌，唔是要歌册。对于这篇《东风吹着一片帆》却是个例外，大概因为它篇幅短，又不属于歌册常见的历史、劝善内容，所以阿妮一唱，众人都不反对。我听后评论说，阿妮的调子和春香和你们大家唱的都不一样。大家就都笑了，读过初中的张桃英则说：她唱的是"漳调"，又称歌仔调、漳州调仔。阿妮接过话题说，其实我也会唱潮调啊，于是将相同的文辞用潮调又唱了一遍，果然和春香的调子不相上下。我又问：那你们东山歌册用的是潮调吗？大家回答说，不，我们东山有自己的歌册调，而且我们澳角的歌册调和县城里的也不一样，前几年，县文化馆有人来调查我们村的歌册，说澳角的歌册调比县城的好听，有变化。说完，春香特地把她带来的，由县文化馆整理的一本《东山歌册》送给我，里面大多数是澳角特有的歌册，如三三七言的《岳芝荆投江思五更》《崔梅枝思五更》，七言歌诗《岳芝荆思五更》、《蓝翠英投水》、《曹翠娥思五更》、《崔鸣凤祭江》、《张玉凤十二个月歌》、《崔鸣凤兄妹相认歌》、《十二个月歌》，和文化馆为了澳角村的旅游文化建设而普及的新编歌册多篇。歌友们争相说，这里面有几首是县城和潮州都没有的"歌诗"呢！我回家查了一下资料，确实如此，这些歌诗，与潮汕歌册重复的只有潮歌《崔鸣凤全歌》和闽南歌仔《十二月歌》、《五更调》，其他篇目都是只保存在澳角的孤本！

陈耀金口占一歌

在我第一次到澳角访歌，跟随春香到别的村民家采风的时候，耀金兄曾有事来找，在回家的路上关切地问我们说：敢有问到歌仔？我们说有啊，三个人都很高兴。于是耀金随口念出一首歌谣来：

22.《稳啊稳》

稳啊稳，（稳：可能是稳妥、必胜义，也有可能是瘾［un3］，两字同音，指瘾佝，驼背。）

中国拍日本。（拍：打。）

日本起战争，（起战争：指发动战争。）

稳的死头先。（头先：即先头，前面。）

天亦知，地亦知，

福建抽兵到港西，（港西：村名，在东山岛西部，属于樟塘镇，靠山面海，历史上海运发达。）

港西保长快快来，（保长：民国时期负责维持基层社会秩序的保甲组织负责人，每十户为一甲，每十甲为一保，分设甲长和保长。）

补网补到头歪歪。

这是抗日歌谣，第二句和第三句在别的地方都见过，但通篇来看，又是一个"孤本"。我问耀金说，这个"稳"是什么意思？答曰"啊，嘟唔知影啊"（啊，不知道啊）。不过，《稳啊稳》为本土"出产"则无疑，因为歌中有个"地理标签"港西村，该村就在东山岛的西部，表明《稳啊稳》不是从外地传过来的，而是"包正无假"的东山歌谣。

陈母的歌谣

春香也带着我去她母亲家，说明了来意。据介绍，陈母年轻的时候也会唱许多歌仔，春香之所以有此爱好，跟母亲的乡土文化素养不无关系。只可惜陈母业已 80 多岁，岁月无情地洗刷了她原本的歌谣记忆，如今只剩下一篇短歌谣了：

23.《翁某告》

翁告官，某告城，（翁：丈夫。某：妻子。城：府城，代指政府机关。）

告来告去无输赢。（无输赢：不分胜负。）

这篇《翁某告》反映了夫妻俩在告状，告谁呢？从下句"无输赢"的意思看，应该是夫妻互告，一个找了官，一个找到代表政府机构的府城。这官司打来打去，不可能"见公母"分输赢，看来只得和解。这短短的《翁某告》，在闽南方言歌谣里也是独一无二的孤本。

巧梅的歌谣

巧梅也会唱潮调和与《桃花搭渡》"十二月相思歌"相仿的民歌，别人起头的歌篇，她大都会唱。她尤其喜欢的是这篇歌谣：

24.《澳角四面海》

澳角四面海，

海上 [siɔng6] 一世界，

四只大动物，

从这世界来。

为何无登陆？

听从天安排。

这是安怎讲?

全在 [di6] 神话来。

动物叫啥名?

龙虎象佮狮,(佮 [kak7]:连词,和。)

面向澳角村,

各自展姿态:

醉龙载观音,

头摇尾缀摆。(缀 [due5]:随,跟着。)

摆出"一线天",

悠哉,游哉。

伏 [hɔk8] 虎见大肉,(大肉:猪肉,这里指虎屿对面的大肉山。)

假睏做掩盖。(假睏 [kun5]:假装睡觉。)

后腰渐突起,

一跃 [iau6] 跨过海。

戇象胆上大,(戇 [ggong6] 象胆上大:傻傻的象胆子最大;上:最。)

象鼻伸入海,

想将海吸干,(干:音 [da1]。)

水已淹目眉。(目眉:眼眉。)

醒 [cẽ3] 狮势隐蔽,

公母无人知。

巧梅只念到倒数第二行,因大家说,东山"四屿"中的动物要数狮屿最美,但歌谣的文辞却不好,好几个歌友都不让念。现在记下来的最末两行是由东山原文化馆长谢溪添先生改写的,但大家并不满意,因此交代我说:等我们改好了再告诉你。

这里要特别说明一下：澳角村的歌友们大都爱改歌词，认为不合理就要改，"歌后"春香尤甚。

张桃英的歌

25.《美娥爱着解放军》（爱着：爱上了；着：时态助词，相当于普通话了。）

美娥行路头眩眩，（行路：走路。头眩眩：头昏目眩。）

同意一个解放军。（同意：指处对象，交异性朋友。）

美娥哐做村干部，（哐做 [di3 zo5]：在当；哐：在，正在，相当于方言情态助词咧、哩。）

买有鸡卵五千箍，（买有鸡卵五千箍：意思是买了五千元鸡蛋；箍：货币单位，元。）

送到队长大队部：

这摆政策来到止，（这摆：这次。止 [zi3]：这儿。）

会成舱成我毋知。（会成舱成我毋知：能不能成我不知道。）

三日内互我看一摆，（互我看一摆：让我探访一趟。）

纸字提几箍仔互我开。（纸字：纸币，钱。提几箍仔互我开：拿几块钱给我花。）

澳角歌友们说，这是反映上世纪 50 年代新中国成立初期本地姑娘追求部队军官的歌谣，歌中的女主人公美娥真有其人，是个年轻的村干部，现应有 70 多岁了。歌谣称，那位追求解放军的姑娘"行路头眩眩"，正在热恋中；又说当时有关军婚的政策已传达到地方上，美娥姑娘便三不五时到部队探望，还主动花钱买东西送给阿兵哥，然而对这婚事能否成功，却没把握。显然，当时的村民都认为她是贪阿兵哥的钱才"攀高枝",所以才编了这首歌谣来取笑她。笑归笑,不过在当时,能嫁给军官毕竟是理想的婚姻,更何况美娥姑娘的努力没白搭,她后来真的嫁给了云霄某部队上的人。歌友们如是说。

二、残留乡野的儿童谜歌

我国有五千年的文明史，谜语的起源、形成和发展很早，廋辞、隐语是其雏形，后来渐入文学领域，成为百姓和文人所普遍喜爱的语言艺术形式。漳州是全国著名的谜乡，培养了几代谜人。自改革开放以来，漳州谜界与全国各地的谜人多有交流，互相切磋谜艺，举办过多次闽南谜坛盛事和谜艺学术会议，同台湾谜界互通谜作。创建于市区的"漳州谜馆"号称"中华谜史第一馆"，漳州谜谣人创作的谜语作品不胜枚举，其中就有一个闽南方言谜语的分支，表现出高超的谜艺和驾驭方言母语的技巧，再现了漳州人对母语方言文学艺术的热爱和执着，也吸引着一代代漳州儿童。因为闽南方言把儿童叫作"团仔"、"细团"，谜说 [bbi2] 和 [bbe2]，猜谜活动叫作猜 [cai1]、约 [ioh7]、"约谜" [ioh7 bbi2] 或 [ioh7 bbe2]，而通俗、押韵的乡土谜语短谣作品，便叫作"谜仔" [bbe2 a0]、"谜猜" [bbe2 cai1] 和异音"谜仔" [bbi2 a0]、"谜猜" [bbi2 cai1] 和"团仔谜猜"了，东山则称"细团谜"。这类儿童俗谜多数同台湾谜谣大同小异，台胞念起漳州谜歌来，同样顺口，能深解其意，猜得出谜底。因此，尽管存活在中老年漳州人口中的方言儿童谜谣数量不算很多，却仍能以自身的知识性、趣味性和诗情谜艺，吸引当今的老老少少。

据谜界朋友介绍，国人设谜可谓行行业业涉猎广泛"无所不"（闽南话，指全都有），灯谜的创制有溯源、加减、离合、象形、谐音诸法和徐妃格、粉底格、梨花格、卷帘格、秋千格等，谜艺多有讲究。为儿童制作的俗谜则单一得多，它采用儿童语言来设计谜面，表现谜底事物，具有很强的知识性和趣味性，主要围绕儿童和民众熟悉的身边事物取材，大多为会意、比喻、比拟、描摹法来制谜，深得儿童喜爱，在生活中，也常常作为师长们开发儿童智力的语言材料。因为行内人多认为俗谜有如咏物诗，因此，我们就把谜底当成谜题，介绍还"活"在漳州歌谣原野的方言"囝仔谜仔"、"细囝谜猜"。

（一）东山"歌后"及其歌友的"细囝谜"

从属于乡土儿童文学的"细囝谜"，也是澳角村"歌后"陈春香的长项，仅娓娓道来的便有20来首，大多是猜实物的物谜，很有形象性。并且，澳角歌友们中间有多位歌手都会念而且喜欢"细囝谜"。

"歌后"陈春香的"细囝谜"
01.《甘蔗》之一
一支竹仔长溜溜 [liu1]，
盘山过岭去漳州 [ziu1]，
目汁流落漳州省，（目汁流落：眼泪掉落在。漳州省：指民国的"闽变"时期，十九路军及龙汀省将总指挥部和省府设在漳州。）
死了骨头别人收 [siu1]。（死了：死后。这句指甘蔗吃完，甘蔗渣被扔掉。）

这篇谜语歌谣《甘蔗》采用了七言四句的"七字仔"形制来创作谜面，很有潮州文人味。谜歌用比拟手法制谜，先拟物，把甘蔗比作竹子，接着是拟人句，说他翻山过岭到了当时的省城漳州，结局不佳，以至于眼泪汪汪客死他乡。有趣的是，《甘蔗》明明只是一则谜谣，是为了娱乐而设谜的，却牵扯进来一个昙花一现的"漳州省"来。本来春香跟我说，咱们给它改一下吧，把第三句的"目汁流落漳州省"改为"目汁流落漳州府"，因为我听人讲，漳州做省府才几天尔尔。我一听呆了，因为历史上在漳州设省确实只有几天尔尔，而作为一位土生土长的渔家女竟然也知道，并且是颇有兴趣地特地把它记下来，真不容易！

漳州做省府的事，发生在民国二十二年"闽变"事件的两个月时间里：1933 年 11 月 20 日，时十九路军联合国民党内李济深等部反蒋势力在福建发动事变，成立了"中华共和国人民革命政府"，将福建划为闽海、延建、兴泉、龙汀四省及福州、厦门两个特别市，当时入闽的十九路军就把总指挥部设在漳州，而龙汀省府也同时设在漳州，当年的龙汀省地盘蛮大的，下辖漳州各属县和龙岩、漳平、宁洋、永定、上杭、武平、连城、清流、明溪、宁化、长汀共 21 个县。其时省府的原址就在新华西路与青年路交叉的十字路口，东坂后礼拜堂的附近，很值得漳州人一发思民国之幽情的。1934 年的元旦，这里举行了"龙汀省人民革命政府"成立盛典，然而仅过了 20天，蒋介石便调动了 10 万军队入闽镇压，反蒋的"闽变"以失败告终，新成立的龙汀省和漳州省府也逃不了昙花一现的命运，在 1 月 20 日"还原"了中心城市的"府"本色。

甘蔗是谜语的习见题材，异文也多，常把它比喻为直溜溜的竹子，有的进而说"竹子"的顶部"尾溜（也作尾仔）一苞 [pa1] 鬏"，余下两句大多是拟人化的"神魂缀人去，骨头无人收"。比较特别的是也流传在漳南的澳角谜谣：

02.《甘蔗》之二

一枝竹仔直溜溜 [liu1],

挽去头毛剃嘴须 [ciu1],(挽 [bban3] 去头毛：抓光头发。)

目滓流落古井底,(目滓：眼泪。)

骨头铺路无人收 [siu1]。

此谜的第二句把甘蔗比拟成被抓去强行剃发拔胡须的人，他泪水滴落在古井，后来不幸死去，白惨惨的骨头做了铺路石，情形惨烈，极易勾起人们对明清交替期间清王朝强令汉民剃发、留发不留头民族压迫的历史记忆，和澳角版《甘蔗》一样也是小题材反映历史大事件的样品。不过，尽管潮州《甘蔗》与澳角本不同，然而它的头尾同样把蔗粕比喻为直溜溜的竹子和没人收的骨头，可谓千变万变，母题自见。

03.《落花生》

顶开花，下抛锭 [ding5],(顶：上面。锭：即船锭，锚，为了押韵而用读书音。)

大人囝仔拢兴 [hing5]。(囝仔：小孩。拢兴：都喜欢。)

花生，在闽南语区还有两个说法，一个是漳州人说的“落花生”，乡贤许地山以此为题的散文很是出名，另一个是泉州人和厦门人说的“土豆”，乡土谜语常见。春香说的这个谜语属于通行版，第一行的两个分句采用描绘法，或显或晦地介绍花生生长的特点，下句则说人们喜欢吃。《花生》也有一些与此相近的异文，有趣的是，它们的第一个分句和最后一句基本一样，差别仅在第二分句：

顶开花[hua1]，下抛锭[diã5]，大人囝仔爱甲笑盈盈[ggiã6]。(其一)

顶开花，下结子[zi3]，大人囝仔爱食甲要死[si3]。(其二)

顶面开花，土脚底钉[ding1]，大人囝仔拢真兴[hing5]。(其三)

04.《大雁》

长颔竹篙心[sim1]，(颔[am6]：脖子。)

敞牙僫世面[bbin6]，(敞牙：敞露着牙齿。僫世面：指形象不佳碍观瞻；僫[ggai2]：意别扭。)

行是新妇礼，(行是新妇礼：走路像媳妇见了长辈那样的礼仪，指仪态端庄。)

叫是大声音[im1]。

这篇《大雁》韵脚采用一、二、四句[im]和[in]通用的宽韵。谜谣用词文绉绉，长脖子被比喻为竹篙，将捕捉到的特写镜头定格在大雁敞口鸣唳的时刻而成为一幅静物画。第三句“行是新妇礼”具有动态感，第四句则是大白话，符合雁类飞禽的行姿慢而有节拍、叫声嘹亮的动物性特征。不过，仅就谜面来说，《大雁》的谜底似乎也可通用为《鹅》，毕竟鹅是雁“变”的嘛。然而春香强调说，歌谜第二句的“敞牙”应该是“铲牙”，仍作露齿解。但我以为，一则大雁的牙齿不是铲形的，铲字也没有敞露的含义，二则漳南地区有的方言分不清前后鼻音，所以还是写为“敞”字比较有道理。

05.《龙虾》之一

头拖葱 [cang1]，尾拖帆 [pang2]，

所食外江水，

所居石头空 [kang1]。（所居 [diam5] 石头空：住的是石洞、石头缝。）

这篇《龙虾》为谜底，谜面却和《虾仔》童谜类似，以虾的头部、尾部特征和生活习性及特点来设谜。所谓头拖葱，是表现虾头既有刺又有须，像葱根，尾巴被想象成船帆样，也有的谜谣说"尾抛芒"，后面两句则说虾在水底生活。它的韵辙特点是一二四句押韵，第三句不韵。

06.《人骑马》

四脚落涂两脚丩 [giu]，（落涂：落地。丩 [giu1]：收缩，这里指往上缩，也作纠、糺、勾。）

两头一尾，（这句指人与马一共两个头一条尾巴。）

四粒目睭 [ziu1]。（四粒目睭：四只眼睛。）

《人骑马》谜谣第一句和第三句押句末韵，它的表意采用了写实法，有如纯线条的"一笔画"那样勾勒出人骑着马儿的模样：四脚落地，粗线条地勾画出马的形象，两脚"丩"是人猴在马上的样子，是《红楼梦》里凤姐嘲笑宝弟弟的说法；马和人一共有两个头一条尾巴四只眼睛，故称"两头一尾，四粒目睭"。

07.《破厝仔》（破房子）

落雨叮咚声 [siā1]，（落雨：下雨。）
出日鸡卵影 [iā3]。（出日鸡卵影：出太阳的时候又如蛋壳般透亮。）

春香的这篇俗谜《破厝仔》描写了破房子漏水的情形，穷人家把盆盆罐罐全拿出来接水，房子里顿时叮咚声大作，而太阳一出来便屋顶漏光，光线四射，有如蛋壳会透亮。这让我想起了民间流传的一首顺口歌谣：

破厝桶仔真正撸 [lɔ3]，（真正撸：真麻烦）
细细间仔像厕所 [sɔ3]，
日出画龙虎 [hɔ3]，
落雨叮咚鼓 [gɔ3]，
风吹铿咚摇，
亲像眠船堵 [dɔ3]。

陋室漏雨，地上排满了承接雨水的"坩仔钵仔"锅碗瓢盆，此情形潮汕则作谜说：

出日鸡卵影 [iā3]，
落雨摆铜鼎 [diā3]。

贫困而无奈的人儿，面对晴天的阳光透过陋室的破屋顶和雨天不绝于耳的叮咚声，颇可自嘲为老天演奏的《雨中自乐》奏鸣曲。

08.《门扇》

龙眼干 [guā1]，正月半 [buā5]，

人点灯，咱来看 [kuā5]。

看着两个查某团仔平高又平大 [duā6]，（这句说，两个女孩看上去身材一样。）

日时分开，（日时：日间，白天。）

暝时相焘[cua6]。（暝时：晚上。相焘：相随，指形影不离；焘：俗字，娶，带领。）

门扇，是人们抬头不见低头见的寻常物，闽南人常把它编成歌谣形式的谜语教孩子猜，可是谜面不一样。春香曾经提醒我说：有些细团谜仔还是用童谣改编的呢！果然，这篇谣谜《门扇》的前三行诗句就来源于歌谣《龙眼干》，一般在下面的句子里便要说到姑娘出嫁的故事了。这篇倒特别，一改老套话的内容，而续之以谜底事物昼分夜相随的话语来，并且很押韵，第一、二、三、五行每个句末的干、半、看、大、焘都合辙相押，读起来便是很顺口"斗句"的歌谣。不过，你只要点明这是谜语，人们便很容易猜到它的谜底了。

下面是通行《门扇》儿童谜的传本，分别把它比喻为孩子、兄弟，后两句则与春香版取义和文辞仍一致，只是其二篇谜语的韵脚不同，押了 [ui1] 韵：

两个团仔平高俗平大 [dua6]，日时分开，暗时相倚 [ua3]。（其一）

两个兄弟仔平高俗平大，日时分开 [kui1]，暝时企 [kia6]（站）做堆 [dui1]。（其二）

09.《灶》

一间厝仔矮橱橱 [du2]，（厝仔：房子，也有异文作物件。矮橱橱：比喻像橱柜那样低矮。）

食草侪过牛 [ggu2]。（食草侪过牛：吃草比牛多，比喻食量大。侪 [ze6]：多，方言读如坐。）

这篇谜语把灶台比喻为很矮的房子，又说它很能吃草食量比牛大，极易把人引入迷宫而猜不出谜底。另一首谣谜异文为"一项物件矮匏矮匏，食草侪过牛。牛食草，会放屎，伊食草，变火麸（火灰）"就很好猜了。另有异文则把灶的形象比喻为"一个团仔瘾佝瘾佝"（形容驼背的样子），第二句和这篇相同。

10.《火柴箧 [keh7] 仔》（火柴盒）

一间厝仔窄窄窄 [eh8]，（厝仔：房子。窄窄窄：极窄，单音形容词三叠，表示程度极高。）

会牢一百支杉，（会牢 [e6 diau2]：指装得了。）

绘下一顶果笠 [le2]。（绘下：放不下。果笠：斗笠的一种。）

《火柴箧仔》又叫《番仔火箧仔》，此谜语是比拟的方法创作谜面：火柴盒四四方方小小的，比喻为一间窄窄的小房子，谣谜便顺着喻体房子，又把一支支火柴梗比喻为一百支溜长顺直的杉木，并且房子小，放不下圆圆的果笠，这主要是为了和第一句的"窄"字押韵。漳州另有同谜底童谣，第一句与春香版相同，第二句也有两个传本，一个是"底（盛放）一百个团仔大头壳"，其中的"大头壳"也作"乌头壳"、"红头壳"，指的都是火柴头。

11.《煮糜》（煮粥）

雾烟滔天 [tĩ1]，（雾：既指雾气，兼表弥漫。）

海水渐滇 [dĩ6]，（滇 [dĩ6]：满，盈。）

葫芦相磕，（相磕 [kap8]：互相磕碰。）

珍珠相见 [gĩ5]。

这是闽台地区唯一的《煮粥》谜谣，形式整齐的四言诗，这可是《诗经》时代的诗歌老体制哦，一、三、四句押 [ĩ] 韵。童谣采用了摹形拟物表意法，很会造声势，劈面便是烟雾滔天的气象，这个"雾"字具有动态感，在闽南话里既指雾气，又兼了弥漫的意思，一字双关。接下来由"天"说到地面的海水渐渐满起来，出自海岛人的眼前景，两句话便把渔家用大铁锅煮粥时的情形描绘了出来。下面两句采用比喻法，据春香说，所谓葫芦相磕，是比附切成块的番薯在滚开的锅里浮沉翻滚的样子，而珍珠，就用来比喻晶莹可爱的白米粒了，很好猜。

12.《碗公》（大碗，海碗；公，闽南话表示大）

一项物件圆珑珑 [long1]，（一项物件：一种东西。圆珑珑：圆咕隆咚。）

皇帝较大，（较 [kak7：比较连词，指无论…也…）

也着给伊叫阿公 [gong1]。（也着给伊叫阿公：也得管它叫阿公。）

大碗、海碗，在闽南叫作碗礚、碗公，而碗公 [uã3 gong1] 谐阮

公 [ggun3 gɔng1]，即我的爷爷。此谜就是巧妙地利用了这个谐音关系来铺设谜面的，第一句是写实，按照碗的外形如实道来，第二句和第三句故作惊人语，让人丈二金刚摸不着头脑，只有搭上谐音的轻型快车才容易找到谜底。民间没有其他关于《碗公》的谜谣了，不过，用普通大小的碗来制谜却有多首，在谜谣的表达上大多走摹形和拟人的路了：

一个物仔圆圆 [ĩ2]，食饱溜落池 [di2]。（其一）
一个物仔白葩葩 [pa1]（很白），食饱洗浴爱晾干 [da1]。（其二）
一项物仔面光光 [guĩ1]，食饱洗尻川 [cuĩ1]。（其三）
一项物件肥勒肥勒 [lik8]，食饱着洗浴 [ik8]。（其四）
一项物件内光外也光 [guĩ1]，连皇帝嘛爱给伊摸尻川 [cuĩ1]。（其五）

13.《桌布》（抹布）

咯碃咯碃先，（咯碃 [lɔk7kɔk7]：洗碗的声音。咯碃咯碃先：指先清洗厨具餐具和食材。）

咯碃弄纽连，（弄纽连 [lɔng6 liu3 lian1]：谐表示闲逛的同音词弄流连，比喻擦的动作，指主妇张罗好饭菜，带着抹布入餐厅。）

人客未食吾食饱，（人客未食吾食饱：客人没吃我却先吃饱了。）

人客食饱吾收善。（吾 [ggɔ3]：我。收善：指收拾、打扫，即擦桌子。）

闽南人把抹布叫作桌布，谜谣中的它在还没开饭时已经忙起来了。第二句的"弄纽连"，春香说是指女子先行将衣服纽好扣好，再张罗饭菜带上抹布出饭厅。三四句从另一个角度介绍抹布的工作特点，要先于食客在厨房餐室忙乎着，被戏谑地称为"人客未食吾食饱"；食客吃饱了拍屁股走人，抹布却还得打扫战场"吾收善"。这哪里是在歌咏抹布呀，分明是在歌颂拿着抹布的那位厨师兼保洁员，也就是家庭的主妇。不过，我对《桌布》童谣的解读不同于春香之说，并且更简单：你看那谜谣里的抹布，总是喊哩喀啦地洗呀涮的一边清洗一边抹擦"弄流连"，因为擦抹的动作带有随意性，所以有了"弄流连"闲逛玩耍的意味了，整首谜谣便是指喻抹布先擦抹灶具餐具和桌台，漂洗食材，待到女主人张罗吃饭、所有人吃毕，抹布就收拾清理碗筷擦桌子，真辛苦。别的闽南语谜谣说抹布，大多从它的外形入手，借抹布而写人的极少，也颇可看看：

四角砖，忧面帷 [no2]，阄毛鬼，咁咁 [kɔk8] 趄 [so2]。（其一）

一项物仔破毵破毵 [sam5]，三顿出来探 [tam5]。（其二）

一项物仔破糊糊 [hɔ2]，三顿出来顾 [gɔ5]。（其三）

一个团仔（也作一项物仔）烂朽朽 [hiu3]，跳上桌顶展脚手 [ciu3]。（其四）

一个团仔衫裤烂兮兮 [hi5]，人客来，走去覕 [bbih7]。（其五）

14.《涂砻佮风柜》（砻和风车。佮 [kak7]：和，方言读如角。）

螺壳嘟嘟声 [siā1]，

兵马捷捷行 [giā2]，（捷捷行：指不停地走动。）

皇帝开门一去挖 [iah7]。

挖甲水滇入府城 [siā2]。（挖甲水滇：挖得水满漫了出来。）

《涂砻佮风柜》就是砻和风车。现在有许多青少年已经不认识农具砻和风车了，然而它们在过去的年代里却很常用。谜谣《涂砻佮风柜》是一首声态、动态强烈的童谣，春香和她的歌友们都会念。一开篇，歌谜便是嘟嘟的螺声和兵马不停地行走之貌扑面而来（这两句要打一物），不意皇帝去开门，挖得个水淹城池！却原来，这也是一篇猜谜的童谣！

闽南人爱开玩笑"势滚"[ggau2 gun3]，动不动就搬出一个皇帝来说事。而第三句所谓皇帝，其实只是一介农夫或者村妇村姑罢了。统观《涂砻佮风柜》全篇，第一句所谓螺壳，指的是涂砻主体部分的竹编外壳，第二句适用于砻和风车两种谜底，嘟嘟声既指推砻碾除稻壳发出的声音，也兼指风车扬稻谷的隆隆声，而捷捷走个不停的"兵马"可以比喻推砻的人，也暗指倒入风车，有待于扬秕去草的稻谷；第三句专门比喻风车的"门"，用于承接扬好了的稻谷；末句"挖甲水滇入府城"是箩筐满了，而扬谷的人却没及时"关门"，以至于稻谷水漫金山溢出筐。

闽南语区把砻和风车并列起来编制谜语的，似乎只有澳角这篇《涂砻佮风柜》，其余都是分开设谜的，其中的《涂砻》谜增加了对砻的外形和构造材料的描写，同样关注了挨砻的声音和动态，便和

风车"风柜"

推砻去壳

这篇《涂砻佮风柜》有些像了：

杉站正 [ziā5]，竹围城 [iā2]，雷公吼三声 [siā1]，兵马走出城 [siā2]。（其一）

圆圆埕 [diā2]，四角厅 [tiā1]，锣鼓响一下，兵马走出城 [siā2]。（其二）

杉铺埕，竹围墩 [gî2]，雷公一下到，褪裤走过城门 [mui2]。（其三）

15.《舂碓》其一
有食铿咚 [king1 kɔng1]，（铿咚：象声词。）
无食望风 [hɔng1]。

过去农村有把粗颗粒的粮食加工为细颗粒和粉状的工具，利用水力和脚踏的叫舂碓，用手舂的叫石臼。这篇《舂碓》谜谣说，加工粮食的时候有得"吃"，就咚咙咚咙响，停工的时候没粮食"吃"，那杵头便高高昂起，望风。春香一边解释给我听，一边用手比画着，唯恐我不理解，足见她的认真。春香同时提供了与此谜面酷似的另一个版本：

16.《舂碓》其二
有食铿咚声 [siā1]，
无食望风影 [iā3]。

这篇《舂碓》儿童谜谣的谜面和上一篇大体相同，只在两句谜的句末各加一个押 [iā] 韵的韵脚字"声"和"影"，因为 [iā] 音质比原本洪亮型的韵脚"哐""风"[ɔng] 清越，而赋予了谜谣清亮之美。

17. 舂臼

有食捷捷啄，（有食：有得吃。捷捷啄 [ziap8 ziap8 de5]：不停地啄。）

无食跷起脚。（无食：没得吃。）

这篇《舂臼》谜谣是个无韵诗，它的谜面两句话不押韵，也是从舂臼是否在加工粮食说起，加工时，木杵像啄木鸟的嘴一样不停地舂、"啄"，停工"无食"，就停下木杵，为了保证卫生，不沾异物，那杵头"脚"一般要翘起置放高处，这就有些像人类在跷脚了。这则谜谣也有些异文：

柴乌鸦 [a1]，有食哩哩吧 [liɔ liɔ ba1]（指一下一下吃得快），无食跷起脚 [ka1]。

一项物件四角四角 [gak7]，任舂也舂烩落 [lak7]。（舂烩落：指石臼的底部不会砸坏）。

春碓"跷起脚"

杵子"捷捷啄"

18.《面布》（毛巾，方言又称面巾。）

一项物件四角四角 [gak7]，（一项物件：一种东西。四角四角：四四方方。）

皇帝较大，（较：比较连词，再…也…）

也着互伊拍头壳 [kak7]。（也着互伊拍头壳：也得让它拍脑袋。）

闽南语区有一类团仔谜猜的第一句全都是"一项物件四角四角"或"一项物件四角角"，以下句子便说各种四方方的谜底物品。由于四方方的物品极多，那谜面便五花八门不大好猜。这篇说，连皇帝也得让谜底物打脑袋，有些让人匪夷所思，如果不说出谜底，你能猜到吗？它的异文也很多，你可能见过一二：

一项物仔四四角角 [gak7]，较大的皇帝，伊也敢去摸头壳 [kak7]。（其一）

一项物仔四四角角 [gak/]，啥人伊拢敢去摸头壳 [kak7]。（其二）

四角两面 [bbin6]，六起七面 [bbin6]（谐搋起拭面）。（其三）

四角一斤 [gin1]（斤谐巾），六起七面 [bbin6]（谐搋起拭面）。（其四）

看是一斤（斤谐巾），称无四两 [niɔ3]，五人拖，十人抢 [ciɔ̃3]。（其五）

嘴讲上斤（斤谐巾），称无四两 [niɔ3]，人十拖，五人抢 [ciɔ̃3]。（其六）

19.《砖仔》

一项物仔四角四角 [gak7]，（一项物仔：一种物体。）

在涂哩踢 [tat7]。（在涂哩踢 [di6 t2 li3 tak7]：在泥地里被人踢。）

　　这则"细囝谜仔"的第一句谜面极常见，春香说要猜得对、猜得快，必须从第二句入手。谜面说它和别的"一项物仔四角四角"谜底的区别性特征，在于它总是被放在地上，不怕人踢坏，这就比较好猜了。

20.《批》（信）

四角轻轻 [kin1]，（四方方的，轻轻的。）

两眼真真 [jin1]，（两眼真真：指眼睛看得仔细。）

听有话句，（这句指信的内容可以念来听。）

看无人面 [bbin3]。（看无：看不见。）

　　出自春香之口的《批》谜谣，第一句揭示谜底的形状和重量，以下三句说谜底是可看可听的，却见不到人面，很好猜。
　　下面这三则字谜也得之于"歌后"春香的真传：

21. 字谜《寒》

一点一斡弧 [ɔ2]，（一斡弧 [uat7 ɔ2]：一道弧线。）

担梯摘疑梧 [ggi2 ggɔ2]，（担梯：扛着梯。摘：采摘。疑梧：一种好吃的野生小果，可入药。）

脚缝裼开开，（脚缝：指两腿之间。裼 [thi3]：扯；裼开开：大幅度张开。）

两粒卵仁碾落涂 [tɔ2]。（卵仁：睾丸。碾落涂 [lian5 loh8 tɔ2]：

掉到地上。）

这则谜语的谜面有些不雅，却比较形象。第一句一点一道弧，说的是宝盖头"宀"，倒有些像；第二句说架上竹梯采疑梧（野果），指"寒"字中间变了形的"井"字；第三句用两腿撑开摹写撇、捺两个笔画，末句用两个睾丸掉下来，来比附"寒"字下面的"两点底"，不难猜。

22. 字谜《塞》
一点一斡弧 [uat7 ɔ2]，

担梯摘疑梧 [ggi2 ggɔ2]，

脚缝褪开开 [thi3 kui1 kui1]，

一块涂丸窒尻川 [cuĩ1]。（块：音 [de5]。涂丸：泥丸，土块。窒尻川 [tat7 ka1 cuĩ1]：塞屁股缝。）

这条字谜的谜面与上一篇非常接近，因"塞"字的下面是个"土字底"，因而谜面的末句采用暗示的写法，称一个土块塞在屁股缝，也好猜。

23. 字谜《春》
三块枋眠一个人 [lang2]，（枋 [bang1]：木板，方言读如帮。眠 [kun5]：睡；躺。）

日照尻川缝 [pang6]。（尻川缝 [ka1 cuĩ1 pang6]：屁股缝。）

儿童谜语又叫俗谜，其俗，不但在于使用方言俚语来设谜，还经常故意使用粗俗的字眼做谜面。字谜《春》和前面两则字谜《寒》、《塞》一样，也把人的排泄器官"屁股"当成了表现工具，以博人一笑。字谜的表达采用了拟形法，如第一句把"春"的笔画之三横比喻为横放着的"三块枋"，而"人"字"睏"在其中；第二句先把"日"字引申为日照，再因"日"的部位在"人"的下面，而"人"字的下半部为一撇一捺，很像人叉开的双腿，进而推演出"尻川缝"的句子来，带有搞笑的意味。

沈阿周老人的"细囝谜"

24.《猫鼠》（老鼠）

查某镶嘴齿，（查某：女人。嘴齿：牙齿。）

幼毛口，幼毛链 [lian1]，（此句义不详。）

幼链趖上涂墩顶，（趖上涂墩顶：爬到土墩上；趖 [so2]：这里指爬。）

涂墩摔破铿喀锵 [kiang1]。（涂墩：土墩。铿喀锵 [king1 kong1 kiang1]：器物打破的声音。）

老鼠，在闽南叫作"猫鼠"，民间也写为"鸟鼠"。这则老鼠谜谣光看谜面，很有些不知所云，但采用逆向思维，从谜底来看谜面的话，却编得有些道理。

25.《龙虾》之二

头刺葱 [cang1]，

尾抛芒 [bbang2]，

在生无血色，

死了遍身红 [ang2]。

　　这是沈阿周老太太提供的谜谣，谜面把虾的头部既有刺又有须、尾部散开分别比喻为葱根和芒，接着就说活虾煮熟的颜色会变红，容易猜，韵脚也是，一二四句相押，第三句不韵。相近的异文有《虾》，押韵方式也相类：

　　头尖尖，尾拖帆 [pang2]，在生无血色，死了变成红 [ang2]。（其一）
　　瘾痀仔（[un3 gu1]，驼背）老人 [lang2]，头顶一抱葱 [cang1]，刣了并无血，见汤就变红 [ang2]。（其二）
　　瘾痀老相公 [gang1]，头顶一抱葱 [cang1]，归躯无血色，铁将军府内就变红 [ang2]。（其三）

沈阿反的"细囝谜"
26.《挂锁》
一项物仔圆圆 [ĩ2]，

吊终年 [ni2]。

　　沈阿反提供的这篇谜语歌，别的歌友都不会，别的地方也没有关于门环的儿童俗谜，因阿反已于前几年故去，这首谜歌成了她在人世间的绝唱！谜歌说，有件东西是圆的，长年累月地挂着。因谜面的文辞简短，所提供的线索有限而不大好猜。

27.《瓦伶楹》（楹 [ɛ̃2]：房梁。伶 [kak7]：和，方言读如角。）

育林敞敞 [cang5]，

鱼骨艰难 [lan2]。

这是已故阿反老人记得的另一篇谜歌，谜面用词文雅，不好猜。谜歌第一句把房瓦形容为片片排列的"育林敞敞"，第二句将房梁比喻为像鱼骨头那样起着支撑的作用。谜谣之所以韵脚"敞"和"难"能够通押，是因为东山方言没有前后鼻音的区分，两字变成了同音字。

巧梅的"细囝谜"

28.《挶 [luah7] 薄饼》（摊薄饼）

挶来拭去一个月。（挶来拭去：抓过来擦过去，指摊薄饼的动作，方言谐六来七去。）

这是我 2017 年 5 月 11 日"二进宫"走访澳角歌谣时，巧梅说的俗谜。谜面好像在讲数字从六到七的递进和"一个月"的时间，其实却用了方言的谐音词挶和拭，意思是抓过来擦过去，也就是摊薄饼时既要把面团往平底锅上面擦，又要时不时地甩动面团并拿好；而"月"则用来比拟薄饼的形状。因为谜面紧扣着摊薄饼的一系列动作，这谜底便不难猜。较特别的是，别的东山谜谣都是押韵的，这条谜语则因为单有一句，无从押韵。

29.《铰刀》（剪刀）

铁身铁翼 [sik8]，（翼：翅膀。）

摇弯摇直 [dik8]。

巧梅的这篇谜歌《铰刀》先从描摹物体的材质和外形入手，说它是铁做的，有翅膀，继而描绘使用这一器物剪东西的动作特点是"摇弯摇直"。其实，你不必说动作，只要说它有铁的翅膀，那谜底便已然呼之欲出了。

在闽南语区，以剪刀设谜的谜面很多，比如下面这几篇：

尖嘴鸟，铁翼股 [gɔ3]，咬一嘴，行一步 [bɔ6]。（其一）

尖嘴鸟，铁甲翼 [sik8]，大人猜一晡，囝仔约归日 [dzik8]。（其二）

一只燕鸟铁做翼 [sik8]，食布食纸呣 [m6] 食粟 [cik7]。（其三）

斑鸽身，铁甲嘴 [cui5]；会咬牙，赡喘气 [kui5]；脚虬 [kiu2]，手虬 [kiu2]，嘴裂到目睭 [ziu1]。（其四）

《铰刀》四个异文谜面的第一句，都把剪刀比喻为尖嘴的鸟儿长着一副铁翅膀，其中第一个传本称谜底物的特点是咬一口、走一步，很好猜。第二本则从猜谜语的难易度来说事，称大人要猜上大半天，而小孩则要猜一整日。第三本的第一句和一二本相仿，只不过把泛指的鸟改成了具体的燕子，第二句则从谜底物的功用入手，揭示其特点为"吃"布"吃"纸，这就难不倒读者了。第四本首先描绘谜底物的外形似长着铁嘴的斑鸽鸟，接下来的句子则描写人在使用该器物时的动作与表情，所谓"会咬牙，赡喘气；脚虬，手虬，嘴裂到目睭"，指人们虽然是用手来运剪的，但却禁不住要手脚一并发力，甚而连嘴和眼睛也不由自主地参与其中，那奋力剪东西的形象十分贴切，谜也容易猜。

澳角的"细囝"谜歌从农作物花生、甘蔗到动物大雁、虾、老鼠，到人的活动骑马、煮粥、摊饼、舂臼与舂碓，以及器物类的房子、门扇门环、瓦片和房梁、礤和风车，等等等等，真可谓林林总总琳琅满目，有许多谜底涉及的物品，可以填补闽南俗谜的空白。

（二）漳州北郊村民的"囝仔谜猜"

01. 铁塘《鬼针草籽》

山的一抱菜 [cai5]，（山的：山上。一抱：一棵。）

千人过，万人爱 [ai5]。

闽南语区有摹写草的谜谣，但以草籽粘人为谜底的却少见。这篇首先把草比喻为可吃的菜，这便要发思古之幽情了，因为人类享

大花咸丰草，闽南称鬼针草

蒺藜

苍耳，闽南称羊带来

草籽粘衣裤

用的菜，正是从野草发展而来的，君不闻闽南话把蔬菜说成"草菜草菜"乎，草是菜，菜也是草。而谜面说的"一抱草"，其实就指一种野草，称"千人过，万人爱"，好像路过的人是主动方似的，其实是草儿们为了繁衍它的后代所采取的扩张策略——种籽的外壳有钩有刺，可以勾住、粘住人们的衣裤和动物的毛皮，成为了它现成的传媒物，替它播种。会勾人粘衣裤的野草有俗名鬼针草和蒺藜、苍耳子等。

02. 铁塘《荔枝》

红蚊帐，白肉被 [pue6]，
中央一个团仔睏交醉 [kun5 ga1 zue6]。（中央：中间。睏交醉：打瞌睡。）

荔枝是东南沿海地区的人们熟悉的名优水果，在闽台地区谜谣多多。这篇铁塘版《荔枝》从果粒的构造入手制谜，所谓"红蚊帐"是指果壳和果肉之间的粉红色果膜，"白肉被"便是盖在果核上的雪白果肉了，而不会动的果核则被想象成一个正在睡觉"睏交醉"的小孩子"团仔"。其他异文传本的设谜方法也大体如此，不妨一并念念：

红蚊罩，白遮风 [hong1]，内面一个乌头司公 [kong1]。（其一）
城里阿姑 [go1]，面皮红粗 [co1]，肉是白白，骨是乌乌 [o1]。（其二）
红关公，白刘备 [bi6]，乌张飞 [hui1，桃园三结义 [ggi6]。（其三）

03. 铁塘《龙眼》

一项物仔吊半天 [tĩ1]，（一项物仔：一种东西。）

免搓也圆 [ĩ2]，

免下糖也甜 [dĩ1]。（下糖：放糖。）

龙眼入谜，闽南人都抓住它的三个特征，一是果子吊在半空中，二是成熟的果实是圆形，第三是熟果糖份高，很甜。这首铁塘本《龙眼》谜谣就是这么说，比较好猜。别的异文词句也大致相同，比如台湾的一个传本作"半天人搓圆，无搓嘛会圆，无掺糖嘛会甜。"另一个则作"头落地，尾向天，无搓自然圆，无掺糖也甜。"所谓"头落地，尾向天"，指沉甸甸的果粒朝下，而果蒂果枝朝上。

04. 铁塘《涂虱》（涂虱 [tɔ2 sat]：鲶鱼）

一个囝仔光溜溜 [liu1]，（囝仔：孩子。）

出世发嘴须 [ciu1]。（出世：一出生。发嘴须：长胡子。）

在动物世界，一出生就长胡子的有很多物种。这篇谜谣之所以能作为鲶鱼的谜面，主要在于第一句描写了外形模样是一个"囝仔"身体光溜溜，两个特点一结合，便很容易猜。

05. 铁塘《嘴齿佮舌仔》（牙和舌头，佮 [kak7]：和。）

顶石压下石 [zioh8]，（顶：上面，上。）

一尾红鮘仔鱼互你搦艙着 [dioh8]。（红鮘仔鱼：红鲤鱼。互你搦艙着：让你抓不住。）

这则谜谣大家都熟悉，谜面的第一句以上下两爿石头来比喻牙齿，第二句将灵活善动的舌头比喻为难以捕捉的红鲤鱼"红鮘仔"，是形容舌、牙形状和动态的常规用词。在闽南和台湾的谜歌仓库里，类似的《嘴齿佮舌仔》谜谣很多，牙齿除了被比喻为石头以外，还用山、奁仔（小盒子）作比，舌头除了比附为灵动的鱼，也比作红色的肉干和树叶：

顶石佮下石 [zioh8]，中央一尾鲤鱼敆赡着 [dioh8]。（敆 [hap7]：两掌略弯快速合起，用掌心捂住活物。）（其一）

顶是石 [zioh8]，下是石 [zioh8]，内面一尾红鲤鱼搦无着 [dioh8]。（其二）

顶是石 [zioh8]，下是石 [zioh8]，中央一条红树叶 [hioh8]。（其三）

顶奁仔 [a3]，下奁仔 [a3]，中央一尾红鮘仔 [a3]。（其四）

顶山搭下山 [suā1]，中央一块牛肉干 [guā1]。（其五）

06. 南山《深井仔》（天井）

一个物仔四辚斗四辚斗 [dau3]，（四辚斗 [si5 lin2 dau3]：四方方。）

搬赡出门仔口 [kau3]。（搬赡出：搬不出。）

这是南山村提供的谜谣，谜面乍看既可以是天井，也可猜井。不过，井台的外形既有四方的，还有圆形、六角、八角等形状，增加了谜文的不确定性，还是射天井最佳。

07. 铁塘《牛圭仔》（圭[kik8]：类似于拴马柱的小木桩。）

一项物仔矮细矮细 [se5]，（一项物仔：一种东西。矮细矮细：形容又小又矮。）

牵牛仔真急计 [ge5]。（急计：勤快。）

牛圭仔

拴马柱

"牛圭仔"为何物，估计绝大多数城里人已经不记得了，"圭" [kik8] 字也极为罕用，是土造的上木下土的会意字，表示小木棍钉入土中。它是农村常用小农具，通常只需把拇指般粗细的树枝截下七八寸长的一小段，再将一端削尖了，另一端剁齐拴上绳子，便可以钉在泥地上当"圭仔"了，拴牛拴羊很牢靠。大概因为"牛圭仔"个头小，铁塘谜谣便说它"矮矮细细"，而小物件作用并不小，牛羊要换地方或者要放到坡地让它们闲逛吃草时，只需轻轻往上一提，"圭仔"就拔起来了，很是方便。民间于是便称它牵牛很勤快，"真急计"。这篇《牛圭仔》也是当今闽台闽南话谜谣里的孤本。

08. 铁塘《锄头》

一项物仔要倒要倒 [do3]，（一项物仔：一种东西。要倒 [bbeh7 do3] 要倒：将倒未倒的样子。）

食一个米粿咯好 [ho3]。（食一个米粿咯好：吃一个年糕就好了。咯 [loh8]：就。）

这个谜面好像在描写一个弱不禁风而又饿着肚子的人随时都会倒下的样子，其实是描绘地面上平放着锄板、锄柄斜翘的模样，下句的"食一个米粿"则属比喻性说法，指锄头在刨土块，却有几分像。《锄头》在民间还有一则比较好猜的谜面：一个囝仔薄疟薄疟[boh8 pi3]，站在田岸脚喫 [ke5] 草疟。"先把锄头比喻为"囝仔"，而后说它会啃草，是先拟人、后拟物的写法，而所谓"薄疟薄疟"，仍着眼于锄板的外形。

09. 南山《犁》
柴弓，铁箭 [ī5]，
射落土，看唔见「gī5]。（落土：掉在地上。看唔见：看不见。）

这是采自南山村的谜歌。犁是农耕社会最重要的农具，由铁木加工做成。铁塘《犁》谜谣既写实，又比喻，说它似弓又像箭，由箭又联系到铁犁头耕作时要插入地下，而编出"射落土，看唔见"

闲置的犁　　　　　　　　　拉犁耕地

的话头来。只要熟悉犁具，此谜不难解。闽台地区另有一首《犁》谜称它是"顶路弯，下路直，莺哥鸟（鹦鹉），展白翼 [sik8]。"谜面差别比较大。

10. 铁塘《铁砧 [diam1]》

三脚企正正 [ziā5]，（企 [kia6]：站。正正：端正。）

头壳尾去互人拼 [biā5]。（头壳尾：头顶。去互人拼：指被人敲打。）

这则谜谣的第一句对《铁砧》的外形作了粗略描写，"企正正"是站得端端正正的意思，因铁砧的用途是放上烧得通红而变软的铁块，以趁热敲打、造型、定型，其"头顶挨打"便是"铁定"的家常便饭了。这篇《铁砧》谜谣和闽台两地的通行本比较不一样，因为老辈流传的谜歌虽有像"一粒红柿红通通，两只鸟仔来相攻"和"一粒柿子红澈澈 [ang2 tɛh7 tɛh7]，两只鸟仔哩相净 [sio1 zɛ̃h7]（或异文哩相啄 [sio1 te5]）的《拍铁》谜谣，不过都是把烧红了的铁块比喻为红柿子，一个将打铁动作比喻为两鸟争食，另一个比喻为鸟儿吵架辩论，谜底是动作性的打铁，而不是以《铁砧》为主体。它也有一个相类似的异文谜谣，叫作：三脚砧 [diam1]，头壳尾据在人搧 [bian1]（据在人搧：任人击打）。

11. 铁塘《拨桶》[puah8 tang3]（汲水的吊桶）

一个团仔褪光光 [guĩ1]，（褪光光：指脱光了衣服，一丝不挂全裸。）

落井底，洗尻川 [cuĩ1]。（尻川：屁股。）

　　这篇铁塘版谜谣《拨桶》的第一句，可猜的东西太多，然而第二句一出来，便知道谜底是何物了。以这样的谜面来指喻吊桶的不多，闽台间流传的另两首同题谜谣就难猜多了，尤其是其二，它有两个谜底，一为吊桶，一为蚊子：

　　柴观音，木秀才 [zai2]，押落去，爬起来 [lai2]。（其一）
　　长脚秀才 [zai2]，轻轻去，重重来 [lai2]。（其二）

12. 铁塘《米筛》

　　一项物仔圆圆圆 [ĩ2]，（圆圆圆：形容很圆。）
　　碾在恁娘礼的肚脐墘 [gĩ2]。（碾在恁娘礼的肚脐墘：碾在你娘的腰际；恁：你；娘礼：母亲；墘：边沿，旁边。）

　　米筛也是"过去时"的日常用品，可以筛米筛面晒东西。这则《米筛》先摹形，一则因为圆形的东西很多，二则下面这句"碾在恁娘礼的肚脐墘"费解，所以一时不知所云。铁塘人对我说，不就是米筛嘛，并且一边做着筛米的动作给我看，于是信然。台湾的异文则

在铁砧上打铁坯

手摇吊桶

在一二句中间又插两句，成为：一项物仔圆圆圆 [ī2]，千万蕊目瞤暧啊暧[nih7]，摇头摆乃瑟瑟动，钳在娘礼的肚脐墘[gī2]。（蕊 [lui3]：朵。目瞤暧 [bbak8 ziu1 nih7]：眼睛眨。摇头摆乃：摇头晃脑。钳：比喻不挪动。娘礼：母亲。墘：边，边沿。）

13. 铁塘《火柴篚仔》（火柴盒）

一项物仔四角角 [gak7]，（一项物仔四角角：一种东西四方方。）

弹开乌头壳 [kak7]。（乌头壳：黑脑袋。）

前面介绍过东山县澳角村陈春香的一篇火柴盒的谜谣"一间厝仔窄窄窄，会牢一百支杉，赊下一顶果笠。"强调火柴盒仿佛矮小的房子，很传神，铁塘这篇则说它的形状特征为四四方方；澳角版称火柴盒装得下一百棵杉木，却放不下一顶斗笠，铁塘本说火柴盒子一打开，满是黑脑袋，它的异文则是住一百个团仔大头脑袋或黑脑袋、红脑袋。

14. 铁塘《碗盘》

一项物仔圆圆光光 [guī1]，（一项物仔：一种东西。）

食饱洗尻川 [cuī]。（食饱洗尻川：吃饱了洗屁股；尻川：屁股。）

这篇《碗盘》谜谣先摹形，解释谜底物的外形是圆圆的光光的，这个光，不是光亮的意思，而是指光洁；第二句说这物体的特点是吃饱了要洗屁股。闽南人就是爱"滚笑"闹着玩儿，童谣里动不动就"钻"出一个"尻—川—"——屁股来（笑死了！），其实却只是说洗涤活动——"洗凼"[se3 dng6] 而已。你看这个"凼"字多么形象：

一个容器装满了水，而谜底物就在里面洗着涮着，于是乎，谜底不就拈手而出了么？

15. 铁塘《鞋仔》

一项物仔落喈落喈 [cɛh7]，（一项物仔：一种东西。落喈 [lɔk7 cɛh7]：破落衰败貌。）

会装五个人客 [kɛh7]。（装：音 [de3]，方言读如底。人客：客人。）

这篇《鞋仔》说谜底是个破朽不堪的物件，却能装下五个客人，那物件，看来是间房子吧。这是闽南童谜对鞋的最常用比喻了，比如下面的谜面就有两首把鞋比喻为房子，另一个比作船，一根根脚趾就用人来作喻体，好猜：

一间厝仔短短矮矮 [e3]，睏五个人客 [kɛh7]。（其一）
一间厝仔狭狭细细 [se5]，五个囝仔伫咧相挤 [ke5]。（其二）
一只船仔细细狭狭 [eh8]，载五个囝仔矮矮短短 [de3]。（其三）

我们在铁塘村也搜集到一些字谜，有的字谜甚至是不识字的村民提供的！

16. 铁塘字谜《春》

一个人曝日 [pak8 dzik8]，（曝日：晒太阳。）
三支竹仔放直直 [dik8]。

这个铁塘版《春》字谜是闽台地区最常见的，谜面采用了拟人法，因字的上面由"三"和"人"组成，就把它想象为三个人；"日字底"
又被联想为三个人在晒太阳，好猜。

17. 铁塘字谜《是》

日头要落山 [suā1]，（要 [bbeh7]：将要。）

竹竿提来横 [huā2]，（提来横：拿来横着放。）

上字搁倒掉 [liah8 do5 diau5]，（搁倒掉：指倒过来放；搁：本
义抓。）

人字空脚翘 [kɔng5 ka1 kiau5]。（空脚翘：指一脚高高翘起。）

此谜主要采用了析字法来设谜面，前两句合扣一个"旦"字，
第三句却把"是"字析为"日下人"三个字的组合，而其中的"下"字，
被视作"上"的颠倒，因"人字底"的字形不很端正，而说它是一
脚高翘的"空脚翘"，既形象，又增加了字谜的趣味性。

18. 铁塘字谜《晶》

九横六直 [dik8]，

孔子公，想三日 [dzik8]。

这是闽台地区通行最广的字谜之一，谜面的构想是先分析"晶"
的笔画是九横六竖，而后利用韵脚关系，把表示竖的"直"与同韵
的"日"字串联起来；谜面的孔子公则指有文化的人，以文化人猜
此谜也得琢磨三天，来夸张此谜难猜。

19. 铁塘字谜《瑞》

王仔偷撵耙 [tau1 giah8 bɛ2]，（撵：扛。）

囤在 [kng5 ti6] 山仔下。（囤在：藏在。）

这个《瑞》字谜不好猜，因为它的构思比较复杂，既有析字辨形的"王"字和"山"字，又把"而字底"比拟为农具耙子，合为谜面，便很有些不知所云。不过，如果采用"逆知法"来核对谜面，却可以发现它编得既艺术，又相当有道理。尤应提示的是，此谜居然出自一位文盲大妈之口，她对我说：我不识字，但我听说这个 [sui6]（瑞的闽南音）字的倒⼿是王，正⼿的顶面是山，下面像耙仔头（左边是王，右边的上面是山，下面像耙子的头）。不识字，而能够把字形结构记得清清楚楚，真了不得。这也从侧面反映了铁塘人对闽南特有的民间文学是多么喜爱！

20. 铁塘字谜《笔》

一支竹仔峇挺横 [huā2]，（峇挺横 [kua5 tan3 huā2]：横着放；峇：横放，搁着。）

公仔走去看 [kuā5]，（公仔：老爷爷。）

婆仔倒退嫩 [nua5]。（倒退嫩 [do3 hɛ2 nua5]：懒散地倒在地上不起来；退：那里。）

这首《笔》字谜谣采用了摹绘的手法来表达，因笔杆是用竹子做的，所以第一句就把横着放的笔称为"一支竹仔峇挺横"，符合停笔搁在桌面上的形象，是写实。然而下面两句却不好猜。铁塘村民们介绍说，所谓公仔走去看，是指写字的人走近桌子去拿笔，而婆仔"倒退嬲",据说是指写好了的字"躺"倒在纸面上!它显然来自纯民间的思维,对于这样的"天谜",恐怕会难倒好多谜人的。

　　对照一下漳州北郊俗谜鬼针草籽、荔枝、龙眼、鲶鱼、深井、牛奎仔、锄头、犁、铁砧、吊桶、竹筛、鞋等等与其字谜,几乎和澳角通行的谜谣互不重复,即使谜底相同,那谜面也是形态各异的。由此不难想象,就在几十年以前,漳州地区的民间俗谣童谜还是那样的丰富多彩。

结语

　　关于漳州歌谣方方面面的讲释就此结束了。而我之所以要用近200篇歌谣实例来展开话题，是因为歌谣—民间文学具有最直接的人民性——它的作者是历代的无数人民，而无法署名；它不仅仅是一种文学现象，更是民众文化及其社会生活的有机载体，有机地"记录"了底层人民的道德、思想、观念、习俗、宗教信仰、生产劳动、文化品位和审美观念，是底层人民生活的"百科全书"，最"接地气"，是闽南人文世界"永远的绿洲"和需要永世守护的"精神家园"。

　　歌谣—民间文学及其艺术技巧向来是文化人采之不尽取之不竭的源泉，可是，它在文学艺术界处于"失语"的状态，而形成了与士官阶层、文人阶层所代表的主流文化传统大异其趣的文学品种，在学术界和民众中，向来少有"话语权"。长期以来，闽南人并不知道自己的歌谣中，既有唐代初中期的《排甲子》系列和《月光光》歌篇的存世，也有从明代流传至今的《涂蚓歌》和龙海《好风愿送到西洋》与《顺风相送·航海船歌》，既有歌谣中的故事，也有故事中的歌谣。只是因为，歌谣被无情的岁月流水涤荡了一些棱角而产生"钙化"、变形，也不可避免地夹杂、沾染了岁月的杂物，这就需要我们这代人一一拂去那时光之尘埃，以恢复往时它那特有的民间气息和古色古香、优美动人的辉光。愿与读者共勉之。

附录一

一、漳州话语音及其例字

漳州话语音共有声母 18 个，韵母 82 个，声调 7 个。

由于当代读者最熟悉的汉语拼音系统和拼写规则是《汉语拼音方案》。为方便读者阅读利用，本书的闽南话音标尽量向汉语拼音靠拢，凡是《汉语拼音方案》里面已经有的声、韵和字母，径用汉语拼音标注；对于汉语拼音没有的声、韵和字母，本书径用国际音标来记录。

闽南话声韵调及其例字如下：

（一）声母

b 巴碑斧 p 啪披浮 bb 麻味武 m 妈棉咩

d 罩知厨 t 他透讨 l 拉离女 n 娜年奶

g 胶居旧 k 卡区丘 gg 牙文疑牛 ng 雅硬藕 h 哈喜夫

z 早者精 c 抄车厝 s 沙丝输 dz 日而儒 Ø 阿移乌

（二）韵母

单元音韵母

a 阿疤柴 ɛ 家渣虾 e 迷济帝 i 伊比鱼

ɔ 乌晡姑 o 窝保科 u 斧夫厨

复元音韵母

ai 哀摆界 au 瓯沟投

ia 椰爹爷 io 摇赵叫 iau 姚翘萧 iu 幼休抽

ua 破拖花 uai 歪乖快 ue 飞郭罪 ui 威椎开

鼻音韵母

am 庵函坎 an 安班旦 aŋ 翁刚瓮

ɔm 蓡丼畚 ɔŋ 汪东贡

iam 阉咸占 ian 渊现战 iaŋ 双央疆

im 阴慎姈 in 肾因根 iŋ 英胜灯 iɔŋ 用中雄

un 温困圳 uan 弯全岚

鼻化韵母

ã 馅坩担 ãi 耐妹糜 ãu 藕貌闹 ɛ̃ 婴更青 ɔ̃ 努茅怒

ĩ 圆年绵 iã 营饼声 iãu 猫蛲秒 iɔ̃ 洋张姜 iũ 妞扭丑

uã 鞍单寡 uãi 椻踒 uĩ 黄软荒

入声韵母

ap 压答鸽 ɔp □大口吃 ip 吸及集 iap 页涩叠

at 杀踢值 it 一日积 iat 哲设别 ut 骨律滑 uat 法越决

ak 沃角壳 ɔk 恶督服 ik 浴熟竹 iak 略雀摔 iɔk 欲菊俗

塞尾韵母

ah 鸭拍踏 auh 呕沤耄 εh 白麦客 eh 八节雪 oh 学粕桌

ih 铁裂鳖 iah 页迹壁 iauh 娶撬 ioh 着借药 iuh 搐

uh 嘲托白 uah 抹跋阔 ueh 血袜

塞尾鼻化韵母

āh 燃凹 āih 嘻□（抽打）āuh 耄偶 ɛ̄h 噎脉夹 ɔ̄h 膜唔漠

iɔ̄h 诺 ī̃h 物乜闪 iāuh 蛲挠

声化韵母（3个）

m 姆姆莓 n 嗯 ng 秧扛糠

（三）声调

调类	阴平	阳平	阴上	阳上	阴去	阳去	阴入	阳入
调号	1	2	3	4 （归阳去）	5	6	7	8
调值	34	13	52		21	33	32	121

二、本书常用字表

例字	音标	性质	解释
阮	ggun3	俗字	俺；我们
咱	lan3	训读字	自己，咱们，俗作伯
你	li3	训读字	本字汝
恁	lin3	俗字	你们，俗或作您
伊	i1	方言字	他
俐	in1	俗字	他们
人	lang2	训读字	人、人家，或作侬
翁	ang1	方言字	丈夫
某	bbɔ3	俗字	老婆，本字姥
囝	giã3	方言字	儿子；孩子
面	bbin6	本义	脸
目	bbak8	本义	眼睛
鬏	ciu1	方言字	胡须
涂	tɔ2	方言字	泥土
堘	gĩ2	方言字	边沿
糜	mai2	古词语	稀粥
粿	gue3	方言字	米糕
卵	nui6	古词语	蛋
厝	cu5	方言字	房子；家
兜	dau1	方言词	家
礐	hak8	方言词	粪坑；厕所
昼	dau5	古词语	中午
晡	bɔ1	方言词	半天
暝；冥	mɛ2	方言词	夜晚
食	ziah8	古义	吃
啉	lim1	方言词	喝
曝	pak8	古词语	晒
沃	ak7	方言词	浇
拍	pah7	方言词	打
掠	liah8	方言词	捉

例字	音标	性质	解释
行	giã2	本义	走
睏	kun5	方言词	睡觉
企	kia6	本义	站立
走	zau3	本义	跑
撑	ggiah8	方言字	拿；举；提
拾	kioh7	方言字	捡起，本字拮
攟	gɔng5	方言字	敲击
居	diam5	方言字	躲在，在
在	di6	方言字	本字伫
刣	tai2	方言字	宰杀
提	te2	同音替代	拿
搵	un5	方言词	蘸
装	de3	方言词	盛放，贮
识	bbat7	训读字	会；知晓；认识
缚	bat8	本义	捆绑
囥	kng5	方言词	收藏
崁	kam5	方言词	盖上
覕	bbih7	同音替代	躲藏
惜	sioh7	方言词	疼爱
佮	kak7	方言词	和，同，与
落	lauh7；loh8	本义	掉下来；下来
要	bbueh7/bbeh7	训读字	或作欲，俗作卜
袂	bbe6	方言字	不会；不能
嬒	mai5	方言字	不要，别
免	bbian3	古词语	不用
细	se5	方言词	小
歹	bbai3	方言词	不好，孬
寒	guã2	本义	冷
芳	pang1	方言词	香，芳香，俗或作香
乌	ɔ1	本义	黑色
干	da1	训读字	本字焦
侪	ze6	方言词	多

例字	音标	性质	解释
势	ggau2	方言词	能干；擅长
饔	ziã3	方言词	味道淡
无	bbo2	本义	没有
唔	m6	方言字	不
乍	zɛ6	合音字	一下的合音
着	dioh8	本字	对，中了；必须
哩	li3	方言词	在，正在
嗒	dah7	同音替代	哪里
佫	goh7	方言词	连词，又

附录二

本书歌谣篇目索引